古典文獻研究輯刊

四 編

曾永義 主編

第11冊

《秦併六國平話》研究

蔡宗翰 著

國家圖書館出版品預行編目資料

《秦併六國平話》研究／蔡宗翰 著 — 初版 — 新北市：花木蘭
文化出版社，2012〔民101〕
目 2+164 面；19×26 公分
（古典文學研究輯刊　四編；第11冊）
ISBN：978-986-254-760-1（精裝）
1. 宋元話本　2. 文學評論
820.8　　　　　　　　　　　　　　　　　101001737

ISBN-978-986-254-760-1

9 789862 547601

古典文學研究輯刊
四　編　第十一冊　　　　　　　ISBN：978-986-254-760-1

《秦併六國平話》研究

作　　者　蔡宗翰
主　　編　曾永義
總 編 輯　杜潔祥
出　　版　花木蘭文化出版社
發 行 所　花木蘭文化出版社
發 行 人　高小娟
聯絡地址　新北市永和區中正路五九五號七樓
　　　　　電話：02-2923-1455／傳眞：02-2923-1452
網　　址　http://www.huamulan.tw 信箱 sut81518@ms59.hinet.net
印　　刷　普羅文化出版廣告事業
初　　版　2012 年 3 月
定　　價　四編 32 冊（精裝）新台幣 52,000 元

《秦併六國平話》研究

蔡宗翰　著

作者簡介

蔡宗翰，1981 年生，臺灣臺中清水人，先後畢業於彰化師大特教系、東海大學中文研究所。現任教於臺中市立清泉國中。

提　　要

　　《秦併六國平話》又名《秦始皇傳》，內容講述嬴政建立秦王朝故事。其特色在謹按《史記》書寫，是一部純粹的歷史小說。然而，以演義元刊《全相平話五種》作為歷史小說發展平臺的明、清時期，卻未見本書有任何發展。是以本研究聚焦於《秦併六國平話》「寫作特色」與「秦始皇形象描寫」之上，目的係針對寫作優劣予以分析，期能提出具體可行之創作策略，以供後人在進行秦始皇文學創作時之參考。全文凡六章：「緒論」係採用歷史分析及歷史比較研究等方法，藉此探析《秦併六國平話》對秦始皇故事對於正史與民間傳說的依據及價值。第二章試圖通過講史平話的淵源、變遷，確立《秦併六國平話》是否具備民間文學的共通性：「語言通俗性及文學虛構性」。第三章著重於統一前秦始皇的描寫去分析，從身世謎團、反秦戰爭及刺秦故事等三方面，探討秦兼併六國一系列的策略運用，過程中可見許多大臣及同時代人對秦始皇的側寫。第四章則偏重在秦始皇嚮往神仙之術的描寫，例如迷信方士與讖緯之說。透過秦始皇統一前後的形象比較，進而分析作者所持的觀點與態度。第五章將散佚的秦始皇民間傳說、歌謠及諺語集中探討，釐清這些未受青睞的民間作品是否導致平話的發展受到限制？結論除歸納《秦併六國平話》描寫秦始皇形象的差異及平話本身的特點之外，更就秦始皇文學創作的熱潮提出建議，俾能為往後創作與研究者用以參考。

目次

第一章　緒　論

第一節　研究動機、目的

　　狄更斯《雙城記》開頭便說道：「那是最好的時代，也是最遭的時代。」
〔註1〕春秋戰國，是一個窮兵黷武的時代。在刀光劍影中，古代社會經歷了翻
天覆地的文明巨變。這樣一種人文生態環境，有利於秦文化軍事性的凝固，
而不利於其消解〔註2〕。李笑野曾指出：

> 秦文化雖在春秋時期即躋身於諸侯之林，但仍不脫秦人本色，它既
> 充分含有秦人「質樸剛健」、「激揚尚勇」的性格特徵，又「隨俗雅
> 化」追蹤先進文化，具有「雅正雍容」的特色。為此，秦文化能在
> 諸國文化中卓然自立而毫不遜色〔註3〕。

也正是在春秋、戰國長期歷史發展的過程中，由於頻繁的戰爭與發展的交換，
更加強了中原各民族之間文化的融合。刊刻於元代，《全相平話五種》之一的
《秦併六國平話》〔註4〕，又名《秦始皇傳》，描述的故事就是戰國秦對關東

〔註1〕英・狄更斯著，文怡虹譯：《雙城記》（臺北：小知堂，2001年8月初版），頁
　　　 18。
〔註2〕黃留珠：〈重新認識秦文化〉，《西北大學學報（哲學社會科學版）》，1996年，
　　　 頁2。
〔註3〕李笑野：〈秦民族精神文化略論〉，《民族文學研究》，2004年，頁51～52。
〔註4〕關於本書名稱，丁錫根1990年點校版本作「秦『并』六國平話」，而1956年
　　　 北京文學古籍刊行社版本作「秦『併』六國平話」。事實上，根據教育部重編
　　　 國語辭典修訂本的解釋，「并」不是「併」的簡體字。「并」通「併」字，兩
　　　 者皆有「合」的意思。惟本文仍採用1956年文學古籍刊行社版本，定書名為

六國統一戰爭的歷程。在此之前，並未見其他關於描寫秦始皇的傳奇或平話。元代以後，以《全相平話五種》爲母題的歷史小說創作源源不絕，獨不見有那一本歷史演義是以《秦併六國平話》爲中心而創建，這是值得討論的問題。

就體裁而言，《秦併六國平話》是講史平話，屬於俗文學範疇中「曲藝文學」一類〔註5〕。就內容而論，又涉及傳說、故事與歌謠等民間文學議題〔註6〕。如此看來，其內容敘寫、形象刻畫理應採用民間觀點作爲創作的原則。但事實上，《秦併六國平話》大多承襲《史記》，僅在少數議題上採取較特殊的處理。鄭振鐸認爲這是一部「純粹的歷史小說」，它描寫「人與人之間的爭鬥，卻不是寫仙與仙之間的玄妙的布陣鬥法的」，「不摻入一點神怪的分子在內的」〔註7〕。面對《秦併六國平話》民間描寫素材明顯不足的情況下，本研究另提出和秦始皇相關議題的文學材料，作爲彌補《秦併六國平話》過於簡略的內容，並與佚史傳說比較觀點的差異。此外，經由民間描繪出的秦始皇形象，是否即反映了眞實的秦始皇，又或者僅僅是老百姓印象中的秦始皇，千百年來早已模糊、失眞了。其實，這正是文學研究最有價值的一環，藉由探索故事虛假眞實的背後所象徵的涵義，進一步了解該時代的主流思想或者同時期、不同區域的人所呈現的集體潛意識。

秦始皇建立空前功業，然國祚甚短，歷代學者無不以秦興亡作爲探討君王施政的借鏡。王世榮從政治文化的觀點來分析，認爲：

> 秦王朝則急於求成，用高壓政策來強行整合社會力量，企圖縮短這

「秦併六國平話」。關於「并」和「併」的關係，請參見教育部重編國語辭典修訂本網站
http://dict.revised.moe.edu.tw/cgi-bin/newDict/dict.sh?cond=%A6%7D&pieceLen=50&fld=1&cat=&ukey=-207764903&serial=1&recNo=8&op=f&imgFont=1.

〔註5〕范伯群、孔慶東將俗文學分爲四大子系，分別是「通俗文學子系」、「民間文學子系」、「曲藝文學子系」、「現代化的音像傳媒」。其中「曲藝文學子系」係古代民間說唱經過經長期發展演變而凝成的獨特的藝術形式，是民間藝人口頭創作和部分文人擬作互相結合、互爲提高的曲藝說唱底本。又《秦并六國平話》正是口語技藝向書面文學讀物轉化的產物，可視爲「曲藝文學子系」一類。詳閱范伯群、孔慶東主編：《通俗文學十五講》（北京：北京大學出版社，2004年6月初版），頁3～5。

〔註6〕胡萬川指出：「民間文學又稱『口傳文學』或『口語文學』等，指的是民眾口口相傳的神話、傳說、民間故事、歌謠、諺語一類。」參閱胡萬川：《民間文學的理論與實際》（新竹：清華大學出版社，2005年6月初版），頁1。

〔註7〕鄭振鐸：《插圖本中國文學史》（第48章第4節），上海人民出版社2006年版，頁790。

個過程或者就不要這個過程，反而激化了社會矛盾，從而導致了秦
王朝的短命。……然而秦文化的「進取精神」和「理性精神」，給中
國文化注入了新的活力，並最後發展爲秦漢文化，對漢民族的形成
以及文化發展和成熟做出不可磨滅的貢獻〔註8〕。

本文將以《秦併六國平話》爲主，並輔以民間傳說作爲補充和比較，從而分
析《秦併六國平話》作者對於秦始皇描寫所採取的觀點究竟是根據歷史？或
者借重民間看法？並透過本書對於史料與傳說的取捨，進一步分析它對後世
歷史小說的影響及價值。

第二節　研究背景

　　歷代學者對於秦始皇主要的印象與評價，可上溯至漢代司馬遷的《史記》、
班固的《漢書》。近代從事先秦史相關研究者不乏其人，其中較重要的有林劍鳴
《秦史》〔註9〕、翦伯贊《秦漢史》〔註10〕、楊寬《戰國史》〔註11〕、呂思勉
《秦漢史》〔註12〕、田餘慶《秦漢魏晉史探微》〔註13〕、韓復智、葉達雄、邵
台新、陳文豪等《秦漢史》〔註14〕、錢穆《秦漢史》〔註15〕及英·崔瑞德、魯
惟一所編的《劍橋中國秦漢史（公元前221～公元220年）》〔註16〕。此外，馬
非百《秦集史》〔註17〕則是集秦史與秦文化研究於一書，內容堪稱豐富。而單
就秦始皇個人傳記，有何炳松《秦始皇帝》〔註18〕、顧頡剛《秦始皇帝》〔註19〕、
楊寬《秦始皇》〔註20〕、馬非百《秦始皇帝傳》〔註21〕、郭志坤《秦始皇大傳》

〔註8〕　王世榮：〈秦人政治文化的特色〉，《西北大學學報（哲學社會科學版）》，2004
　　　　年3月，頁70。
〔註9〕　臺北：五南圖書出版公司，1992年12月初版。
〔註10〕　臺北：雲龍出版社，2003年4月初版。
〔註11〕　臺北：臺灣商務印書館，2005年7月初版。
〔註12〕　上海：上海古籍出版社，2005年7月初版。
〔註13〕　北京：中華書局，2006年1月新一版。
〔註14〕　臺北：里仁書局，2007年1月增訂一版。
〔註15〕　臺北：東大，2007年6月二版。
〔註16〕　北京：中國社會科學出版社，2007年6月初版。
〔註17〕　北京：中華書局，1982年8月初版。
〔註18〕　商務印書館。
〔註19〕　重慶：勝利出版社，1944年。
〔註20〕　上海：上海人民出版社，1956年。
〔註21〕　南京：江蘇古籍出版社，1985年初版。

〔註22〕、李福泉《千古一帝──秦始皇歷史之謎》〔註23〕及張文立《秦始皇評傳》〔註24〕，尤以後者爲集秦始皇帝研究之大成〔註25〕。

沈長雲〈先秦史研究的百年回顧與前瞻〉一文中談到：

> 通過對先秦政治經濟結構的解剖，可以看到它們在以後的歷史積澱。另歷史研究一方面，先秦又是我國傳統思想文化發軔的時期，對於先秦思想文化的研究，有助於深刻理解當今社會的各種思潮，理解我們民族的心理和意識，從而在現實生活中注意發揚我們民族的優良傳統和揚棄某些民族文化中的糟粕〔註26〕。

有關先秦社會及文化史的研究，近年來已逐漸受到重視，其具體範圍包含家庭、氏族與宗族、階級、階層、制度等有關社會結構的內容，以及人口、都邑、交通、生產、禮俗、歲時節令、繼承、信仰、飲食、服飾等有關社會生活的內容，此外尚有民族興起、文化融合、地域風俗、學術、藝術等文化層面的影響。關於社會方面的研究，舉其要者如晁福林《先秦民俗史》〔註27〕、徐鴻修《先秦史研究》〔註28〕及王子今《秦漢社會史論考》〔註29〕。而關於文化史探討的論著如王學理、尚志儒、呼林貴《秦物質文化史》〔註30〕、熊鐵基《秦漢文化史》〔註31〕、李山《先秦文化史講義》〔註32〕等。相形之下，同爲東周時期，春秋史的研究較戰國史研究遜色不少。可以列舉出的少數涵蓋春秋戰國史專著，即李學勤《東周與秦代文明》〔註33〕，該書可以算是一部考古學論著，主要內容係利用作者累積的考古材料對這一時期列國的文明發展逐一進行探索。另外，從事秦法制、軍事研究的著作亦相當可觀，重要

〔註22〕上海：三聯書店，1989年初版。

〔註23〕長沙：湖南出版社，1991年。

〔註24〕臺北：里仁書局，2000年11月初版。

〔註25〕以上參考吳福助：〈秦始皇帝研究集大成的新著──張文立「秦始皇評傳」評介〉，《東海學報》，第37卷（文學院），1996年7月，頁257～265。又見張文立《秦始皇評傳》，臺北：里仁書局，2000年11月，頁1～16。

〔註26〕沈長雲：〈先秦史研究的百年回顧與前瞻〉，《中國社會科學》，2004年，頁180～181。

〔註27〕上海：上海人民出版社，2001年1月初版。

〔註28〕濟南：山東大學出版社，2002年12月初版、2004年3月二刷。

〔註29〕北京：商務印書館，2006年12月初版。

〔註30〕西安：三秦出版社，1994年6月初版。

〔註31〕上海：東方出版中心，2007年5月初版。

〔註32〕北京：中華書局，2008年2月初版。

〔註33〕上海：上海人民出版社，2007年11月初版。

的有栗勁《秦律通論》〔註34〕、繆文遠《戰國制度通考》〔註35〕、李玉福《秦漢制度史論》〔註36〕等論著。此外，吳福助〈秦律文獻提要〉〔註37〕曾詳細整理自 1977 年至 1990 年間關於秦簡研究的重要文獻，分爲「秦簡」、「專書」、「論文」三類，凡三十五種，並於每部文獻下附有簡介、版本考證及短評，評論可謂精闢而中肯，提供後學作爲秦簡研究的參考著實獲益良多。

　　田靜《秦史研究論著目錄》〔註38〕一書收錄自 1900 年迄於 1999 年 4 月、內容均以秦史爲主的專著與論文，單就這百年間的研究成果即超過一萬篇。1993 年，秦俑博物館組織策劃的《秦俑秦文化叢書》〔註39〕，至 2009 年 1 月

〔註34〕濟南：山東人民出版社，1985 年 5 月初版。

〔註35〕成都：巴蜀書社，1998 年 9 月初版。

〔註36〕濟南：山東大學出版社，2004 年 3 月初版。

〔註37〕該文選擇內容較爲精審重要者，分爲「秦簡」、「專書」、「論文」三類，凡三十五種。「秦簡」類四種，分別爲 1. 睡虎地秦墓竹簡整理小組：《睡虎地秦墓竹簡》、2. 睡虎地秦墓竹簡整理小組：《睡虎地秦墓竹簡》、3.《雲夢睡虎地秦墓》編寫組：《雲夢睡虎地秦墓》、4. 何四維（A.F.P. HULSEWE）：《秦律遺文譯註》（REMNANTS OF CH'IN LAW）。「專書」類有四種，分別爲 5. 高敏：《雲夢秦簡初探》、6. 中華書局編輯部：《雲夢秦簡研究》、7. 栗勁：《秦律通論》、8. 堀毅：《秦漢法制史論考》。「論文」類有二十七種，分別爲 9. 黃盛璋：〈雲夢秦簡辨正〉、10. 劉海年：〈秦漢訴訟中的「爰書」〉、11. 劉海年：〈從雲夢出土的竹簡看秦代的法律制度〉、12. 段秋關：〈試論秦漢之際法律思想的變化〉、13. 黃留珠：〈略談秦的法官法吏制〉、14. 劉海年：〈睡虎地秦簡中有關農業經濟法規的探討〉、15. 陳光中、薛梅卿、沈國峰：〈試論我國封建法制的專制主義特徵〉、16. 劉海年：〈雲夢秦簡的發現與秦律研究〉、17. 劉海年：〈秦代法吏體系考略〉、18. 郭道揚：〈秦代的會計〉、19. 劉海年：〈秦律刑罰的適用原則〉、20. 劉海年：〈論秦始皇的法律思想〉、21. 刑義田：〈秦漢的律令學〉、22. 王傳生：〈從秦簡看社會變革時期經濟生活的法律規範〉、23. 水壽：〈秦律的經濟關係規範考論〉、24. 湯淺邦弘：〈秦律的理念〉、25. 商慶夫：〈秦刑律的淵源及其演進〉、26. 劉海年：〈秦的訴訟制度〉、27. 郭延威：〈淺析秦代的刑事檢驗制度〉、28. 劉海年：〈秦的治安機構及有關治安的法律規定〉、29. 杜正勝：〈從肉刑到徒刑——兼論睡虎地秦簡所見古代刑法轉變的信息〉、30. 高敏：〈秦代經濟立法原則及其意義〉、31. 林劍鳴：〈以君主意志爲法權的秦法〉、32. 劉海年：〈文物中的法律史料及其研究〉、33. 吳樹平：〈從竹簡本《秦律》看秦律律篇的歷史源流〉、34. 吳樹平：〈竹簡本《秦律》的法律關及其前後的因革〉、35. 劉海年：〈戰國秦漢的法制沿革〉等。以上參閱吳福助：〈秦律文獻提要〉（《東海中文學報》第 9 期，1990 年 7 月），頁 97～115。

〔註38〕西安：陝西人民教育出版社，1999 年 7 月初版。

〔註39〕該系列叢書先後出版了 1. 袁仲一《秦文字類編》、2.《秦文字通假集釋》、3. 張文立《秦史人物論》、4.《詠秦詩》、5.《秦始皇帝評傳》、6.《秦學術史探賾》。7. 郭淑珍和王關成《秦學術史探頤》、8.《秦刑法概述》。9. 王寶玲《秦陵傳

爲止，先後共出版 19 部專著。田靜對《秦俑秦文化叢書》介紹如下：

> 這些著作利用秦陵秦俑考古資料，從不同角度對秦的歷史、政治、
> 經濟、思想、文化等方面進行了專題研究，拓寬了秦史的研究領域
> 〔註40〕。

此外，爲了持續開展秦文化的專題研究，秦俑博物館又於 1993 年組織編輯了秦文化研究的學術性年刊《秦文化論叢》。田靜提到：

> 1994 年至今，《秦文化論叢》每年出版一輯，現已連續出版 14 輯。
> 《秦文化論叢》融學術研究、學術評論和學術資訊於一體，是目前
> 中國唯一的關於秦文化研究的學術輯刊〔註41〕。

值得一提的是徐衛民《秦漢歷史地理研究》〔註42〕，本書收錄了 1990 至 2005 十六年間個人研究成果 45 篇，是一部以質取勝的研究論文集。其內容包含秦漢都城、秦漢建築、秦漢苑囿、秦漢陵墓、秦漢人物及秦漢史散論等六大研究面向，作者採用歷史地理的理論和研究方法來探討秦漢史的諸多問題，作爲個人學術研究心得的總結，也提供後學一種不同於以往的研究思維。

　　本研究第三章「《秦併六國平話》戰爭故事探討」採用翦伯贊《秦漢史》、楊寬《戰國史》、呂思勉《先秦史》、王關成、郭淑珍《秦軍事史》、繆文遠《戰國制度通考》等著作，作爲秦併六國的時代背景與秦統一天下的人民、軍事等因素分析的參考。又參考馮國超《中國皇帝大傳：秦始皇傳》、馬非百《秦集史》、徐衛民《秦漢歷史地理研究》中〈秦立關中的歷史地理研究〉等作爲分析秦并六國的地利優勢的論證。此外，還引述郭志坤《秦始皇大傳》總結秦、漢以來世人對於秦始皇的評價，作爲荊軻刺秦故事中，秦始皇形象被刻意醜化的佐證。第四章「從《秦併六國平話》看統一後的秦始皇」則徵引韓復智等《秦漢史》、熊鐵基《秦漢文化史》、徐衛民、賀潤坤《秦政治思想述略》及馬非百《秦集史》等著作，針對徐福求仙與始皇封禪二者象徵意義提

說軼事》。10. 張仲立《秦陵銅車馬與車馬文化》。11. 徐衛民和呼林貴《秦建築文化》。12. 徐衛民和賀潤坤《秦政治思想述略》。13. 朱思紅和朱君孝《秦成語典故》。14. 王雲度和張文立《秦帝國史》。15. 張志軍《秦始皇陵兵馬俑文物保護研究》。16. 田靜《秦宮廷文化》和 17.《秦史研究論著目錄》。18. 徐衛民《秦都城研究》。19. 王關成和郭淑珍《秦軍事史》。

〔註40〕田靜：〈十年來秦始皇陵考古與秦文化研究評述〉，《西安財經學院學報》，2009
　　　　年 1 月，頁 93。
〔註41〕同上註，頁 94。
〔註42〕西安：三秦出版社，2005 年初版。

出解釋，並對於東渡的文化意義詳加說明。「焚書坑儒」一事採用錢穆《秦漢史》認為秦始皇有範圍而非毀滅性地焚書的看法，並引述郭志坤《秦始皇大傳》對於坑儒身分與次數的考證。「修驪山陵寢」一節牽涉領域廣泛，包含考古、建築、律法與傳說。建築、考古部分則借重王學理等《秦物質文化史》、徐衛民《秦都城研究》、李學勤《東周與秦代文明》、徐衛民〈秦東陵考論〉、〈秦公帝王陵園考論〉、王學理《秦始皇陵研究》等論著在秦陵考證上的重大成果，對驪山陵寢作詳盡而系統的論述。至於修陵役徒的來源則牽涉到秦代律法，引用栗勁《秦律通論》、吳福助《睡虎地秦簡論考》、徐富昌《睡虎地秦簡研究》、李玉福《秦漢制度史論》等四部在秦簡法制研究上集大成的論著，進一步確認修陵之徒的身份。最後引用王子今《秦漢社會史論考》試圖釐清始皇陵遭焚的民間傳說，也探討這類傳說背後的意義。最後將民間流傳關於秦始皇的讖謠作整理，並引述熊鐵基《秦漢文化志》、《秦漢文化史》、晁福林《先秦民俗史》、田餘慶《秦漢魏晉史探微》等論著作為探究讖謠的成因、流傳情形與象徵意涵，並藉此得知秦代民間的信仰情形。在第五章部分引英·崔瑞德、魯惟一《劍橋中國秦漢史（公元前 221–公元 220 年）》、林劍鳴《秦史》來解釋關於長城的各種傳說。此外，引用熊鐵基《秦漢文化志》、徐衛民、賀潤坤《秦政治思想述略》、張文立《秦始皇評傳》、馬非百《秦集史》等書，針對驪山神女與伐山赭樹傳說，就宗教信仰和現實的不同角度切入分析。

　　從張傳璽《戰國秦漢史論著索引、續編、三編》〔註43〕、田靜《秦史研究論著目錄》著錄的秦史研究相關論著觀察，可見近人對於秦代人物研究集中在秦始皇與徐福，其次是韓非、李斯和商鞅。而對於秦始皇個人的研究又以敘述史料和評論為主，部分帶有小說傳奇色彩如王和合搜集整理的《秦始皇的傳說》〔註44〕、姚鳳磐《秦始皇外傳》〔註45〕、劉鴻澤《秦始皇演義》〔註46〕、金式《秦始皇演義》〔註47〕、姚鳳磐《秦始皇》〔註48〕、趙冰波、劉春編著《千古一帝秦始皇：話說嬴政到秦始皇的那些事兒》〔註49〕、杜景華、賈瑞君《秦始

〔註43〕張傳璽等：《戰國秦漢史論著索引、續編、三編》（北京：北京大學出版社，1983、1992、2002 年。）
〔註44〕西安：陝西旅遊出版社，1987 年初版。
〔註45〕臺北：華欣，1989 年。
〔註46〕北京：華藝出版社，1993 年 9 月初版。
〔註47〕長沙：湖南人民出版社，1997 年 8 月初版。
〔註48〕臺北：禾田科技，2006 年 7 月初版。
〔註49〕臺北：緋色文化出版，2007 年 1 月初版。

皇嬴政傳奇》〔註 50〕等。以秦始皇爲素材的純文學創作（小說、戲劇等）亦爲數不少。前者如李碧華《秦俑》〔註 51〕、孫文聖《秦始皇》〔註 52〕、管家琪《少年秦始皇》〔註 53〕。另有武俠科幻小說如黃海《秦始皇到臺灣神祕事件》〔註 54〕、倪匡《活俑》〔註 55〕、《異寶》〔註 56〕、黃易《尋秦記》〔註 57〕。值得一提的是關於刺秦主題的創作也相當豐富，如高陽《荊軻》〔註 58〕、溫世仁《秦時明月：荊軻外傳》〔註 59〕。戲劇則有紐約大都會歌劇院世界首演九場爆滿，並轟

〔註 50〕 太原：山西人民教育出版社，2008 年 8 月初版。

〔註 51〕 臺北：皇冠出版社，1989 年 9 月新版。

〔註 52〕 臺北：新潮社，2003 年 5 月初版。本書共四冊，1.潛龍初現，2.荊軻刺秦，3.雄霸天下，4.千秋功過。

〔註 53〕 臺北：文經社，2004 年 9 月初版。

〔註 54〕 臺北：天衛文化，2003 年 8 月初版。作者黃海（炳煌）將本身的歷史知識背景，以科幻小說的手法加以呈現，故事情節中不但穿插著虛與實的對比，更輔以大量的史料記載來說明，讀來活潑生動，饒富趣味。本書善用暗喻手法，以「秦始皇」之窮途、古老、貴族、霸氣、單一，對照當今臺灣社會之蓬勃、流行、庸俗、平民、多元風貌，提供讀者對現時兩岸變局的反省空間。

〔註 55〕 內容涉及十二金人傳說。《活俑》是倪匡筆下的科幻小說衛斯理系列的第六十八本作品，正式編號 54，出版於 1987 年，連載於 1983 年 8 月 15 日至 1984 年 1 月 7 日的《明報》。本小說以牧場主人之女馬金花及牧場工人卓長根之父神秘失蹤作開端，帶出故事內容。與《不死藥》一樣，作者在故事末端探究出長生不老也未必是好事，說明瞭人類認爲值得追求的事並不一定會帶來真正的幸福。另外，衛斯理系列第七十四本作品《異寶》與《活俑》相關，但並非續集。

〔註 56〕 《異寶》是倪匡筆下科幻小說衛斯理系列之一，故事敍述一塊來自秦始皇陵的合金的秘密。

〔註 57〕 本書共 7 卷，約 250 萬字。臺北：時報，2001 年 8 月初版。《尋秦記》是作家黃易的一部以第三人稱寫成的玄幻小說。這部小說曾被改編爲電視劇。故事講述現代特種部隊的精英項少龍，在一次時光機器的實驗裡被它送回到戰國時期。在戰國時期裡，項少龍憑其特種部隊之所長及多了兩千多年的知識，頻頻化險爲夷。項少龍從趙國逃到秦國，並在無意中把原本在趙國的趙盤代替了已經死了的真嬴政。這也開始了他對於戰國歷史舉足輕重的不凡生活，並逐步地牽引著歷史的行進，而秦國在趙盤（秦始皇）的領導下，終於建立了一個不世帝國。

〔註 58〕 臺北：皇冠出版社，1968 年 8 月初版。

〔註 59〕 臺北：明日工作室，2005 年 12 月初版。本書是一部歷史武俠小說，以真實爲本，架構一部秦代的武林風雲。精彩的故事中交織著愛恨情仇、刀光劍影，情節跌宕，處處機鋒，而更重要的是溫世仁不僅是要創作一部好看的武俠而已，他在小說中埋伏老莊儒道思維，反映且涉入當代氛圍，這部武俠並投影出溫世仁提劍追夢的一生，深情重義的他，在小說中挑動普遍性的公理，訴諸人性價值。

動全球 2009 葛萊美獎雙項提名的譚盾：歌劇「秦始皇」（Tan Dun：The First Emperor）。惟近年伴隨兵馬俑熱潮而產生，尚有電影、電視連續劇多種。其中電影《古今大戰秦俑情》〔註60〕改編自小說《秦俑》。之後陸續拍攝《秦頌》（The Emperor's Song）〔註61〕、《荊軻刺秦王》（Assassin）〔註62〕、《英雄》〔註63〕、《神話》〔註64〕等多部膾炙人口的大戲。電視劇《秦始皇》，故事從西元前246年，13 歲的嬴政登基稱王開展，直至年屆 50 歲的他在自己開創的遼闊版圖上作了最後一次巡旅，最後壽終於趙土，宏大的秦俑軍陣追隨這位千古一帝征服地下世界去了。《尋秦記》，改編自同名小說。由此可見以秦始皇為題材的藝術創作始終源源不絕。《秦併六國平話》屬於小說性質，又是通俗文學創作，目前尚未有學者針對本書來發表專論，也少有學者從通俗文學角度探討秦始皇，多半是評論兼敘民間傳說。本論文建構在前人對秦、漢歷史、文化與制度的研究成果上，轉而開拓民間文學領域中的秦始皇，提供後世作為秦始皇研究多元化視角的參考。

〔註60〕《古今大戰秦俑情》是 1989 年公映的中國電影，根據香港作家李碧華的小說《秦俑》改編，由程小東導演，張藝謀和鞏俐主演。講述一個生死輪迴的愛情故事。秦始皇廣招方士煉取不死仙藥，下令建造船隊，並徵召五百童男童女與徐福同行。郎中令蒙天放與始皇帝徵來的童女冬兒一見鍾情，犯下死罪。其時仙藥已然煉成。冬兒在與蒙天放最後一吻時將仙丹吐入他的口中，冬兒隨即縱身跳入火海，蒙天放則被做成兵馬俑埋於地下長年守護秦陵。兩千年後，女演員朱莉莉墜機誤撞入秦始皇陵，撞活了守衛秦陵的蒙天放，和冬兒長得一模一樣的莉莉與天放在此生重續前緣。

〔註61〕2001 年上映。周曉文導演，葛優、許晴主演。故事描寫秦始皇與他的宮廷樂師，人稱樂聖的高漸離的故事。從幼年時兩人同吃高母的乳汁長大，到了少年時代，高漸離的琴聲幫助嬴政擺脫了死亡的恐懼，故而兩人成為生死之交。直至成年後，一場發生於兩個朋友之間的尊嚴和生死的較量發展到了最高潮。這部電影讓我們看到宮廷黑暗的一面，以及戰爭場面浩大的震撼場面。

〔註62〕1999 年上映。由陳凱歌導演，張豐毅、鞏俐、李雪健主演。故事描述西元前 3 世紀的中國，當時燕國為嬴政統一天下的心腹大患，嬴政的青梅竹馬趙姬於是冒險至燕國臥底，假意策動刺殺嬴政。如此一來，秦國便有出兵燕國的名目。在此之前，嬴政發現了自己身世的秘密：生父是宰相呂不韋。嬴政為了將所有知道身世秘密的人趕盡殺絕。因此他揮軍攻打趙國，違背了對趙姬「不攻打她祖國」的承諾。趙姬於是與燕丹策畫謀刺嬴政。執行這項任務的人選，正是名劍客荊軻。

〔註63〕張藝謀導演，李連杰、梁朝偉、張曼玉、章子怡、甄子丹、陳道明主演。戰國末年，秦王雄霸一方，企圖一統天下，六國刺客均以刺殺秦王為首要目標，故事由此展開。

〔註64〕唐季禮導演，成龍、金喜善、梁家輝主演。劇情如同《秦俑》小說般跨越時空，並圍繞著長生不老、秦陵地宮等主題鋪陳故事。

第三節　研究理論、方法

　　本論文是以《秦併六國平話》對於秦始皇的生平事蹟和民間傳說，作爲研究主軸。由於《秦併六國平話》與一般史著截然不同，本書屬於俗文學範疇的通俗講史平話。因此，先透過對宋、元以來講史平話的形成背景、出版情況來敘述「講史平話」文體特質，再針對《秦併六國平話》引用的詠史詩的功能、代表意義作探討。接著切入本論文主要探討的《秦併六國平話》對於秦始皇的形象分析，並分爲統一前和統一後，藉此得以分析兩處描寫的差異，也可瞭解作者所採用、依據的材料與觀點。最後將散佚於《秦併六國平話》以外未詳加描述卻又相關的秦始皇民間故事集中探討，從中能瞭解到這些未受作者青睞的佚史、傳說部分和《秦併六國平話》內容的有何關聯？也可得知作者側重史實的寫法對《秦併六國平話》本身有何影響？

　　本論文的研究方法相當多元，分別採用文化學的角度與歷史分析法來審視秦統一六國前後的秦始皇，藉由文獻記載與《秦併六國平話》相互參證，以比較研究法和新出土史料比對。期望藉由多種研究方法，強化本論文的深度和廣度。以下分別敘述本論文的研究方法。

一、從文化學的角度切入

　　王先霈主編《文學批評原理》中指出：

> 文化學批評是一種從文化的角度考察文學現象、綜合研究文學的文化性質的批評方法。它是在文化人類學的啓發和推動下建立和發展起來的。……它研究的是文學與人類文化的關係，旨在揭示文學現象所蘊含的深厚的文化內涵〔註65〕。

本文利用文化學的角度，研究秦始皇統一六國的歷史文化背景，有助於瞭解秦始皇在統一天下過程中的作爲與民間傳說產生的文化內涵。

二、運用歷史分析法

　　趙吉惠《歷史學方法論》：

> 所謂歷史的分析方法，就是嚴格地遵照歷史的本來面目，把有關的歷史事件、人物、制度、經濟、政治、文化、思想等置於特定的時間與空間條件下進行分析，從而揭示其運動的自然過程、本質和規

〔註65〕王先霈主編：《文學批評原理》（武漢：華中師範大學出版社，2002年2月初版），頁118。

律的科學方法〔註66〕。

「歷史分析法」是研究歷史的基本方法。本文利用「歷史分析法」將秦始皇的生平事蹟、統一六國、築城修陵、闢疆開道等佚史、傳說材料，合理分析出符合歷史發展的背景、經過及結果，並探討歷史文獻中所載秦始皇及其事蹟的真實面貌。

三、運用歷史比較研究法

趙吉惠《歷史學方法論》認為：

> 歷史比較研究方法是通過對不同時間、不同空間條件下的複雜歷史現象進行比對研究，分析異同，發現歷史本質，從而探尋歷史共同規律和特殊規律的史學方法〔註67〕。

本文利用「歷史比較研究法」，對比《秦併六國平話》描寫的秦始皇與《史記》、佚史傳說的異同比較，藉此探析《秦併六國平話》對秦始皇故事對於正史與民間傳說的依據及價值。

第四節　論文架構

本論文選擇以《秦併六國平話》作為討論的中心，透過平話中對於秦始皇的描寫來分析秦始皇形象，並旁及與內容相關的童謠、傳說及詩歌。

第一章為緒論。第二章先探討作為通俗文學——講史平話的體裁：簡練的題目，搭配通俗的故事內容，穿插數行七言絕句甚至是俗賦作為點綴，既能串聯文氣，完整連貫故事情節。適時的總結評議，更方便讀者提綱挈領。而詠史詩與講史平話的完美契合更增添了內容的深度。通過講史平話的淵源、變遷以確立《秦併六國平話》是否具備民間文學的共通性：語言通俗性及文學虛構性。嚴謹地說，平話只能算是口語文學的書面替代品，它並非以純粹閱讀為目的而進行的獨立文學創作。相對地，它具有濃厚的商業性，以滿足下層市井小民娛樂消遣的需要為考量。若想吸引聽眾，則必須就內容進行一定程度的虛構，要衝出歷史的藩籬，重新開創一片想像的空間。經由平話與史書的對照，便能瞭解到這部平話究竟是文學想像成分高些，抑或依循正史的軌跡而撰寫？

〔註66〕趙吉惠：《歷史學方法論》（成都：四川人民出版社，1987年9月初版），頁89。
〔註67〕同註66，頁146～147。

　　第三、四章以《秦併六國平話》卷下〈齊王出降〉——秦始皇統一天下為分界。第三章著重於統一前秦始皇的描寫去分析，從身世謎團、反秦戰爭及刺秦故事等三方面，探討秦統一六國一系列的策略運用，過程中可見許多大臣及同時代人對秦始皇的側寫。此外，從制度層面來看秦始皇的統一也是不可忽略的（如此才能獲得完整而客觀的秦始皇形象）。而第四章則偏重在《秦併六國平話》秦始皇嚮往神仙之術的描寫，因過度迷信方士而自詒伊戚，欲箝制思想而導致焚書坑儒的悲劇、不惜代價修築陵寢、相信讖緯卻又不知善其自身等方面的探討。透過《秦併六國平話》所呈現秦始皇統一前後的形象比較，進一步分析作者在描寫秦始皇所持的觀點與態度。

　　第五章則將散佚於《秦併六國平話》以外未詳加描述卻又相關的秦始皇民間傳說、歌謠及諺語集中探討，試圖釐清未能編入這些廣為流傳的故事是否成為導致平話因缺乏故事性，從而限制了自身發展？又或者有其他因素迫使《秦併六國平話》面臨發展瓶頸？首先就孟姜女故事來看民間對於秦始皇的印象，便發現自西漢以後，上至統治者、學者，下至販夫走卒，對秦始皇的評價是每況愈下。秦始皇被冠上暴虐無道的形象，除了與他橫徵暴斂、勞役苦民、箝制思想等施政不得民心有關，更反映他「師心自用」的心態，透過秦始皇對神女、湘君幾近瘋狂的非理性舉動可得到應證。「秦始皇趕山」、「刻封山印」等傳說不僅反映了秦始皇逢山開道、開闢疆土的時代意義，分析後更發現這些秦始皇的傳說乃源自某個故事母題，從故事學角度予以探討，則又別具意義。惟這些素材皆有時間性，早於元代的材料，作者或缺乏資訊，或知而不錄，不可一概用作批判作者的依據。元代後的材料，則供作近人對於秦始皇文學創作的參考。由於民間傳說僅少數得以記載下來，故成書於秦漢以後，輯錄佚說佚史的《水經注》、《拾遺記》、《藝文類聚》、《三秦記輯注》、《關中記輯注》、《三輔黃圖校注》、《說苑》及《太平御覽》等，亦是本文借重的資料。

　　第六章為結論。本研究除歸納《秦併六國平話》描寫秦始皇形象的差異及平話本身的特點之外，更就秦始皇文學創作的熱潮提出建議，俾能為往後創作與研究者用以參考。

第五節　預期成果

　　由第二節前人研究成果可知，從歷史興亡、政治得失來分析秦始皇的論

著已累積相當可觀的成果，然而以民間文學角度切入探討秦始皇的研究仍有待開發。特別是佚史、小說及傳說一類的作品探討，雖有整理但仍不夠深入。是以本論文透過小題大作的方式，針對《秦併六國平話》內容及相關未納編的傳說故事作歷史的比較分析。經由同一個故事，在不同時代的時代所呈現的面貌，以文化學角度討探傳說形成的原因和流傳演變的象徵意義。客觀地呈現出《秦併六國平話》作者對秦始皇所採取的描寫觀點，及書中的秦始皇形象和一般民間形象的差異。藉此得知《秦併六國平話》對於後代關於秦始皇的文學作品起著何種程度的影響。

第二章 《秦併六國平話》文體的特質

　　本章擬透過宋、元以降「講史平話」體裁的演變，探討《秦併六國平話》一書作爲從民間口語文學過渡至書面讀物所具備的特色，而平話的流傳情形也提供我們了解其對於當代（甚至是後代）文學及歷史的貢獻。第一節論述從「平話」到「講史」的轉變，以便探討《秦併六國平話》的成書背景與文體結構。第二節分別就《秦併六國平話》的「記述內容」、「敘事方式」、「語言文字」及「篇目設計」，檢驗本書作爲通俗化著作是否具備這四項的特徵。第三節則藉由《秦併六國平話》對史料的取材，探究平話中虛構與史實間的依存關係。而通過這層關聯性，可作爲進一步探討《秦併六國平話》受百姓青睞程度的依據。第四節則從詠史詩的功能分析，解釋講史平話與詠史詩結合的現象。

第一節 「講史平話」文體概述

　　所謂「平話」，大抵是說話藝人用口語講述，不加彈唱而起的名稱。「平話」雖然穿插詩詞，但只用於念誦，而不用於歌唱〔註1〕。此外，「平」還有評論之意，說話人在講述時往往加以評說論斷，所以明、清人又稱之爲「評話」。「平話」二字根據可以考見的資料，直到宋代才出現〔註2〕，魯迅《中國

〔註1〕 丁錫根點校：《宋元平話集‧前言》（上海：上海古籍出版社，1990年初版），頁1。以下參引的《宋元平話集》皆爲丁錫根點校版本。
〔註2〕 胡懷琛《中國小說論》：「『平話』這兩個字，到了宋代才有。究竟初次出現於什麼時候，我們不能確切地斷定。但是根據可以考見的材料，那時有一部書，名叫《新編五代史平話》；同時又有『話本』、『說話』、『說話人』等名稱，極爲通行；所以今人談到宋人的小說，就拿『平話』二字，通稱他們。」參見該書第78頁。

小說史略》提到：

> 宋一代文人之為志怪，既平實而乏文采，其傳奇，又多托往事而必
> 近聞，擬古且遠不逮，更無獨創之可言矣。然在市井間，則別有藝
> 文興起。即以俚俗著書，敘述故事，謂之「平話」，即今所謂「白話
> 小說」者是也〔註3〕。

由此我們可得知「平話」是以淺顯通俗而非文言的形式表現。宋代時，這樣
的說話藝術多在「瓦舍」〔註4〕、「勾欄」〔註5〕一類的場所演出。到了元朝，
「講史」別稱「平話」，也稱為「詞話」，是一種專以歷史故事為題材的「說
大書」〔註6〕。「平話」是源自於宋、元的說話藝術，也就是宋、元時代的講
史話本，然究其實「平話」或「評話」並不是講史專有名稱，而是「說話」
的別稱〔註7〕。

關於說話藝術的分類，歷來意見分歧。茲將各家「說話」藝術分類整理
如下：

	宋灌園耐得翁《都城紀勝·瓦舍眾伎》	南宋吳自牧《夢粱錄·小說講經史》	宋末羅燁《醉翁談錄·小說開闢》	陳汝衡	胡士瑩
分類數目	四家	四家	四種	四種	四種
說話類別	一、小說：包括煙粉、靈怪、傳奇、說公案、說鐵騎兒 二、說經：包括說參請、說諢經 三、講史書 四、合生、商謎	一、小說：如煙粉、靈怪、傳奇、公案樸刀桿棒發蹤參請之事 二、談經：說參請、說諢經 三、講史書 四、合生	一、小說：靈怪、煙粉、傳奇、公案，兼樸刀、桿棒、妖術、神仙 二、談經 三、講史書 四、合生	一、銀字兒 二、說公案、說鐵騎兒 三、說經、說參請、說諢經 四、講史書	一、小說 二、說鐵騎兒 三、說經 四、講史書
一般學者都將「小說」、「講史」、「講經」三項列入說話，唯獨對第四類意見分歧。					

〔註3〕 魯迅撰，郭豫適導讀：《中國小說史略》（上海：上海古籍出版社，2001年初
版），頁71。

〔註4〕 南宋吳自牧《夢粱錄·瓦舍》：「瓦舍者，謂其『來時瓦合，去時瓦解』之意，
易聚易散也。」

〔註5〕 宋西湖老人《西湖老人繁盛錄·瓦市》：「常是兩座勾欄，專說史書，喬萬卷、
許貢士、張解元。」

〔註6〕 譚達先：《中國評書（評話）研究》（臺北：臺灣商務印書館，1992年初版），
頁20。

〔註7〕 蕭相愷：《宋元小說史》（杭州：浙江古籍出版社，1997年6月初版），頁45
～47。

　　其中又以小說與講史二家至爲重要，講史重在說白，小說兼有講唱，在宋代演藝中，兩者均是最受歡迎的。

　　講史，顧名思義就是講說敷演歷史故事。明胡應麟《少室山房筆叢》論述：「小說，唐人以前，紀述多虛，而藻繪可觀。」唐傳奇確實熟練運用了文學的虛構手法，即便是歷史題材的內容，傳奇家也都能突破歷史的約束，大膽馳騁想像。到了宋、元時期，由於說話藝術中的講史題材特別發達，所以虛實問題又變得尖銳起來。說話藝人處於兩難：倘求其眞切，恐授人照本宣科之口實，然而這麼做能吸引聽眾嗎？若想吸引聽眾，則必須有一定程度的虛構，要衝出歷史的藩籬，重新開創一片想像的空間。《夢粱錄》（二十）「影戲」條下云：「其話本與講史書者頗同，大抵眞假相半。」又「小說講經史」條下云：「蓋小說者，能講一朝一代故事，傾刻間捏合。」這段文字《都城紀勝》所說大同小異，惟「捏合」作「提破」而已。是知講史之體，在歷敘史實而雜以虛辭；小說之體，在說一故事而立知結局。灌園耐得翁《都城紀勝·瓦舍眾伎》也記載：

> 凡傀儡敷演煙粉靈怪故事，鐵騎公案之類。其話本或如雜劇，或如崖詞，大抵多虛少實，如『巨靈神』、『朱姬大仙』之類是也。影戲：凡影戲乃京師人初以素紙雕簇，後用彩色裝皮爲之。其話本與講史書者頗同，大抵眞假相半，公忠者雕以正貌，奸邪者與之醜貌，蓋亦寓褒貶於世俗之眼戲也。……講史書，講說前代書史文傳興廢爭戰之事。

所謂與雜劇講史相同，是指虛實眞假程度，即「眞假相半」，而非指說話話本可通用於傀儡影戲。講史取材於歷史記載，不可能像講說煙粉靈怪故事那樣隨意敷演，必須「得其興廢，謹按史書；誇此功名，總依故事。」〔註8〕只有在史書基礎上才能進行必要的虛構。由此可知，講史中的虛實關係便是由講史藝術的特質所決定的：首先，講史不同於歷史，它是一門藝術，這就決定它要有虛的成分，要遵循文學虛構的共同原則，要在史實基礎上進行擴充、調整、虛構等「增損」工夫，經過一個藝術化的再加工過程，將「歷史」再創造爲「藝術」。另一方面，講史又是與歷史密切相關的藝術，它不能脫離歷史而存在，這也是制約講史虛實關係的重要因素。

　　宋末羅燁《醉翁談錄·小說開闢》提到：

〔註8〕語見南宋羅燁：《醉翁談錄·舌耕敘引》「小說引子」條。

夫小說之者，雖爲末學，尤務多聞。非庸常淺識之流，有博覽該通
之理。幼習《太平廣記》，長攻歷代史書。……只憑三寸舌，褒貶是
非；略嘔萬餘言，講論古今。說收拾尋常有百萬套，談話頭動輒是
數千回〔註9〕。

講史作者通過想像和虛構，使歷史事件形象化、生動化、具體化，對許多歷
史人物進行了再創造，使之成爲具有性格特徵的藝術形象，因此歷史小說的
情節提煉，在某些情況下，關鍵並不在歷史上確曾發生什麼，而在於作者的
敘述是否符合邏輯——而且這個「邏輯」只能是藝術世界的〔註10〕。儘管說
書藝人「乃見典墳道蘊，經籍旨深。試將便眼之流傳，略爲從頭而敷演。」
〔註11〕、「只憑三寸舌，褒貶是非；略嘔萬餘言，講論古今。說收拾尋常有
百萬套，談話頭動輒是數千回。」〔註12〕然而，講史萌發之際，說書藝人不
可能想要從「渾沌之初，盤古開天」漫天講起，他只能挑選歷史上最精采、
最能吸引聽眾的「口碑史料」〔註13〕。早在唐代寺廟裡盛行的「俗講」中已
經出現了歷史題材，宋·孟元老《東京夢華錄·京瓦技藝》所記北宋京城的
百藝中即提到講史：「孫十五、曾無黨、高恕、李孝祥，講史」、「霍四究說
三分」、「尹常賣五代史」〔註14〕。由於歷史內容極爲豐富，講史藝人不可能
對一切歷史題材都很熟悉，要想提高講說水平，他們必須專攻某一題材或某
一時期的歷史。霍四究的「說三分」和尹常賣的「五代史」，就是在這樣的
背景下產生。「說三分」、「五代史」正是藝人和聽眾選擇的結果，《全相平話
五種》中的諸多題材也應作如是觀。

　　一般來說，講史平話的體裁特點是由四個部分組成：一、題目。二、開
場詩與散場詩。三、入話與頭回。四、正話〔註15〕。講史平話的題目通俗易

〔註9〕　參見《宋元平話集·附錄二》，頁905。
〔註10〕　寧宗一：《中國小說學通論》（合肥：安徽教育出版社，1995年初版），頁457。
〔註11〕　語見南宋羅燁：《醉翁談錄·舌耕敘引》「小說引子」條。
〔註12〕　語見南宋羅燁：《醉翁談錄·小說開闢》。
〔註13〕　語見楊建國、項朝暉：〈宋元講史話本的通俗化特徵初探〉，《中國文化研究》，
　　　　　2000年，頁71。
〔註14〕　「說三分」即以講說三國故事爲主。「五代史」就是講述五代的史書。分新、
　　　　　舊二種，舊者一百五十卷，爲宋薛居正撰，新者七十五卷，爲歐陽修重加修
　　　　　定。參見宋·孟元老撰，鄧之誠注：《東京夢華錄注》（北京：中華書局，2008
　　　　　年6月初版），頁132～133。
〔註15〕　樓含松分法則是省去「題目」與「正話」，另闢「插圖、立目、分卷」一項出
　　　　　來。何謂「插圖、立目、分卷」？通俗讀物圖文相配的形式由來已久，敦煌

懂，也很簡練，多能畫龍點睛地概括故事的內容，普遍以人名、地名、別號或主要情節爲題。有的平話於題目下另有題目，如《全相平話五種》中的《武王伐紂平話》（《呂望興周》）、《七國春秋平話後集》（《樂毅圖齊》）、《秦并六國平話》（《秦始皇傳》）、《前漢書平話續集》（《呂后斬韓信》）等。一個故事有不同的題目（或稱爲副題），應該是說書人所爲，不同的藝人對故事的理解會有不同的傾向，他們都想按照自己的理解去歸納故事，於是便出現了同一個故事在不同的地方、不同的時代、不同的藝人手裡而異名的現象〔註16〕。當然，也可以說是受限於講史平話的時間、情節、人物等複雜的敘事結構，講史家不得不採取執簡馭繁的手法，將內容儘量集中到一兩個中心人物身上。因此，副題等於告知讀者該平話的中心人物和中心事件，尤其是《秦始皇傳》，更清楚不過地說明了平話和史著的關係：這部作品主要是根據《史記·秦始皇本紀》演繹的。「開場詩與散場詩」蓋源自唐代俗講中「押座文」與「解座文」〔註17〕。在整部講史平話的開頭，通常有一至兩首七絕或七律，作爲

變文中有許多作品就是這種形式，最典型的是《降魔變文》（伯字4524），一面畫著勞度差鬥聖的故事，一面寫著與圖相應的一段變文唱詞。《大目幹連冥間救母變文並圖一卷並序》，從題目即可看出是有插圖的。《韓擒虎話本》卷末稱「畫本既終，並無抄略」，說明這種附圖的變文又稱「畫本」。現存平話中的《全相平話五種》有插圖，每頁上方三分之一爲插圖，下方三分之二爲文字，每一圖兩邊爲一行字，組成一句話，作爲該圖的標題，圖下文字的内容和圖基本相應，故稱「全相」，其形式和現代的連環畫相似。《五代史平話》原本未見，不知有無插圖。《宣和遺事》明刊本卷首有圖。《吳越春秋連像平話》原本未見，從書名看，也是有圖的，「連像」就是「全相」之意。《全相平話五種》的插圖比較粗劣，但也足以增加閱讀的趣味，這也表明平話不再是講史藝人的話本，而是通俗讀物。正如魯迅在《中國小說史略》中所說：「觀其簡率之處，頗足疑說話人所用之話本，由此推演，大加波瀾，即可愉悅聽者。然頁必有圖，則仍亦供人閱讀之書也。」（p.86）1967年，在上海嘉定發現的明代成化年間刊印的說唱詞話本，有的每頁有圖，版式與《全相平話五種》相似：有的則用插圖，書名也多稱「新編」、「新刊」、「全相」等。從中國版畫史、印刷史看，插圖是宋元以來通俗讀物尤其是小說戲曲刊本的普遍形式。雖然插圖本身不屬於文體要素，但這種刊本體制特點，對我們確定平話的文體歸屬還是有幫助的。請參閱樓含松：〈講史平話的體制與款式〉，《浙江大學學報（人文社會科學版）》，2004年，頁106。

〔註16〕寧宗一：《中國小說學通論》（合肥：安徽教育出版社，1995年初版），頁399。
〔註17〕黃徵、張湧泉《敦煌變文校注》卷七收有押座文10篇、解座文3篇。注引向達《唐代俗講考》云：「押座之押或與壓字義同，所以鎮壓聽眾，能使靜聆也……此當即後世入話、引子、楔子之類耳。」孫楷第《唐代俗講軌範與其之體裁》云：「押即鎮壓之壓，座即四方之座……『押』可通作『壓』，有鎮靜鎮伏意……押座之意可釋爲靜懾座下聽眾，開講之前，心宜專一，故以梵贊鎮

「開場詩」。開場詩以不同形式呈現，或概括整部歷史，如《武王伐紂平話》。或說明該講史平話的內容，如《七國春秋平話後集》、《三國志平話》。或抒發評論，如《秦併六國平話》。同樣地，在講史平話篇末，都有一首七絕或七律作爲「散場詩」，或作爲全文總結，如《三國志平話》。或用以評議，借鏡歷史，如《秦併六國平話》多引胡曾《詠史詩》〔註18〕。而開場詩與散場詩的內容是遙相呼應，如《秦併六國平話》以「世代茫茫幾聚塵，閑將史記細鋪陳；便教五伯多權變，怎似三王尙義仁。六國縱橫易冰炭，孤秦興仆等雲輪；秦吞六代不能鑒，且使來今復鑒秦。」開場，以「始皇詐力獨稱雄，六國皆歸掌握中；北塞長城泥未燥，咸陽宮殿火先紅。癡愚強作千年調，興感還如一夢中；斷草荒蕪斜照外，長江萬古水流東。」作散場，前後呼應，知古鑒今。

　　在小說話本中，開場詩後緊接「入話」和「頭回」。「入話」指開場詩之後引入「正話」的故事，它有時是詩詞，有時是一篇小故事，或者是詩詞加故事。而在「入話」之後，有的平話還插入一段與正話相類（或相反）的故事，這段故事自身就成爲一回書，具有相對的獨立性，位置又在正話的前頭，所以稱作「頭回」或「得勝頭回」、「要笑頭回」，它對正話起著映襯作用。「入話」以說明、議論爲主，頭回則是故事，兩者依故事內容的具體情節而區分。講史平話中的「入話」與「頭回」，情形比較複雜。現存平話中，只有《秦併六國平話》提到「頭回」一詞。這部平話的開篇由「鴻蒙肇判、風氣始開」寫起，簡敘夏、商、周三代傳承，春秋五霸，戰國七雄，秦始皇一統天下，秦始皇崩，趙高與李斯殺胡亥，立子嬰爲君，趙高弄權，子嬰殺趙高。接著是：

> 有胡曾詩爲證。詩曰：「漢祖西來秉白旄，子嬰宗廟起波濤。誰憐君有翻身術，解向秦宮殺趙高。」在後，天降聖人，漢高祖劉邦領兵入關，系項以組，封皇帝璽，降於枳道。這個頭回且說個大略，詳細根原，後回便見〔註19〕。

靜之。」詳閱黃徵、張湧泉：《敦煌變文校注》（北京：中華書局，1997 年初版），頁 1140。

〔註18〕事實上，講史引用唐胡曾《詠史詩》最多，如《全相平話五種》、《宣和遺事》及明弘治本《三國演義》。請參閱高思嘉：〈唐宋「說話」的演變〉，《四川師範大學學報（社會科學版）》，1996 年，頁 62。

〔註19〕參見《秦併六國平話》卷上〈周平王下堂見諸侯〉。丁錫根點校：《宋元平話集》（上海：上海古籍出版社，1990 年初版），頁 571。

這裡，頭回的功能是講解歷代世系，介紹歷史知識，記敍本篇情節大略，作爲提要〔註20〕。「正話」即正文故事，其中很重要的一個特點是善於靈活地運用「套語、贊賦和韻語」〔註21〕，一方面是爲了便於創造主角人物、表現主題思想。另一方面則爲了組成生動活潑的藝術結構，鮮明新穎的說表（又說又表演）格調的需要。

　　歸結而言，宋元講史話本從文本性質上說，只是口語技藝向書面文學讀物轉化的產物，屬於口語文學的書面替代品，而不能算作獨立的書面文學創作。文體的獨立應始於文人模擬宋元小說家話本文體形式，爲了閱讀目的而進行的獨立書面文學創作。一般而言，對文體的獨立應從兩方面來理解：一、人們開始把它當作一種書面文學的文學體裁進行創作，並產生一批作品，使其成爲一種作者、讀者普遍接受的獨立的書面文學文體。二、形成了相對定型的文體規範，並爲後世的創作所認同與繼承〔註22〕。再者，也由於講史題材的特殊性使它在藝術體制上形成自己的特點，它的篇幅漫長，因此需要很多次才能講完，這自然形成了講史的「回」〔註23〕，並爲以後的長篇章回小說的形成奠定了基礎。宋元以降，講史話本又專稱「平話」，以表示重在評述，與小說講唱並重有所不同，現存《新編五代史平話》、《宣和遺事》及元刊《全相平話五種》等皆是。作爲面向普通民眾的講史讀物，與傳統史著比較下，具有自身鮮明的特徵，它是史著在發展過程中出現的一種新類型，即通俗化的史著。

〔註20〕 樓含松：〈講史平話的體制與款式〉，《浙江大學學報（人文社會科學版）》，2004年，頁105。

〔註21〕 詳閱譚達先：《中國評書（評話）研究》（臺北：臺灣商務印書館，1992年初版），頁151～169。

〔註22〕 王慶華：《話本小說文體研究》（上海：華東師範大學出版社，2006年初版），頁78。

〔註23〕 不過這種情況到了話本整理者手中似乎被破壞，有的卷與卷之間或回與回之間，情節被分割開來，甚至一句話也被分爲兩處。如《秦併六國平話》卷上結束時寫：「趙蔥取得首級，來見大王。大王見了，半悲半喜曰：『可憐枉害忠良將李牧，無將可退秦兵，半喜者，讒臣滅。』」而卷中的開頭則有一首詩：「趙王昏耄用讒臣，枉害忠良李牧身；可憐邯鄲無猛將，誰人可去退秦兵？」顯然此詩是詠嘆前事的，卻被攔腰截斷。以現存的《全相平話五種》爲例，雖然還不像成熟的章回小說的回目那樣清晰明瞭和規範化，但確實已形成了章回體的基本格局。而《全相平話五種》皆分上中下三卷，可能是變爲話本以後的做法，最早應該還是「回」。請參閱寧宗一：《中國小說學通論》（合肥：安徽教育出版社，1995年初版），頁383～384。

第二節　《秦併六國平話》的通俗性

　　宋、元小說家話本的文本性質，可界定為：「一種由『說話』技藝轉化而來的書面通俗文學讀物。」〔註24〕基本可視為口頭技藝的書面替代品，具有濃厚的商業性（以賺錢為目標），主要滿足下層市井小民娛樂消遣的需要。現存的宋、元話本已不多，而且很難一一指明其產生年代。章培恒〈關於現存的所謂「宋話本」〉一文經過考證指出：「今天所見話本實沒有一種是貨真價實的宋話本，至少是經由元人的增潤。」〔註25〕我們可從這段文字得知，現存所謂宋代話本或多或少具有元代潤飾的特徵，這表示它們大規模的刊行應當在元初。換言之，大約在元代，小說家話本才成為較流行的刊行讀物。經過印刷出版的話本除了保持原有的功能，即為說話人提供故事依據外，滋生出來的閱讀功能變得越來越重要，以致後來幾乎完全取代了前者。話本整理者（也許身兼出版商）所以要對說話底本進行潤色，加工整理的重點在情節的詳略、條理化及過份的口語化等方面，這完全是出於閱讀習慣的考慮。

　　宋、元話本開始應與唐代傳奇一樣，主要以傳鈔形式流傳，隨後拜活字印刷術進步之賜，及出版業和商業的發展，才逐步進入刊刻出版的階段，這與宋、元時期坊刻的發展息息相關。坊刻萌芽於唐、五代，宋、元時期獲得全面發展，一方面坊肆激增、地域分佈極廣，另一方面刻印數量繁多，範圍也廣泛。宋、元分別形成了建陽、建安、杭州、四川和平陽、杭州、建寧等書坊林立的多個全國性出版中心，成為整個刻書事業的支柱和主流。以營利為主要目的的書坊刻印了大量啟蒙讀物、科舉應試讀物、日常用書，在通俗讀物的出版中起到了非常突出的作用。他們看到「說話」技藝市場廣闊，深受市井民眾的歡迎和喜愛，自然會想到刻印作為口頭技藝書面替代品的話本，滿足市井百姓的文化娛樂需求以販售求利。

　　宋元說話藝術中講史一類，現存的作品主要有《全相平話五種》以及《大唐三藏取經詩話》、《大宋宣和遺事》等，這些作品有宋、元時刊本。其中《全相平話五種》，元建安（今福建建陽）虞氏刊印。集內所收包括講述周武王興兵滅商建立周朝的《武王伐紂平話》（《呂望興周》），講述戰國

〔註24〕王慶華：《話本小說文體研究》（上海：華東師範大學出版社，2006年初版），頁 51。
〔註25〕章培恒：〈關於現存的所謂「宋話本」〉，《上海大學學報》，1996年第 1 期。

時代燕國和齊國爭戰故事的《七國春秋平話後集》(《樂毅圖齊》)，講述嬴政建立秦王朝故事的《秦併六國平話》(《秦始皇傳》)，講述以斬韓信事件爲中心情節的《前漢書平話續集》(《呂后斬韓信》)和講述三國故事的《三國志平話》，是中國小說史上最重要的講史話本，對於後代的歷史演義小說影響極大，不僅爲之提供再創作的雛形，而且積累了創作的經驗〔註26〕。而《全相平話五種》本身也明確顯示它作爲一個系列，其中已缺少了至少兩種以上〔註27〕。《三國志平話》扉頁上題有「至治新刊」字樣，至治爲元英宗年號，說明刊印於 1321 至 1323 年之間。惟另外四種的刊刻年代不詳，一般認爲與《三國志平話》的刊刻時代相距不會太遠〔註28〕。《全相平話五種》(「全相」猶今所謂繡像全圖)，商務印書館涵芬樓與日本倉石武四郎分別有影印本〔註29〕。1956 年北京文學古籍刊行社將商務印書館《三國志平話》影印本和日本倉石武四郎影印的其他四種話本合併，題名《全相平話五種》影印出版，其中《秦併六國平話》附圖 51 幅，現典藏於臺北國家圖書館，本文檢附書影三頁如下：

〔註26〕潘樹廣主編：《中國文學史料學・下冊》(合肥：黃山書社，1993 年初版)，頁775。

〔註27〕鄭振鐸指出：「當時，虞氏所刊似不僅此五種。將來或更有機會，使我們能夠發現其他各種罷。至少，在《樂毅圖齊七國春秋後集》之前，必定是有一個『前集』的；在《呂后斬韓信全漢書續集》之前，也必定是有一個『正集』的。」參見《鄭振鐸古典文學論文集》(上海：上海古籍出版社，1984 年 1月初版)，頁 408。

〔註28〕現存最早的講史平話《全相平話五種》，有些雖然金代已成書，但也都刊行於元至治年間。詳見程毅中《宋元小說研究》第九章《宋元講史平話》中的有關論述。

〔註29〕五種平話本均爲日本東京內閣文庫收藏。其中《三國志平話》還有海寧陳氏《古佚小說叢刊》所收的版本。

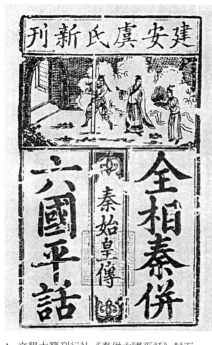

2.《秦併六國平話》卷上〈周平王下堂見諸侯〉

1. 文學古籍刊行社《秦併六國平話》封面　　3.《秦併六國平話》卷上〈始皇出詔併六國〉

　　此外，上海古典文學出版社與中華書局上海編輯所也出版過排印本。筆者取得的《秦併六國平話》乃選自丁錫根點校，由上海古籍出版社所出版的《宋元平話集》，內容除《全相平話五種》之外，另搜羅了《梁公九諫》、《五代史平話》及《宣和遺事》等八部之宋、元間講史平話，並附錄本書序跋資料及有關平話資料，惟丁錫根點校的《秦併六國平話》並無附圖。王慶華《話本小說文體研究》概述了元刊《全相平話五種》的編纂情況：

　　　　現存元刻《全相平話》五種的成書編纂情況為：直接引用史書和古
　　　　人著作、根據史書略加敷衍、保留較多口語色彩，由「說話」內容
　　　　整理而來、而書中的情節多有脫節、牴牾之處等。此說明瞭編纂者
　　　　的整理加工相當粗略，而且文化水平也較低，因而極可能地，這些
　　　　話本的整理加工者就是書坊東主或其雇用的下層文人〔註30〕。

聞克〈全相平話五種〉也補充提到：

　　　　此書所收五種平話，在不同程度上反映了普通民眾的歷史觀。如《武
　　　　王伐封書》、《秦併六國平話》都表達了反抗暴政的思想，認為「國

_____

〔註30〕參見王慶華：《話本小說文體研究》（上海：華東師範大學出版社，2006年初
　　　　版），頁52。

以民爲主，民以國爲本，國本人民切不失也。」同時，這些話本也宣揚了因果報應、天命論等唯心主義的觀點。每部作品的結構均比較簡略，語言也較粗糙，風格不盡一致，可能屬於不同的藝人表演使用的說話底本。其中也不乏生動的描寫，如《三國志平話》中對張飛形象的刻畫就相當突出和動人。《全相平話五種》爲研究元代的說書話本提供了實際資料，它們「歷敘史實而雜以虛辭」的編寫方法，對後來章回體歷史演義小說的編撰也有重要影響〔註31〕。

依王慶華、聞克提到「根據史書略加敷衍」、「保留較多口語色彩」、「由『說話』內容整理而來」、「表達了反抗暴政的思想」、「結構簡略、語言粗糙」等特色可以得知，《秦併六國平話》作爲由「說話」技藝轉化而來的書面讀物，並根據史書加以改編，具有鮮明的通俗性，可算是一部帶有進步思想的通俗化史著。而所謂通俗化史著，即指在形式、內容、語言等方面轉變爲適合群眾的水平和需要，容易使群眾理解和接受的史著。考察一部作品是不是通俗化著作，應看其內容、形式、語言等多方面是否適合群眾的水平和需要，是否容易爲廣大群眾所理解和接受，或曰是否具有「大眾性」。宋、元講史話本正是具有這種「大眾性」特徵的通俗化史著。本節根據楊建國、項朝暉所歸納的四項通俗化特徵作論述，即「記述內容」、「敘事方式」、「語言文字」、「篇目設計」〔註32〕。

　　一、記述內容的通俗化。講史題材取決於市場，說話時所用的語言也必須符合市井小民的程度，因此講史平話便逐漸朝文言白話夾雜的表述方式靠攏。它改變了詰屈聱牙的文言，吸取不少民間口語，表現出質樸、率眞的特點。例如講史作者在文中穿插許多韻文〔註33〕，或寫景，或狀物，或抒情，或評論，起著渲染烘托的作用。採用韻文來敘述，使得講史平話本身更易閱讀，也增添讀者的興趣。多數講史平話能夠貼近民眾、適時反映民心，具有進步的思想傾向，它不同程度地鞭撻荒淫暴虐的帝王，斥責禍國殃民的權奸，同情人民的痛苦和不幸，讚揚愛國精神。此外，講史平話還有向聽眾普

〔註31〕參見聞克：〈全相平話五種〉，《曲藝》，2007年，頁52。
〔註32〕請參閱楊建國、項朝暉：〈宋元講史話本的通俗化特徵初探〉，《中國文化研究》，2000年，頁71。
〔註33〕平話體制中有所謂的「韻語」，是指「押韻的語句」。廣義來說，包括詩歌在內；狹義而言，指的是若干個詩意不濃的句子，有時字數相等，句式整齊，有時卻是把字數不等的幾個句子，組織在一起。詳閱譚達先：《中國評書（評話）研究》（臺北：臺灣商務印書館，1992年初版），頁163～164。

及歷史知識的重要功能，並且在很長的時間內，成爲平民獲得歷史知識的主要媒介，可說是講史平話對社會的一種責任。藉由講史作者的傳播，傳統史著中那些平淡無奇、呆板生硬的記載，轉變爲廣大下層民眾喜聞樂見的情節，也就成爲講史話本內容通俗化的必然結果。所謂「記述內容的通俗化」又可細分爲「史實選擇」和「情節描述」兩方面來探討。其中「史實選擇的通俗化」係指選擇那些民眾感興趣的史實以進行記述。如《秦併六國平話》的內容有〈始皇出詔併六國〉、〈楚王會五國大王〉、〈六國興兵伐秦〉、〈太子送荊軻入秦〉、〈荊軻刺秦王〉、〈秦楚交戰〉、〈始皇送王翦征楚〉、〈高漸離撲秦王〉、〈李斯諫逐客〉、〈焚書坑儒〉、〈秦子嬰殺趙高〉等情節。歷代學者對秦王朝覆滅等議題看法莫衷一是，從漢賈誼〈過秦論〉、唐柳宗元〈封建論〉、宋蘇洵蘇轍父子〈六國論〉、明末王夫之《讀通鑑論·卷一》「秦始皇」至近代章炳麟〈秦政記〉、〈秦獻記〉等文章皆斑斑可考，這些學人的看法或多或少反映著當代思潮。而「情節描述的通俗化」則是在歷史事件的描述上，通過採錄雜史等著作的記述，使其比傳統史著更爲生動詳細，更加吸引聽眾。如《史記·秦始皇本紀》的一段記載：

　　六年，韓、魏、趙、衛、楚共擊秦，取壽陵〔註34〕。

《秦併六國平話》卷上對同一內容的記載是：

　　六國王接得秦國始皇書，各各開看。其別無話，只是秦帝克伏諸國來降，諸王不悅。……楚令項梁爲將，齊遣鄔閭爲將，韓遣馮亭爲將，燕遣孫虎爲將。楚襄王親爲招討。克日兵至函谷關，會合諸國人馬。諸國大王各歸本國，點集雄兵猛將，往路中函谷關相會。楚王車駕起行，爲招討，預先在關等候。至日，趙有李牧、張耳、陳申，發兵三萬，到關參拜楚王。齊有田儋、鄔閭、鄔興，集兵三萬，至關。……

在這兩段相應的敘述中，《史記》只是一句平淡的結論性記載，而在《秦併六國平話》中卻是如此生動、詳細的戰爭場面，這樣的內容勢必能引起廣大下層民眾的興趣，滿足他們的好奇心，從而擴大了講史平話的境界。

　　二、敘事方式的通俗化。在敘事方式上，講史話本一改傳統史著或以人物開篇，或以時間居首的陳舊呆板、絕少變化的形式，而採用了下層民眾普遍喜好的通俗詩歌來展開鋪陳，例如在《秦併六國平話》上、中二卷的開篇

〔註34〕參見漢·司馬遷撰：《史記》（北京：中華書局，1997 年北京第一版），頁 224。

都以一首七言詩起頭，卷上是首七言律詩：

> 世代茫茫幾聚塵，閑將史記細鋪陳；便教五伯多權變，怎似三王尚
> 義仁。六國縱橫易冰炭，孤秦興仆等雲輪；秦吞六代不能鑒，且使
> 來今復鑒秦。

卷中則使用七言絕句：

> 趙王昏耄用讒臣，枉害忠良李牧身；可憐邯鄲無猛將，誰人可去退
> 秦兵？

卷下開篇雖未置詩歌，但卷下結束時仍有所謂散場詩。這些開篇詩雖然性質
不盡相同，但都圍繞著故事主題進行，且平實易懂。當然，除開篇外，通俗
詩歌還存在於篇中與篇末，篇末即散場詩，有總結上文，預示下文的作用。
它們與傳統史著中的「論」、「評」、「贊（賦）」功能相似，實際上是演變自史
論、史評和史贊。講史平話中引用著名詩人的詩句，原因在於這些詩歌在社
會上廣為流傳，深得民眾喜愛，引用這樣的詩歌，能縮短與下層民眾的距離，
使他們產生親切感與認同感。事實上，大多數的通俗詩歌是出自於講史平話
作者，他們迎合了民眾的興趣，也強化了講史平話的吸引力。

　　三、語言文字的通俗化。語言文字是一部作品是否通俗的最為直接的表
現。傳統史書在語言文字上皆雅潔深奧，很難為目不識丁的下層民眾所理解。
講史話本的作者為了開拓市場，使其作品具有更大的吸引力和更廣泛的適應
性，在語言文字方面作了較大的改進。本節已提到文白間雜是講史平話的特
色，換句話說，就是由簡約艱深的文言逐漸轉變為通俗易懂的白話之歷程。
講史平話與現代小說的顯著差異就是前者保留著強烈的說書人口吻，時時顯
示著與說話藝術的密切關係。像是說書場上的特定用語（或者說它是宋、元
時期通行的口語）便仍牢牢地保存在話本中，以致形成了一種難以改變的敘
事程式，如「話說」、「卻說」、「且說」這類用語，比比皆是。類似這種說書
的特定語彙，在宋、元平話中經常出現，尤多見於人物的言語中，茲將《秦
併六國平話》中出現的一些典型的宋、元口語列表如下：

《秦併六國平話》使用的宋元口語詞	出　處	例　句	《宋元語言辭典》〔註35〕解釋
便教	《秦併六國平話》卷上	「便教五伯多權變，怎似三王尚義仁」	即使、即令

〔註35〕參見龍潛庵：《宋元語言詞典》（上海：上海辭書出版社，1985年初版）。

時分	同上	自武王至幽王時分喚作西周，自平王至赧王時分喚作東周	時候
底	同上	從平王時事為頭，有善事底褒獎他，使人知勸；有惡事底貶責他，使人知怕。	用在名詞或代名詞後面，表示所有的意思，同「的」
甚的	同上	唐賢杜牧做那《阿房賦》，末後說得最好。說個甚的？杜牧《阿房賦》後一段道是……	疑問詞，甚麼
話說	同上	話說昔日秦始皇帝者，莊襄王子也。	發語詞，無義
勾當	同上	「賫國書前往齊、燕、魏、趙、韓、楚諸邦游說諸侯，早獻地圖納降，免得干戈，百姓枉遭塗炭。這是一項好底勾當。」	事情。多指壞事而言
怎地	同上	楚王與諸王言道：「有秦王遣使賫國書克俺諸國納□□。這事怎地？」	怎樣、如何
區處	同上	楚王問諸將：「那兩個要做先鋒，怎生區處是得？」	處置
廝／咱每／俺	同上	楚襄王曰：「這廝有這般武藝！」；楚將答曰：「咱每是先鋒景耀龍。」	對男子的蔑稱／我／我
會事	同上	李彪曰：「秦斌，你等因甚興兵來侵吾國？您若會事之時，出陣一戰，可決勝負。」	懂事、識趣
叵奈	同上	李彪大怒：「叵奈小邦結黨侵凌大國，待教諸國一兵片甲不留。」	可惡、可恨
打話／打話不同	同上	施禮打話已畢，二人交戰。	說話、答話／二人以上對話或答話時，意見不同，而發生衝突
在意	同上	商議已定，楚王曰：「將軍在意！」	留意、注意
怎生	同上	李牧雖號名將，年已六十，氣力衰乏，怎生敵得那少年的王翦？	如何
恁地	同上	楚王分付諸卿大將：「今日定計殺秦兵，恁地恁地。」	如此、這樣
好生	同上	馮亭見軍中霍雄被斬了，忿怒生嗔，肩担熟銅斧來，好生與王翦定論勝負。	用心、仔細／很、非常
分過太平	《秦併六國平話》卷中	周霸不趕，在陣上高叫：「秦將願出陣分過太平！」	決鬥、分出勝負

　　由上表看出，大量運用當代口語是宋、元講史平話的一個顯著特徵，如此藝術化的手法使得講史較傳統史書更貼近民眾，更能獲得百姓的共鳴。

　　四、篇目設計的通俗化。講史話本在篇目設計上與傳統史著也有區別，主要表現在分卷與標目兩方面。其一，講史話本分卷較傳統史著簡單。傳統史著一般以卷分篇，但卷數較多。而整理話本的文人在考慮概念的使用時，捨棄了口語化的回，而使用了經史子集都通用的卷，惟卷數很少。然而，卷與回其實並非等量的單位，卷要比回大。《全相平話五種》都是上、中、下三卷，並不等於都只有三回故事。其二，講史話本的標目較傳統史著生動易曉。講史話本與紀傳體、編年體史著都不同，它既不以人物、族名、國名標目，也不以時間標目，而是以事件標目。如《秦併六國平話》雖亦稱《秦始皇傳》，但這部平話三分之二以上的篇幅都在描寫秦併六國的過程，重心置於戰爭描寫上，作為中心人物的秦始皇其實半隱半現，反倒以王翦、李信、蒙恬等武將活躍於舞台前，略具編年體並列敘事的特點〔註36〕。誠如《夢粱錄·小說講經史》提到：

　　　　講史書者，謂講說《通鑑》、漢、唐歷代書史文傳，興廢爭戰之事
　　　〔註37〕。

其中「講說《通鑑》」就是指講史藝人在敷演故事時受到《資治通鑑》影響，從中擷取素材，反應在供閱讀的講史平話上，自然移植了編年敘事的特徵。

第三節　《秦併六國平話》的史料取材

　　大量的史籍是講史藝人們取之不盡的寶庫，而通俗化了的史實的普及也增進了民眾對歷史的興趣，使講史具備了廣泛的群眾基礎。講史平話既然講的是歷史人事，那麼它就少不了從前代的「書史文傳」中擷取一定的歷史材料，所謂「得其興廢，謹按史書。」〔註38〕依選擇歷史的對象又可區分為兩種類型：一是以某個朝代的起止或某一特定歷史時期為一時間段落，如《五代史平話》、《三國志平話》、《七國春秋平話》等。二是以某一歷史人物的一

〔註36〕樓含松認為：「《秦併六國平話》以《秦始皇本紀》為本，編年最詳細，作者雖對史實作了剪裁，情節比較集中，但沒有消除本紀編年的影響。如卷上：『始皇八年，韓威（應作桓）惠王卒，立子安為韓王。九年，韓王為元年。九年，楚考烈王卒，子悍立為楚幽王。十一年，趙卓（應作悼）襄王卒，子遷立為趙王。天下諸國平寧。十四年，韓王納土為藩臣。』毫無情節可言，只是為了保持編年的連貫性。」請參閱樓含松：〈擬史：宋元講史平話的敘事策略〉，《浙江大學學報（人文社會科學版）》，2006年，頁86。
〔註37〕參見《宋元平話集·附錄二》，頁900。
〔註38〕語出南宋·羅燁：《醉翁談錄·舌耕敘引》「小說引子」條。

生爲一時間段，如《秦併六國平話》又名《秦始皇傳》，以秦始皇成就帝業的興衰爲敘述主軸，基本上按《史記》敷演，輔以《漢書》。但《秦併六國平話》也講列國故事，它一開始便把七國形成之前的歷史，從盤古開天地說起，每一朝的起止年代都敘得清清楚楚，讓讀者對故事發生的時間背景一目了然。惟「謹按史書」並不意味著說書人在講史時，只是將其取得之史料用通俗語言轉譯給聽眾而已。如必然如此，則聽眾肯定興致缺缺。講史畢竟不是史書的宣讀或史實的單純複製，它是一種藝術創作活動。講史藝人們爲了重現歷史圖景，表達自己的情感，讓過去的人和事鮮活地展現在聽眾的面前，需要在細節的生動性和眞實感上下很大的功夫，同時還需要設計一套聽眾習以爲常而樂於接受的表達手法和技巧。例如正式演說前，說書人勢必還要針對所擷取的史料作適度的增刪和潤色。或沿用史料多些，或汲取史料少點，但皆自覺地利用傳說、野史作爲史料的補缺，這也是講史平話的一大特色。

在宋、元時期，就講史平話的眞實虛構運用予以評價尚不多見，這一矛盾並不明顯。然至明代歷史演義大量流行時，史實和虛構的關係就成爲評價歷史演義的一個理論基礎了〔註39〕。以下引錄《秦併六國平話》部分內容與北京中華書局編輯部點校的漢・司馬遷《史記》〔註40〕，製作成對照表，並附於文末附錄。期在透過與史書的參照，從而探索《秦併六國平話》創作者係如何取捨正史與稗史、野史，進行通俗化的演繹。

從《秦併六國平話》與《史記》的附表不難看出，《秦併六國平話》內容係以《史記・秦始皇本紀》爲主，略綽處則輔以世家、列傳，甚至徵引《漢書》。經筆者統計，惟卷上〈始皇出詔併六國〉、〈趙將殺匈奴〉、〈馬亂呑秦郎主〉、〈李牧退番兵〉、〈司馬尚奏李牧反〉、〈趙王賜李牧死〉。卷下〈燕王投虜〉、〈高漸離撲秦王〉、〈沛公當道斬蛇〉、〈酈食其謁沛公〉等未見於《史記・秦始皇本記》，蓋全本平話有 80.4％係出自《史記・秦始皇本記》。講史平話作爲通俗讀物，儘管「申以勸誡，樹之風聲」〔註41〕的政治教化淡薄，然而《秦併六國平話》還是相當程度地表達了總結歷史教訓的願望，試看篇末寫道：

〔註39〕樓含松：〈史學新變和講史的興盛〉，《浙江大學學報（人文社會科學版）》，2000年，頁77。

〔註40〕該書爲《二十四史》叢書第一冊。北京：中華書局，1997年北京第一版。以下所引司馬遷《史記》皆爲中華書局1997年的版本。

〔註41〕語出《史通・直書》。請參閱唐・劉知幾撰，清・浦起龍釋：《史通通釋》（臺北：九思出版有限公司，1978年初版），頁192。

> 夫以始皇，以詐立取天下，包舉宇內，席捲天下，將謂從一世事至
> 萬世為皇帝。誰料閭左戍卒，一呼而七廟隳，身死人手，為天下笑。
> 中原失鹿，諸將逐之。神器有歸，竟輸於寬仁愛人沛公。則知秦上
> 詐立，三世而亡。三代仁義，享國長久。後之有天下者，尚鑒於茲
> 〔註42〕。

始皇帝業建立在「詐」的基礎上，故國祚不似「仁義」立國的三代長久。作者將歷史興衰歸於君王〔註43〕，遂令後世「有天下者」殷鑑不遠。綜觀《秦併六國平話》與《史記》的參照，可歸納出三項特色：

其一是「忠於史實」。《秦併六國平話》以引用《秦始皇本紀》最多，〈趙將殺匈奴〉、〈馬亂吞奏郎主〉、〈李牧退番兵〉、〈司馬尚奏李牧反〉、〈趙王賜李牧死〉皆取材自《史記·廉頗藺相如列傳》。〈燕王投虜〉、〈高漸離撲秦王〉則取材《史記·燕召公世家》與《史記·刺客列傳》。〈沛公當道斬蛇〉、〈酈食其謁沛公〉則出自《史記·高祖本紀》。獨〈始皇出詔併六國〉和徐福渡海求仙二處完全屬於獨創，亦即整部平話僅不到5%係出自個人文學想像。惟《秦併六國平話》雖借重正史，卻仍有不合史實處。如該書將內史騰滅韓誤作王翦，齊王建相孟嘗君等都明顯與史不符，倘若真要達到清·蔡元放所說「全要把作正史看，莫作小說一例看了。」〔註44〕的境地，恐怕先得糾正這些不合史實的謬誤。

其二是「以傳奇故事補史之不足」。如開卷即創造出秦王下降書的情節，於焉招致六國合縱攻秦。以先禮後兵的橋段作為秦併六國合理的基礎，雖與秦「虎狼之師」的形象有所出入，卻不失為造奇的寫作策略。又如徐福求仙至三神仙之祠，如此結合徐福東渡求仙的歷史與民間想像的處理可謂別出心裁。可惜類似的佳作有如曇花一現，所佔比例極低。

其三是「戰爭描寫多」。由於《秦併六國平話》描寫重心在於兼併的過程，因此對於秦的統一戰爭著筆甚詳，尤其採用大量的詩句與賦贊，試圖營造鮮明細緻的人物形象、生動連貫的情節。惟描寫戰爭時不離「講布陣、說

〔註42〕 參見《秦併六國平話》卷下〈秦子嬰殺趙高〉。丁錫根：《宋元平話集》（上海：上海古籍出版社，1990年初版），頁663。

〔註43〕 鄭銳總結宋元講史平話對歷史興衰規律提出三點看法：「一則總諸天命，二則歸乎君王，三則較於人臣賢佞。」詳閱鄭銳：〈宋元講史平話的史學史研究價值〉，《江淮論壇》，2008年，頁187。

〔註44〕 參閱《東周列國志·讀法》。

人物裝扮，打話、大戰、詐敗、掩殺（喊殺）、分出勝敗。」，反復使用「套路」〔註45〕，描述上稍嫌僵化。

　　一部講史平話如果過多地使用套路來鋪排情節，則該平話的情節單調枯燥是可預期的。它在口頭流傳的過程中產生的故事不多，或者說創作者沒有接受很多來自口頭創作的成果，這樣的講史平話產生名著的可能性較小。因為按照套路模式繼續寫下去，必然會越來越乏味，故事來源過於單調，使得可供改編的材料太少。在明、清時期，各部元代平話作品均衍生出了許多演義，獨《秦併六國平話》沒有出現後繼的演義，也許正足以說明了這一平話缺乏應有的傳奇特色，因而也缺乏對讀者的吸引力〔註46〕。

第四節　《秦併六國平話》引用詠史詩分析

　　本章第一節曾提到講史平話中引用唐・胡曾的詠史詩最多。以《秦併六國平話》為例，據筆者統計，《秦併六國平話》全篇扣除重複者共有 71 首詩。體例完整者有 48 首，包含五絕 3 首，五律 2 首，七絕 38 首，七律 4 首，古詩 1 首。扣除 15 首詠史詩外，其餘 33 首詩以總結或提示下文者最多，佔 12 首。例如卷上〈王翦回軍見帝〉寫六國兵罷，李斯諫始皇養贍三軍，精演武藝，有詩曰：「數年征伐不曾休，權且休兵卻報仇；講武儲糧圖再舉，它年六國一齊休。」帶評論性質的也有 10 首，如卷上提到呂不韋畏罪飲鴆自盡，有詩曰：「文信侯臣呂不韋，始皇國後恣姦淫；朝廷不賜誅淫法，故使渠人飲酖亡。」另有 8 首描寫雙方挑鬥之慘烈，如卷上〈王翦攻城唬倒韓王〉敘寫王翦與馮亭爭鬥時，有詩曰：「二將驟征鞍，盤桓兩陣前；征雲籠日月，殺氣罩山川。斧險分毫著，刀爭半米偏；些兒心意失，目下掩黃泉。」有 2 首寫戰死，如卷中〈李信斬龍離足〉說到秦將蒙毅射殺魏將周霸，有詩曰：「功名未上凌煙閣，性命先歸地府中；父母報仇不曾決，區區數載一場空。」還有 1 首形容人物裝扮，如卷上〈始皇令王翦伐趙〉描寫秦將李信出陣打扮，有詩曰：「甲掛連環鎖，袍穿絳色紅；劍橫秋後水，馬似戲潭龍。」此外，有 30

〔註45〕根據《新版寫作大辭典》的說法，稱為「套板反應」。意思是：「指動筆寫作就想到他人作品中用過的某種方式或某些陳言套語，不加思索地照搬、仿用。」參見莊濤、胡敦驊、梁冠群：《新版寫作大辭典》（上海：漢語大辭典出版社，2003 年 8 月初版），頁 180。

〔註46〕參閱盧世華：〈早期歷史小說的傳奇審美——元代平話中的人物故事〉，《阜陽師範學院學報（社會科學版）》，2008 年，頁 17。

處運用賦體散文（或稱俗賦、賦贊）〔註47〕來描寫場景、人物裝扮及布陣、臨陣之勢。例如卷上〈王翦回軍見帝〉描寫趙姬出場：

> 此姬絕色傾城，但見歌喉清亮，舞態婆娑。調弦成合格新聲，品竹
> 作出塵雅韻。琴調古操，棋覆新圖。吟詩聯句追風雅，見於篇中；
> 搦管丹青奪造化，生於筆下。玉肌花貌，蓮步柳腰；談論接陪，精
> 神舉措〔註48〕。

上述俗賦語言通俗，描繪人物情感細膩、真摯，並且使故事情節更為連貫，使人讀來琅琅上口，易懂易記。茲將《秦併六國平話》全篇詩句運用情形列表如下：

	五言絕句	七言絕句	五言律詩	七言律詩	古　詩	賦　贊
總　數	3首	38首	2首	4首	1首	30首
分布情形	卷上3首	卷上12首 卷中10首 卷下16首	卷中2首	卷上2首 卷中1首 卷下1首	卷中1首	卷上13首 卷中9首 卷下8首
使用目的	詠史（15首）、總結或提示下文（12首）、評論（10首）、爭戰激烈（8首）、戰死（2首）、人物裝扮（1首）					寫場景（15首）、人物（8首）及布陣（7首）

通篇使用三十八首的七言絕句，其中胡曾的詠史詩就有十三首，佔了三分之一。除此還有唐‧王翰一首〔註49〕，唐‧章碣一首〔註50〕。上述提供了我們兩點思考：其一是何以詠史詩多為七言絕句？其二是胡曾何以如此受講史平話

〔註47〕 參見《寫作大辭典》「俗賦」條，頁294。莊濤、胡敦驊、梁冠群：《新版寫作大辭典》，上海：漢語大辭典出版社，2003年8月初版。

〔註48〕 參見《秦併六國平話》卷上〈王翦回軍見帝〉。丁錫根：《宋元平話集》（上海：上海古籍出版社，1990年初版），頁584。

〔註49〕 平話原作王安石詩，經確認實出自唐‧王翰。全詩為：「長安少年無遠圖，一生惟羨執金吾。駸駸前殿拜天子，走馬為君西擊胡。胡沙獵獵吹人面，漢虜相逢不相見。遙聞鼙鼓動地來，傳到單于夜猶戰。此時顧恩寧顧身，為君一行摧萬人。壯士揮戈回白日，單于濺血染朱輪。回來飲馬長城窟，長安道傍多白骨。問之耆老何代人，云是秦王築城卒。黃昏塞北無人煙，鬼哭啾啾聲沸天。無罪見誅功不賞，孤魂流落此城邊。當昔秦王按劍起，諸侯膝行不敢視。富國強兵二十年，築怨興徭九千里。秦王築城何太愚，天實亡秦非北胡。一朝禍起蕭牆內，渭水咸陽不復都。」參見宋‧郭茂倩：《樂府詩集》卷第三十八《相和歌辭‧飲馬長城窟行》，頁560。

〔註50〕 章碣詩〈焚書坑〉：「竹帛煙銷帝業虛，關河空鎖祖龍居。坑灰未冷山東亂，劉項原來不讀書。」請參閱黃益庸編著：《歷代詠史詩》（北京：大眾文藝出版社，2000年1月初版），頁158。

作者青睞？首先，詠史詩的出現代表了一種史的意識、史的觀念不斷向詩的領域滲透，使詩自覺地担負起史的功能，出現了其形爲詩，其義爲史的文學現象〔註51〕。有學者則認爲當詩聯繫起小說中所敘述的歷史事件時，這類帶有歷史內容的詩歌便形成詠史詩。詩人將詠史和抒懷巧妙結合，使這些詠史詩的意義超過了一般史實的複述〔註52〕。詠史詩可追溯至先秦〔註53〕，至兩漢魏晉時開始出現了以「詠史」命名的作品〔註54〕。到了晚唐，隨著七言絕句這種詩體在詩壇上所占比重越來越大的總體趨勢，詠史詩也較多的以七絕形式呈現。高建新、張映夢在論及詠史詩篇幅短小的特徵時說：

> 詠史詩篇幅短小，較少長篇巨制。詩人把豐富的歷史內容都壓縮在
> 了幾十個字中，使短小的形式發揮了最大的效能。如詠史經典作品
> 多是律詩絕句，特別是在詠史詩極爲發達的中晚唐，如劉禹錫、杜
> 牧、李商隱等人的作品。對於讀者來說，律詩、絕句便於記誦和理
> 解，因此又擴大了詠史詩的功能和社會影響〔註55〕。

由此可知，詠史詩多以絕句、律詩呈現的主要原因即在於它便於記憶和理解。《全唐詩》一共收胡曾 166 首詩，而詠史詩就佔了 151 首（含《全唐詩》外編 1 首）。他所有的詠史詩都是七言絕句〔註56〕，而且所有的詩題都是二字或三字的地名。據元·辛文房《唐才子傳》對胡曾的敘述：

〔註51〕 章建文：〈詠史詩成因的文化分析〉，《安徽教育學院學報》，2006 年，頁 60。

〔註52〕 李小菊認爲：「歷史演義中的絕大多數詩歌，與英雄傳奇、神魔小說、世情小說中的詩歌有一個很明顯的不同之處，即歷史演義中的詩歌難免要與小說中敘述的歷史事件發生關係，因此詩歌的內容就會多少帶有歷史內容，這樣，這些詩歌就成了詠史詩。」請參閱李小菊：〈敘述者與吟詠者——論歷史演義與詠史詩〉，《洛陽師範學院學報》，2005 年，頁 41。

〔註53〕 《詩經》之〈黃鳥〉、〈執竟〉、〈昊天有成命〉等篇，可視爲詠史詩之濫觴。屈原〈天問〉之潔，有許多關於歷史人物和歷史事件的感想，也可視爲詠史之作。

〔註54〕 中國歷史上第一首以「詠史」爲名的，是東漢班固的〈詠史〉。其後曹植的〈怨歌行〉，晉左思的〈詠史〉八首，阮籍的〈詠懷〉，陶潛的〈詠二疏〉、〈詠三良〉、〈詠荊軻〉等名篇，都是非常優秀的作品。

〔註55〕 請參閱高建新、張映夢：〈詠史詩：閱盡興亡千古事〉，《零陵師範高等專科學校學報》，2001 年，頁 44。

〔註56〕 據施之榆統計，唐人七絕共有七千零七十首，其中初唐七十七，盛唐四百七十二，中唐二千九百三十，晚唐三千五百九十一（占 51%）。這說明七絕越來越爲詩人所樂於使用，詩人們也越來越能夠得心應手地運用這一詩體來反映社會生活。胡曾詠史詩皆爲七言絕句體，正說明這一點。請參閱施之愉：《唐代科舉制度與五言詩的關係》，《東方雜誌》，1943 年，卷四十。

作《詠史詩》，皆題古君臣爭戰廢興塵跡。經覽形勝，關山亭障，江

海深阻，一一可賞。人事雖非，風景猶昨，每感輒賦，俱能使人奮

飛。至今庸夫孺子，亦知傳誦〔註57〕。

可知胡曾詠史詩在元代流傳甚廣。事實上不僅如此，自唐、五代時胡曾詠史詩就被用作兒童讀物，至明、清仍為蒙訓之書，更遑論宋、元以後的講史演義屢見稱引〔註58〕。既然講史平話大量地運用胡曾的詠史詩，並且被用作訓蒙教材，這似乎也顯示胡曾的作品同樣具備了吸引民眾的特質——通俗性。

　　《秦併六國平話》共引用胡曾詠史詩十三首，茲按出場順序分別為卷上〈軹道〉〔註59〕，卷中〈易水〉，卷下〈雲亭〉、〈東海〉、〈博浪沙〉、〈長城〉、〈沙丘〉、〈殺谷子〉、〈大澤〉、〈上蔡〉、〈高陽〉、〈咸陽〉、〈郴縣〉，從分布情形看來又以卷下佔較大比重。王慶堂將胡曾詠史詩分為三類：其一是心繫天下安危，仰慕聖主賢臣。其二為關心民生疾苦，鞭撻昏君佞臣。其三是聯繫個人身世，慨嘆懷才不遇。〔註60〕其中〈易水〉〔註61〕透過「聽取東流易水聲。」，遙想「燕丹歸北送荊卿」的場景，荊軻刺秦的悲壯如今空餘無盡感嘆。〈大澤〉〔註62〕和〈高陽〉〔註63〕則是藉由「白蛇初斷」與「逢時長揖便論兵」說明漢祖建業乃乘時而起、知人善任所致，也表達對劉邦的推崇，這三首詩或頌義士慷慨赴死，或讚聖主應運而生，應歸於第一類。而從〈東海〉〔註64〕、〈博浪

〔註57〕　詳見元·辛文房：《唐才子傳》卷八〈胡曾〉。臺北：臺灣古籍出版社，1997年初版。

〔註58〕　蔡鎮楚：〈論胡增的詠史詩〉，《邵陽師專學報》，1994年，頁5。

〔註59〕　其中卷上還出現一首詩託名胡曾所作，就內容來看並不屬於詠史詩。全詩為「諸國兵來要伐秦，反遭虜將損人兵；思量無計回軍路，秦勇強強甚怕人。」經查證《全唐詩》後判斷係偽托之作。筆者以為應該與胡曾是晚唐著名詠史詩人有關。

〔註60〕　王慶堂：〈胡曾詠史詩的思想內容和藝術特色〉，《邵陽師專學報》，1994年，頁7～8。

〔註61〕　全詩為：「一旦秦皇馬角生，燕丹歸北送荊卿。行人欲識無窮恨，聽取東流易水聲。」請參閱唐·胡曾撰、陳蓋注詩、米崇吉評注：《新彫注胡曾詠史詩》（臺北：台灣商務印書館，1981年初版），頁6。

〔註62〕　全詩為：「白蛇初斷路人（案平話作『難』）通，漢祖龍泉血刃紅；不是咸陽將瓦解，素靈那哭月明中。」同上註，頁21～22。

〔註63〕　全詩為：「路入高陽感酈生，逢時長揖便論兵；最憐伏軾東遊日，下盡齊王七十城。」同註128，頁15。

〔註64〕　全詩為：「東巡玉輦委泉臺，徐福樓船尚未回；自是祖龍先下世，不開（案平話作『關』）無路到蓬萊。」參見唐·胡曾撰、陳蓋注詩、米崇吉評注：《新彫注胡曾詠史詩》（臺北：台灣商務印書館，1981年初版），頁9。

沙〉〔註65〕、〈長城〉〔註66〕、〈沙丘〉〔註67〕描寫始皇統一天下後先後六次東巡、派徐福入海求仙、祖龍明年死之讖、築長城以防北胡、博浪沙遇襲、沙丘駕崩，到趙高矯詔殺扶蘇的〈殺谷子〉〔註68〕、二世被誅的〈咸陽〉〔註69〕、子嬰繫頸歸降劉邦的〈軹道〉〔註70〕，恰好構成一部秦朝興亡錄，對於始皇欲萬世而立的想法不啻是種嘲諷。而〈郴縣〉〔註71〕一詩更是重申「惟仁者得天下」的基調，無疑是刺秦暴政之失。上述八首詩皆屬於第二類。而〈雲亭〉〔註72〕、〈上蔡〉〔註73〕兩首詩則歸於第三類。內容涉及的不外乎是「懷才不遇」與「功成身退」兩種思考面向。秦始皇任人全憑喜好，五棵松遮蔽聖駕有功便敕封大夫，鄭國造渠見疑則下逐客令。李斯厭棄「廁鼠」寧作「倉中鼠」，醉心權謀，不知進退，終有「悲犬咸陽」之嘆。「功臣不解謀身退，直待雲陽血染衣。」是中央集權君主專制社會漫漫長夜裡層出不窮的歷史悲劇，豈獨李斯一人？誠如胡曾《五湖》所言：

> 東上高山望五湖，雪濤煙浪起天隅。不知范蠡乘舟後，更有功臣繼踵無？〔註74〕

能像范蠡在「仕進」與「身退」間恰如其分者又有幾人？綜觀胡曾的詠史詩具備三項特點：其一是「一詩專詠一事」。然合數首可成一體系，具組詩的特色。例如從〈東海〉到〈郴縣〉等八首詩皆為獨立詠事，貫之則宛若一卷秦

〔註65〕 全詩為：「嬴政鯨吞六合秋，削平天下虜諸侯；山東不是無公子，何事張良獨報（案平話作『有』）仇？」同註131，頁18。

〔註66〕 全詩為：「祖舜宗堯致太平，秦皇何事苦蒼生？不知禍起蕭牆內，虛築防胡萬里城。」同註131，頁2。

〔註67〕 全詩為：「年年游覽不曾停，天下山川欲遍經；堪笑沙丘才過處，鑾輿風起鮑魚腥。」同註131，頁3。

〔註68〕 全詩為：「舉國賢良盡淚垂，扶蘇屈死樹邊時；至今谷口泉嗚咽，猶似秦人恨李斯。」同註131，頁12。

〔註69〕 全詩為：「一朝閣樂統群兇，二世朝廷掃地空；唯有渭川流不盡，至今猶繞望夷宮。」同註131，頁18。

〔註70〕 全詩為：「漢祖西來秉白旄，子嬰宗廟委（平話作『起』）波濤；誰憐君有翻身術，解向秦宮殺趙高。」同註131，頁10。

〔註71〕 全詩為：「義帝南遷路入郴，國亡身死亂山深；不知埋骨窮泉後，幾度西陵片月沉。」同註131，頁9。

〔註72〕 全詩為：「一上高亭日正晡，青山重疊片雲無；萬年松樹不知數，若個虬枝是大夫。」同註131，頁18。

〔註73〕 全詩為：「上蔡東門狡兔肥，李斯何事望南歸；功臣不解謀身退，直待雲陽血染衣。」同註131，頁11。

〔註74〕 同註131，頁6。

朝歷史。

　　其二是「語言通俗」。胡曾的詠史詩不用冷闢生澀的詞句,幾乎全是用明快流暢的口語。但也因過於平直而被稱作「詩歌中的下里巴人」、「缺乏一種理性的激情」〔註75〕。

　　其三是「議論的史筆」。有學者認為胡曾繼承了《史記》「通古今之變」的歷史精神,有著濃濃的《史記》情結〔註76〕。事實上,詠史詩是詩和史的結合,兩者原本就是矛盾的。在詠史詩尚未成熟的前提下,為避免受到「史」的約束,因此詩人多著墨於「詩」意,以突顯傳統詩歌的蘊藉。惟自晚唐以降,由於受到韓愈等人「以文為詩」風氣的影響,史的論調得到了更充分的發揮,詩人大膽地將自己對歷史的看法用直觀的語言表達出來,以儒家「仁」的道德觀去評議歷史,並非始於胡曾。許鋼以為:

　　　　歷史素材在詠史詩裡所經歷的第一個過程就是道德化,一個主要地

　　　　從道德角度而被分類、被衡量、並且被評價的過程〔註77〕。

然而一味地批判議論則流於形式,過分抒懷則顯得矯情,要想在七絕這樣短小精緻的體裁中將議論與抒懷收放自如,恐怕非有才情者實難達到。這樣落於俗套卻又遍地開花的作品最終受到了學者強烈地批評,田耕宇即認為:

　　　　有部分作家以抒情和議論結合的方式寫七絕,但除杜牧、李商隱等

　　　　人處理得妥貼得當,大多數詩人採用此種方式,往往都有枯燥無味

　　　　之弊,像晚唐後期大量批判現實、詠史一類的作品,就流於此弊,

　　　　甚至有打油之嫌〔註78〕。

由於胡曾書寫的內容廣泛,對象眾多,概括力和故事性皆強,配合通俗的語言,遂便於一般百姓記憶傳誦,是以講史平話和胡曾詠史詩的組合自然極具市場競爭力。至於卷下同樣引用唐代王翰與章碣的詠史詩。王翰〈相和歌辭·

―――――――――

〔註75〕 吳代芳在評論胡曾的詠史詩時認為:「大部分詠史詩過於平直,淡然寡味。嚴格地說,這些詠史詩只能名之曰『敘史』或『論史』,它與『詠史』還存在著一定距離。只是直陳其事,客觀地敘述歷史,缺乏一種『理性的激情』,缺乏對歷史和現實的冷峻思索和豐富聯想。」請參閱吳代芳:〈評胡曾詠史詩的得失〉,《邵陽師專學報》,1994 年,頁 11～12。

〔註76〕 請參閱黃秀坤、楊桂平:〈唐末周曇、胡曾詩的《史記》淵源解析〉,《北華大學學報(社會科學版)》,2002 年,頁 51。

〔註77〕 許鋼:《詠史詩與中國泛歷史主義》(臺北:水牛出版社,1997 年初版),頁 63。

〔註78〕 田耕宇:〈詩心·哲理·史論――論晚唐詠史詩的現實關懷及藝術表現〉,《西南民族學院學報(哲學社會科學版)》,2000 年 12 月,頁 39。

飲馬長城窟行〉用於〈張良打始皇車〉：

> 秦皇築城何太愚，天實亡秦非北胡；一朝禍起蕭牆內，渭水咸陽不
> 復都〔註79〕。

此處對讀者起到總結並預告的作用。事實上，《秦併六國平話》中引用的十五首詠史詩皆帶有評論性質，通過著名詩句來表達作者的價值觀。王翰藉樂府舊題〈飲馬長城窟行〉以抒發對於那些「顧恩寧顧身」的戰士的悲憫，從漢代對匈奴一系列的戰爭而遙想始皇築長城以防北胡，秦皇、漢武皆為「一行摧萬人」，物是人非豈不令人欷歔。而章碣〈焚書坑〉係針對「焚書坑儒」而發，詩人對秦始皇這種暴虐措施是持否定態度的，但他並未在詩中作抽象批判，而是融合了描寫、敘述、議論和抒情，通過無庸置疑的事實以說理，對秦始皇進行譏諷。前兩句「竹帛煙銷帝業虛，關河空鎖祖龍居。」在敘述秦帝業已是日暮途窮，有形的屏障亦不能遏阻浩浩蕩蕩的歷史洪流。後兩句「坑灰未冷山東亂，劉項原來不讀書。」緊扣焚書之事而進一步發揮，欲藉焚書以愚黔首，偏偏劉邦、項羽並非讀書人，何其諷刺？況且，從下令焚書到陳勝、吳廣起義，中間僅隔四年，彷彿要告訴讀者：秦始皇的暴政是激起民變的根源。嬴政想透過築長城、焚書坑儒等措施來鞏固王權，竟釀成「官逼民反」的局面，這也是他始料未及的，除呼應王翰「一朝禍起蕭牆內，渭水咸陽不復都。」更應證了儒家「民為邦本，本固邦寧。」〔註80〕、「民之所欲，天必從之」〔註81〕的思想。章碣的詩始終圍繞焚書立論，形象鮮明，見解新穎，諷刺深刻，是批判秦始皇暴政的優秀作品。

　　總結來說，《秦併六國平話》所援引的十五首詠史詩大致可分為三類：

　　其一是「歌詠義士、頌讚明主」。如〈易水〉、〈大澤〉及〈高陽〉三首。藉由荊軻義士從容就義、慷慨刺秦，及大張「仁義」旗鼓的明主，順天應時而生，反襯出秦始皇的暴虐無道，也傳達了作者「暴政必亡」的思想。

　　其二是「藉秦亡譏諷始皇施政」。如〈東海〉、〈博浪沙〉、〈長城〉、〈沙丘〉、〈殺谷子〉、〈咸陽〉、〈軹道〉、〈郴縣〉、〈飲馬長城窟行〉、〈焚書坑〉十首。

〔註79〕參見《秦併六國平話》卷下〈張良打始皇車〉。丁錫根：《宋元平話集》（上海：上海古籍出版社，1990 年初版），頁 648。

〔註80〕語出《尚書·夏書·五子之歌》。參見清·孫星衍：《尚書今古文注疏》（臺北：中華書局，1981 年初版。）

〔註81〕語出《尚書·周書·泰誓上》。參見清·孫星衍：《尚書今古文注疏》（臺北：中華書局，1981 年初版。）

針對秦始皇統一天下後，東巡天下、海外求仙、深信讖緯、移民築城、箝制思想、焚書坑儒，一連串看似裨益嬴秦千秋萬世的施政，實際上是荼毒生靈的苛政。是以有博浪沙遇刺，終至駕崩沙丘，正是「一夫作難，而七廟隳，身死人手，為天下笑。」

其三是「對進退存亡抒發感懷」。如〈雲亭〉、〈上蔡〉兩首。透過秦始皇封五棵松為大夫，李斯父子「悲犬咸陽」的故事，作者表達出為人處世應知所進退，「知進退者始英雄」的道理。

第五節　小　結

從本章可得知《秦併六國平話》不論是在語言文字、敘述方式，甚至是篇目安排上，都具備通俗化史著的特徵。以語言文字而言，《秦併六國平話》大量運用當代口語，其中一個重要標誌就是說書場上的特定用語，還牢牢地保存在話本中，以致形成了一種難以改變的敘事程式。如「話說」、「卻說」、「且說」這類用語，在《秦併六國平話》中可說比比皆是。就敘述方式而言，《秦併六國平話》採用了大量的通俗詩歌來作鋪敘，其中大多數的通俗詩歌是出自於作者，他們迎合了民眾的興趣，也強化了講史平話的吸引力。同時，《秦併六國平話》也運用了作為聯繫平話中所敘歷史的詠史詩。《秦併六國平話》引用的十五首詠史詩皆帶有評論性質，通過著名詩句來表達作者的價值觀，其中又以胡曾的詠史詩十三首最多，正因為胡曾的詠史詩兼具通俗性與議論性。整體而言，《秦併六國平話》可視為口頭技藝的書面替代品，它兼具了說話藝術及書面讀物的特點，並具有濃厚的商業性，主要功能是滿足下層市井小民娛樂消遣的需要。正因如此，《秦併六國平話》大多時候僅將大量徵引之史料用通俗語言轉譯給聽眾而已，是以平話在口頭流傳的過程中產生的故事不多，或者說創作者沒有接受很多來自口頭創作的成果。又大量使用套路來描述情節，在細節的生動性和真實感上較為貧乏，則單調枯燥是可預期的。然而，在人物描寫上，套路的使用反倒易使讀者記憶，便於說話者講述，不致模糊觀眾的焦點，這是《秦併六國平話》作者在運用套路上唯一可取之處。情節描述部分一再使用類似的套路，索然無味的陳述更確立了《秦併六國平話》在流傳過程中即將面臨後繼乏力、籍籍無名的窘境。

第三章　《秦併六國平話》戰爭故事探討

　　本章選擇《秦併六國平話》較爲人耳熟能詳的故事爲探討中心，通過與相關文獻的比較分析，進一步釐清作者創作的角度及價值觀。第一節先就秦始皇嬴政的身世問題作探討，雖然《秦併六國平話》對於秦始皇身世問題未加渲染而僅一語帶過，但作者卻選擇在平話開場時便清楚交代，此後便不再提，這似乎也意謂著作者自有定見而不願捲入這場空前的身世之辯。第二節所討論「六國會師函谷關」的主題正是《秦併六國平話》整部故事的一大轉折，也作爲整部平話中眾多戰爭描寫的開場。先有秦王賫降書致六國王，後有六國會師攻秦，最終從這場戰役看出秦將併天下的端倪。當然，特別提出函谷關戰事的另一用意是在突顯秦並天下所具備的客觀形勢，與第四節探討秦並六國的主觀優勢遙相呼應。第三節在透過《秦併六國平話》中燕丹與荊軻刺秦一事來引出其他佚史、雜文所載關於荊軻刺秦王的故事，其中包含漢代壁畫，相互比較後可得知作者對「刺秦」議題的文學處理及評論觀點。更重要地，能夠瞭解到作者筆下的秦始皇在統一天下前，呈現何種形象？

第一節　嬴政身世

一、身世探討

　　歷代史家及小說家莫不對秦始皇的身世多所著墨，也存在許多爭議，其爭議點源自於太史公對秦始皇的身世有著不同的記載。《秦併六國平話》中對

於秦始皇的身世介紹集中於卷上，首先是〈周平王下堂見諸侯〉：

話說昔日秦始皇者，莊襄王子也〔註1〕。

在〈王翦回軍見帝〉中也提到：

呂不韋取出邯鄲諸姬絕好善舞者，與之居。纏綣之娛，不覺身有
孕。……子楚見姬容貌而悅之，因起爲壽，請之。呂不韋乃獻其姬。
姬自匿有娠。至大期時，十二月也，果生子名政。子楚遂立姬爲夫
人〔註2〕。

兩段看似有所出入的敘述係根據《史記‧秦始皇本紀》與《史記‧呂不韋列
傳》而得，看來平話作者似乎不願耗費過多的篇幅在此爭議上，因而兼採而
並呈之。清‧梁玉繩的《史記志疑》給予《史記‧呂不韋列傳》這樣的評價：

《左傳‧僖十七》「孕過期」，《疏》云：「十月而產，婦人大期。」
則大期乃十月之期，不作十二月解。即如《史》注十二月日大期，
夫不及期可疑也，過期尚何疑。若謂始皇之生本不及期，隱之至大
期，而乃以生子告，則子楚決無不知之理，豈非欲蓋彌彰乎？秦爲
伯益之後，當有興者，祇緣秦犯眾怒，惡盡歸之，遂有呂政之讖。……
史公於《本紀》特書生始皇之年月，而於此更書之，猶云：「世皆傳
不韋獻匿身姬，其實秦政大期始生也。」別嫌明微，合於《春秋》
書「子同生」之義，人自誤讀《史記》耳〔註3〕。

由此可知，梁玉繩認爲秦始皇爲子楚所生並無異議，司馬遷所記無誤，惟後
人「自誤讀《史記》耳」。郭沫若也認爲呂不韋是秦始皇生身之父的說法令人
難以信服：

第一，僅見《史記》而爲《國策》所不載，沒有其他的旁證。第二，
和春申君與女環的故事，如像一個刻板印出的文章，情節大類小說。
第三，《史記》的本文即互相矛盾而無法說通〔註4〕。

郭沫若指出，《史記‧呂不韋列傳》中已先交代了嬴政母親的身份，「呂不韋

〔註1〕 參見《秦併六國平話》卷上〈周平王下堂見諸侯〉。丁錫根：《宋元平話集》（上
海：上海古籍出版社，1990年初版），頁571。
〔註2〕 參見《秦併六國平話》卷上〈王翦回軍見帝〉。丁錫根：《宋元平話集》（上海：
上海古籍出版社，1990年初版），頁584。
〔註3〕 清‧梁玉繩撰、賀次君點校：《史記志疑》（北京：中華書局，2006年初版），
頁1308。
〔註4〕 詳見郭沫若《十批判書》，〈呂不韋與秦王政的批判〉一節，臺北：古楓出版
社，1986年初版，頁390。

取邯鄲諸姬絕好善舞者與居」，後又說其爲「趙豪家女」，因而自相矛盾，難以說通。依此郭沫若推測：

> 我認爲是西漢初年呂后稱制的時候，呂氏之族如呂產、呂祿輩仿照
> 春申君與女環的故事編造的。……其目的是爲使呂氏稱制臨朝的合
> 理化〔註5〕。

不過，郭沫若也聲明：

> 我這自然也是一種揣測，尚無直接證據。但是我們可以斷言：秦始
> 皇是呂不韋的兒子的話，確實是莫須有的事〔註6〕。

呂氏稱制後，宜認呂不韋爲其族祖，說明天下應是呂家的，爲呂氏稱權製造輿論，從這方面來看郭沫若的推斷完全合情合理。另外，馬非百也提出了自己對秦始皇身世的看法：

> 假如以《策》所載，不韋游秦，在孝文王時，則始皇乃生於昭王
> 四十八年正月，已爲十齡之幼童，一切誣蔑，皆將失其依據，自
> 可不辯自明。況《國策》一書，素喜採摭人家陰私，逞爲快論。
> 故宣太后之寵愛魏醜夫，欲以殉葬，及其與楚使應對，竟以床第
> 之間爲喻，亦皆直書不諱。如果不韋當日確有納姬之舉，豈肯漏
> 而不載哉！〔註7〕

事實上，關於呂不韋是秦始皇的生父一事，無論確有其事，抑或純屬民間傳說，又或者是太史公刻意渲染，司馬遷都會將其納入，誠如《史記·太史公自序》云：「罔羅天下放失舊聞，王迹所興，原始察終，見盛觀衰，論考之行事，略推三代，錄秦漢，上至軒轅，下至于茲。」〔註8〕石宇認爲司馬遷將呂不韋和秦始皇相提並論是因爲：「這樣一來，漢的興起就是順天意，行天道了。除了秦暴政等原因之外，秦朝內部王公貴族也如此汙穢不堪，這也從另一個方面使秦滅漢興變得順理成章了。」〔註9〕因此太史公對秦始皇身世記上一筆，自有其政治意義。

〔註5〕　同上註，頁391。
〔註6〕　同註153。
〔註7〕　請參閱馬非百：《秦集史·人物傳三之九·呂不韋》（北京：中華書局，1982
　　　　年初版），頁214～215。
〔註8〕　參閱漢·司馬遷：《史記》（北京：中華書局，1997年北京第一版），頁3319。
〔註9〕　石宇：〈秦始皇生身問題初探〉，《遼寧廣播電視大學學報》，2008年，頁94。

二、秦始皇姓嬴不姓趙

既然秦始皇係莊襄王子楚所出，那麼理應姓嬴。然而《史記・秦始皇本紀》中卻說：「以秦昭王四十八年正月生於邯鄲。及生名為政，姓趙氏。」且唐・司馬貞《史記索隱》同樣以為：「秦與趙同祖，以趙城為榮，故姓趙氏。」此外有學者提出：

> 趙姬是邯鄲的「豪家女」，並且極有可能是趙奢的孫女，至少也是與趙奢關係密切的近親本家。所以秦始皇生下來沒有姓嬴姓而姓他母親家的趙姓。這種做法既有為了秦始皇母子安全的考慮，也有秦始皇確是出生在趙家附近的因素〔註10〕。

將趙姬和趙奢家聯想在一起，乍聽之下讓人耳目一新。在秦、趙長期對抗的氛圍下為隱匿身分而姓趙，合乎情理，惟歷史並非僅以常理推論，缺乏史料佐證的論述我們只能姑且聽之。按以上說法秦始皇姓趙姓嬴都沒錯，那麼秦始皇豈不成了二姓之君？其實不然，據張占民的研究：

> 以出生地為姓氏是商周時期盛行的習俗，而春秋戰國時期貴族一般都延續先前的族姓。尤其戰國末期的七大諸侯，其族姓無不延續了幾百年。任何一個諸侯國的太子即使降生在其他國家，也絕不會隨便地放棄先前的姓與氏，輕意地以出生地為姓〔註11〕。

此外，李解民在《古代禮治風俗漫談》也提到：

> 周代的姓和氏有一套相當嚴密的制度，它是當時盛行的封建宗法制度中的一個重要組成部分。每一個人一生下來，姓是早就確定好了的。但氏只有貴族才有，因為氏是辨別貴賤而為貴族所獨有的標誌〔註12〕。

按此看來，司馬遷與司馬貞的論述似乎是將姓和氏混為一談。正確來說，秦始皇乃以嬴為姓，以趙為氏。〔註13〕不過，秦以嬴為姓究竟起緣何時？據《史

〔註10〕 請參閱劉心長：〈秦始皇出生地考證〉，《邯鄲師專學報》，2002 年，頁 6。

〔註11〕 張占民：〈秦始皇生平考略〉，《西安電子科技大學學報（社會科學版）》，2001年 6 月，頁 40。

〔註12〕 李解民：《古代禮治風俗漫談》（北京：中華書局，1992 年初版），頁 205。

〔註13〕 《史記・秦本紀》：「太史公曰：秦之先為嬴姓。其後分封，以國為姓，有徐氏、郯氏、莒氏、終黎氏、運奄氏、菟裘氏、將梁氏、黃氏、江氏、脩魚氏、白冥氏、蜚廉氏、秦氏。然秦以其先造父封趙城，為趙氏。」參見漢・司馬遷撰，宋・裴駰集解，唐・司馬貞索隱，唐・張守節正義：《史記》（北京：中華書局，1997 年北京第一版），頁 221。又《史記・趙世家》：「趙氏之先，

記‧秦本紀》記載：「大費拜受，佐舜調訓鳥獸，鳥獸多訓服，是為柏翳。舜賜姓嬴氏。」〔註14〕至後來「非子居犬丘，好馬及畜，善養息之。犬丘人言之周孝王。孝王召使主馬於汧渭閒，馬大蕃息。……於是孝王曰：『昔伯翳為舜主畜，畜多息，故有土，賜姓嬴。今其後世亦為朕息馬，朕其分土為附庸。』邑之秦，使復續嬴氏祀，號曰秦嬴。」〔註15〕由此得知秦先祖大費善畜而獲賜嬴姓。至周孝王時期，非子以養馬之功恢復嬴姓，並被冠以「秦嬴」。惟此時秦嬴尚為周臣，待「襄公以兵送周平王，平王封襄公為諸侯，賜之岐以西之地。……襄公於是始國，與諸侯通使聘享之禮。」自秦襄公立國之後，相傳三、四十代至秦始皇，一直以嬴姓為祀。此外，血緣關係同樣牽涉到能否繼嗣王位，因此我們更確定秦始皇乃姓嬴，是為嬴政。

三、秦始皇面貌探討

歷來對這位千古一帝的形貌：醜陋殘疾還是高大英武？不論是從歷史紀錄抑或民間傳說的角度，始終爭論不休。《秦併六國平話》對於秦始皇的樣貌未有任何描述，但憑其評詩中關於人物裝扮極盡形容的特性看來，說話人在表演當下必定對於這部分作過描述，是否為平話作者將其刪略便不得而知。但在《史記‧秦始皇本紀》中確有提到：「繚曰：秦王為人，蜂準，長目，摯鳥膺，豺聲，少恩而虎狼心，居約易出人下，得志亦輕食人。我布衣，然見我常身自下我。誠使秦王得志於天下，天下皆為虜矣。不可與久游。」〔註16〕裴駰《集解》：「徐廣曰：蜂，一作『隆』。」〔註17〕張守節《正義》曰：「蜂，蠆也，高鼻也。文穎曰：『準，鼻也。』摯鳥，鶻。膺突向前，其性悍勇。」〔註18〕而《太平御覽》卷八十六《皇王部十一‧始皇帝》引《河圖》曰：「秦距之帝名政，虎口，日角，大目，隆鼻，長八尺六寸，大七圍，手握兵執矢，名祖龍。」〔註19〕尉繚口中的秦始皇係帶有嫌棄、主觀醜化的形象，有失公

與秦共祖。」參見漢‧司馬遷撰：《史記》（北京：中華書局，1997年北京第一版），頁1779。

〔註14〕同上註，頁173。

〔註15〕同註161，頁177。

〔註16〕參見漢‧司馬遷撰，宋‧裴駰集解，唐‧司馬貞索隱，唐‧張守節正義：《史記》（北京：中華書局，1997年北京第一版），頁230。

〔註17〕同註164。

〔註18〕同註164。

〔註19〕商務印書館四庫全書出版工作委員會：《文津閣四庫全書‧子部‧雜家類‧第二九六冊》（北京：商務印書館，2005年初版），頁430。

允。張大可《史記新注》則解釋：「蜂準，鼻頭像蜂肚。長目，細長的眼睛。摯鳥膺，胸部像摯鳥一樣突起。豺聲，聲音像豺狼的嗥叫。」〔註20〕郭沫若則從醫學角度予以解釋：

> 「蜂準」、「長目」、「摯鳥膺」、「豺聲」等四項都是生理上的缺陷，特別是「摯鳥膺」，現今醫學上所說的雞胸，是軟骨症的一種特徵。「蜂準」應該就是馬鞍鼻，「豺聲」是表明有氣管炎。……因為有這生理上的缺陷，秦始皇在幼時一定是一位可憐的孩子，相當受了人的輕視。……這樣身體既不健康，又受人輕視，精神發育自難正常〔註21〕。

郭沫若認為秦始皇有「摯鳥膺」、「豺聲」的生理缺陷導致他朝「少恩而虎狼心」的性格發展。郭沫若從生理因素推論人格特質，由生理影響心理，自有其理論基礎。但若按郭沫若的說法，同樣具有「長目」、「豺聲」的外貌而導致性格悲劇的，還不只秦始皇一人。《史記·楚世家》記載：

> 四十六年，初，成王將以商臣為太子，語令尹子上。子上曰：「君之齒未也，而又多內寵，絀乃亂也。楚國之舉常在少者。且商臣蜂目而豺聲，忍人也，不可立也。」〔註22〕

楚成王沒聽從令尹子上的勸諫，堅持立商臣為太子，立後又絀之，結果導致商臣造反，逼死成王。商臣的容貌與始皇有著「蜂目」、「豺聲」等共同點，令尹子上據以為「不可立」的關鍵，而尉繚則認為：「不可與久遊，乃亡去。」但事實上，後來的中國人無法從心理上接受這個殘酷的現實，認為了不起的秦始皇應該是高大魁偉的男子，一個生理畸形的人怎麼能創造如此震撼世界的功業，於是人們開始創造著秦始皇的長相。如翦伯贊就說：

> 當秦始皇二十幾歲的時候，他已經在實際政治生活中，受到了教育，他已經具有一個國王應有的機警和老練。但他並不如後世所想像的他是生長著一幅嚴肅得可怕的面孔，假如他多少有些母親的遺傳，他應該是一位英俊而又漂亮的青年。即因他的英俊，所以他才能運用商人地主的力量，完成統一中國的偉業〔註23〕。

〔註20〕 參見張大可編著：《史記全本新注》（西安：三秦出版社，1990年初版），頁108。

〔註21〕 參見郭沫若《十批判書·呂不韋與秦王政的批判》，頁424。

〔註22〕 語出《史記·楚世家》，頁1698。北京：中華書局，1997年北京第一版。

〔註23〕 翦伯贊：《秦漢史》（臺北：雲龍出版社，2003年4月初版），頁62。

憑感情、激情想像著秦始皇的長相，固然出於文學藝術的想像。但外貌形象僅能作爲參考，法國皇帝拿破崙雖然身高僅一米六，然席捲歐洲之勢豈容小覷？秦始皇殘疾與否絲毫不能遮掩他在中國政治歷史上的光芒。《秦併六國平話》不在秦始皇的容貌問題上打轉，或許正是作者用意——不認爲追究秦始皇的面貌就能遮掩他殘暴統治的眞面目。

第二節　六國會師函谷關

　　《秦併六國平話》將六國伐秦情節緊接頭回之後，從秦始皇登極六年後的一個朝會展開長達二十年的統一戰爭：

> 話說秦六年，始皇帝登殿，集大臣文武至殿下，分兩班，山呼萬歲畢，始皇向群臣道：「寡人登極之後，今已六年，有那齊、燕、魏、趙、韓、楚六國未肯伏我。欲削平六國，使天下爲一統。卿等有何計策？」當有一大臣司馬欣出班奏曰：「陛下若論六國，則國勢均平；若論氣力，則秦爲上國。何不發使命、賫國書，咸伏六國，令它拱手來降，納土於秦，免得戰爭如何？不來者，差軍發將，取之未遲。」……楚令項梁爲將，齊遣鄫閼爲將，韓遣馮亭爲將，燕遣孫虎爲將。楚襄王親爲招討。克日兵至函谷關，會合諸國人馬。諸國大王各歸本國，點集雄兵猛將，往路中函谷關相會。……王翦打扮耀日銀盔蓋頂，身穿蜀錦戰袍，肩担一百二十斤三尖刀，四十八環锛刀，跨一匹赤色馬出陣。……楚王不悦，連敗數陣，若不抵拒，恐秦兵侵城。楚王召諸將會議：「今來攻秦不下，難以退兵。恰似騎著虎頭，若不弊虎，虎有傷人之意。」……王翦殺出，奔走回營，折了二千餘兵。兩下收兵。楚王大悦，問諸將道：「自臨陣以來，未嘗有此大捷。今日秦兵退敗，諸國可以乘勝回邦。」〔註24〕

〔註24〕　參見《秦併六國平話》卷上〈始皇出詔併六國〉，頁572～573。其中「集大臣文武至殿下，分兩班，山呼萬歲畢……」一句。《元刊全相平話五種》北京文學古籍刊行社1956年版、鍾兆華《元刊全相平話五種校注》（成都：巴蜀書社，1990年2月初版）及丁錫根點校《宋元平話集》（上海：上海古籍出版社，1990年初版）等皆作「『山』呼萬歲」。根據教育部重編國語辭典修訂本：「漢武帝登嵩山，群臣三呼萬歲，稱爲『山呼』。」請參見教育部重編國語辭典修訂本網站

http://dict.revised.moe.edu.tw/cgi-bin/newDict/dict.sh?idx=dict.idx&cond=%A4s%A9I&pieceLen=50&fld=1&cat=&imgFont=1

馮國超在《中國皇帝大傳：秦始皇傳》中也說到：

> 東方六國的諸侯們，原以為秦受信陵君挫抑後，莊襄王又死，秦政
> 繼位後主少國疑，可以偷安數年。因此他們設計謀：或策動秦新建
> 置的郡縣反叛，如晉陽反叛；或讓秦拖累於内役興作上，如派水工
> 鄭國到秦建議開渠，使秦將人力物力消耗於内而不能東伐。那知呂
> 不韋秉政，在伐國的運作上仍是遊刃有餘。所以，由楚國牽頭，與
> 趙、魏、韓、衛又組織了一次五國聯軍，於秦王政六年（前 241 年）
> 伐秦，進軍至函谷關（今河南靈寶東北）。秦出兵反擊，五國之師都
> 敗逃而去，徹底粉碎了諸侯合縱重溫抑秦的舊夢〔註25〕。

上述未見於正史，但這樣戲劇化的發展勢必能引起讀者興趣，期待六國諸侯作
何反應。雖則《孫子兵法》有云：「故善用兵者，屈人之兵而非戰也。」〔註26〕
惟正如平話中人物對話：「若要吾邦，頓然不允。須用苦死交戰一場，然後商議。」
〔註27〕、「二國爭戰，各事其主，何能歸降？」〔註28〕事實上，從客觀形勢看
來，六國即便合縱共同作戰，恐怕也未必能從秦國手中討得便宜。從自然環境
考量，《荀子‧彊國》提到秦關中地區：「其固塞險，形勢便，山林川谷美，天
材之利多，是形勝也。」徐衛民更指出：

> 關中是指西起寶雞，東至潼關的渭河中下游地區。這裡南有秦嶺，
> 北有北山山脈，渭河流域低而平坦。渭河是黃河的主要支流，河床
> 甚廣，河水長期沖激泛濫，形成肥沃的平原，號稱「八百里秦川」
> 〔註29〕。

關中地區雖然面積要比關東各國小得多，自然條件卻很優越，「有鄠、杜竹林，
南山檀柘，號稱陸海，為九州膏腴。」〔註30〕秦在當地興修水利，發展農業，
使關中經濟一躍千里，可以與山東諸侯分庭抗禮。憑藉這一雄厚的資本，「秦
據河山之固，東鄉以制諸侯」〔註31〕山東六國迫於危亡也屢次合縱聯盟，來

〔註25〕 馮國超：《中國皇帝大傳：秦始皇傳》（北京：中國戲劇出版社，2001 年 3 月
　　　　初版），頁 30。
〔註26〕 語出《孫子兵法‧謀攻》，頁 15。
〔註27〕 同註 172，頁 592。
〔註28〕 同註 172，頁 602。
〔註29〕 請參閱徐衛民：〈秦立關中的歷史地理研究〉，《西北史地》，1998 年，頁 4。
〔註30〕 參見《前漢書‧第四冊》卷二十八下《地理志》，頁 17。臺北：中華書局，1981
　　　　年初版。
〔註31〕 《史記》卷六十八《商君列傳》，頁 2232。北京：中華書局，1997 年北京第一版。

反擊秦國的兼併。若以稱霸諸侯為考量，則《戰國策・秦策一》云：

> 蘇秦使將連橫，說秦惠王曰：「大王之國，西有巴、蜀、漢中之利，北有胡貉、代馬之用，南有巫山、黔中之限，東有崤函之固。」〔註32〕

相關記載還見於《史記》：

> 北有甘泉、谷口之固，南有涇、渭之沃，擅巴、漢之饒，右隴、蜀之山，左關、殽之險〔註33〕。

> 秦，形勝之國，帶河山之險，縣隔千里，持戟百萬，秦得百二焉。地埶便利，其以下兵於諸侯，譬猶居高屋之上建瓴水也〔註34〕。

> 且夫秦地被山帶河，四塞以為固，卒然有急，百萬之眾可具也。因秦之故，資甚美膏腴之地，此所謂天府者也〔註35〕。

是以漢・賈誼《過秦論》認為：「秦孝公據崤、函之固，擁雍州之地，君臣固守而窺周室。」〔註36〕特別是函谷關戰略地位十分重要，是通向東方的咽喉，是秦國防禦六國的重要屏障，歷來為兵家必爭之地，六國對秦的軍事行動常敗於關下。秦國東邊有函谷關鎮守，由函谷關往西經過潼關，可到達秦都城咸陽。東通崤山，可達關東，是秦與東方六國的重要通道。戰國初年此地屬魏，商鞅變法後秦勢力增強，經過多次與魏國戰爭，奪得此地〔註37〕，並設立關隘〔註38〕。函谷關之得名，概因地形而得名，黃新亞指出：

〔註32〕 參見諸祖耿編撰：《戰國策集注匯考：增補本》（南京：鳳凰出版社，2008年12月初版），頁118。

〔註33〕 《史記》卷八十六《刺客列傳》，頁2528。北京：中華書局，1997年北京第一版。

〔註34〕 《史記》卷八《高祖本紀》，頁382。北京：中華書局，1997年北京第一版。

〔註35〕 《史記》卷九十九《劉敬叔孫通列傳》，頁2716。北京：中華書局，1997年北京第一版。

〔註36〕 參見《史記・秦始皇本紀》引漢・賈誼《過秦論》，頁278。北京：中華書局，1997年北京第一版。

〔註37〕 陳相靈、陳效衛認為：「佔領河西，是秦實現東擴的戰略轉移。因為河西地區橫隔於鄭縣與函谷關之間，秦從前出東部天險函谷關，須從鄭縣繞道商縣再轉向東北，秦收復河西之地後，其土地與函谷關相連，直接出關，進可以攻，退又能守，戰略意義極大。」請參閱陳相靈、陳效衛：〈秦在統一六國中遏制與反遏制策略的運用〉，《西安外國語學院學報（哲學社會科學版）》，1997年，頁66。

〔註38〕 關治中以為：「秦函谷關位於長安至洛陽大道上（以下簡稱長洛大道）。長洛大道，西起今陝西西安，經灞橋、臨潼、新豐、零口、渭南、赤水、華縣、華陰、潼關、河南閿鄉、陝縣、澠池、新安至洛陽。長洛大道沿渭河、黃河

有 70 公里狹窄的山路，尤其在關城一帶有十幾裏山路全在斷裂的山
石夾縫中，抬頭只見懸崖峭壁與一線藍天，恍如進入古代書函之中，
故名函谷〔註39〕。

又因「路在谷中，深險如函，故以爲名。」〔註40〕函谷關最早見於西元前 318
年，此年：

十一年，蘇秦約從山東六國共攻秦，楚懷王爲從長。至函谷關，秦
出兵擊六國，六國兵皆引而歸〔註41〕。

正如《新書‧壹通》所言：

所謂建武關、函谷、臨晉關者，大抵爲備山東諸侯也。天子之制在
陛下，今大諸侯多其力，因建關而備之，若秦時之備六國也〔註42〕。

秦設函谷關主要是爲了屏障關中，當時的關城守備十分嚴格，史載：「日入則
閉，雞鳴則開，秦法也。」〔註43〕而函谷關之重要性，自有其戰略及交通等
優越條件，甚至有「車不方軌，號曰天險」之稱〔註44〕。宋傑認爲：

函谷關之所以受人重視，成爲兵家必爭之地，是因爲它扼守的豫西
通道具有十分重要的軍事價值。當時秦與六國都認爲經過豫西通道
進攻對方是最爲有利的，原因大致有五點：一、豫西通道的距離最

南側行進。特別是陝西渭南以東，河南陝縣以西，基本上沿河谷行進，秦函
谷關處在潼關至洛陽之間。」並透過實地考察得到：「這個關城位於函谷道的
東口王垛村，西南距靈寶縣城 16 公里，北距黃河老岸約 6.5 公里，東北距靈
寶古城約 5.5 公里，西北距函谷關鄉的西寨村 7.5 公里，秦函谷關城在西漢初
年仍置關都尉守備。」請參閱關治中：〈函谷關考證——關中要塞研究之二〉，
《渭南師專學報（社會科學版）》，1998 年，頁 27。

〔註39〕請參閱黃新亞：《三秦文化》（瀋陽：遼寧教育出版社，1993 年 5 月初版），頁 33。

〔註40〕李吉甫：《元和郡縣圖志》卷六《河南道二》，頁 158。北京：中華書局，2005
年 1 月初版。

〔註41〕《史記》卷四十《楚世家》，頁 1722～1723。北京：中華書局，1997 年北京
第一版。

〔註42〕參見閻振益、鍾夏：《新書校注》（北京：中華書局，2007 年 7 月初版），頁
113。

〔註43〕見劉慶柱：《三秦記輯注‧關中記輯注》（西安：三秦出版社，2006 年 1 月初
版），頁 108。

〔註44〕《水經注全譯‧河水》卷四曰：「河水自潼關東北流，水側有長阪，謂之黃巷
阪，阪旁絕澗，陟此阪以升潼關，所謂泝黃巷以濟潼矣。歷北出東崤，通謂
之函谷關也。邃岸天高，空谷幽深，澗道之狹，車不方軌，號曰天險。」請
參閱北魏‧酈道元著，陳橋驛譯注：《水經注全譯》（貴陽：貴州人民出版社，
2008 年 9 月初版），頁 81～82。

短；二、距離韓、魏的國都最近；三、可以利用周王室統治的洛陽
地段；四、不用涉江渡河；五、受到的抵抗較爲薄弱〔註45〕。

水田月〈車戰時代的天險——函谷關〉：

> 按秦置此關，本爲防禦關東諸侯西攻，是故關城置於澗西。先從「紙
> 上談兵」觀之：西攻者以車戰這師前來叩關，下行入河谷後，無論
> 是一路逐隊，或者借枯水冰封季節橫陣而進，則龐大高顯的戰車，
> 正好成爲其剋星——強弩射殺的目標。……再從實戰角度觀之：關
> 城俯瞰澗谷，西周密林蔽日，其間僅通一道且「車不方軌」，縱有堅
> 車千乘，精騎萬匹，卻難以展開兵力，逞其鋒銳〔註46〕。

蔡坤倫〈「古函谷關」地理位置新探〉：

> 古關若從整體地理形勢言之，以屬背山面河，後有山險爲憑，前有
> 河水阻留其中，的確具有易守難攻之優勢〔註47〕。

由此可見，秦若控制函谷，退可以守住關中門戶，保八百里秦川不失。進可
以出兵豫東，爭雄天下。如果該地被敵國佔領，秦國軍隊則被封閉在潼關以
西，難以東進，而且隨時面臨著敵軍侵犯關中平原的危險。

　　由於秦據有易守難攻的軍事地理優勢，故而在對外戰爭中經常掌握主動
權。只要守住各個關口，敵人就很難進入，眞是一夫當關，萬夫莫開。楚懷
王十一年（西元前 318 年），山東六國共攻秦至函谷關，秦出兵擊六國，六國
敗退〔註48〕。韓襄王十四年（西元前 298 年）：「與齊、魏王共擊秦，至函谷
而軍焉。」〔註49〕魏安釐王三十年（西元前 247 年）：「公子率五國之兵破秦
軍於河外，走蒙驁。遂乘勝逐秦軍至函谷關，抑秦兵，秦兵不敢出。」〔註50〕
楚考烈王二十二年（西元前 241 年）：「春申君相二十二年，諸侯患秦攻伐無
已時，乃相與合從，西伐秦，而楚王爲從長，春申君用事。至函谷關，秦出

〔註45〕宋傑：〈秦對六國戰爭中的函谷關和豫西通道〉，《首都師範大學學報（社會科
　　　　學版）》，1997 年，頁 41～42。
〔註46〕水田月：〈車戰時代的天險——函谷關〉，《西安教育學院學報》，2001 年 12
　　　　月，頁 32。
〔註47〕蔡坤倫：〈「古函谷關」地理位置新探〉，《中興史學》，2007 年 6 月，頁 22。
〔註48〕《史記》卷四十《楚世家》，頁 1722～1723。北京：中華書局，1997 年北京
　　　　第一版。
〔註49〕《史記》卷四十五《韓世家》，頁 1876。北京：中華書局，1997 年北京第一
　　　　版。《戰國策·西周策》亦載：「薛公以齊爲韓、魏攻楚，又與韓、魏攻秦。」
〔註50〕《史記》卷七十七《魏公子列傳》，頁 2384。北京：中華書局，1997 年北京
　　　　第一版。

兵攻,諸侯兵皆敗走。」〔註 51〕秦憑藉函谷關的有利地勢,多次挫敗東方各國的聯攻,儘管嘗敗於聯軍之手,但只要謹守勿失,待「養贍三軍,精演武藝」〔註 52〕數年,仍可伺機東出。誠如司馬遷所云:

> 秦地被山帶河以為固,四塞之國也。自繆公以來,至於秦王,二十
> 餘君,常為諸侯雄。豈世世賢哉?其勢居然也〔註 53〕。

據筆者統計,整部《秦併六國平話》約四萬零四百餘字,而戰爭描寫的場景就有二萬四千餘字,包含六國會師函谷關、滅韓、滅趙(包含趙將李牧征伐匈奴)、滅燕(前後二次)、滅魏、滅楚及滅齊等戰役,約佔總書的 61%。由此可知《秦併六國平話》偏重在描述戰爭。作者將六國會師函谷關之役安排於平話開頭,是突顯這場戰役所代表的意義——秦自此役後,統一戰爭無往不利,也是一統六國的伏筆。滅六國,作者僅鋪陳了七個戰爭橋段,幾乎每一場戰役都對六國存亡起著決定作用。是以六國合縱仍難越雷池,從主觀來看,《秦併六國平話》處處突顯大秦帝國的絕對優勢,即便戰敗也無損國力,相較於六國更能保全實力。就客觀而言,六國久攻秦不下,士氣受挫,加上秦外交謀略運用得當,勝利總是站在犯錯少的那一方,歷史的轉輪於是出現了逆轉(從春秋時代被視為戎狄到統一六國)。

第三節　荊軻刺秦與琴女

秦據函谷關之險,多次挫敗東方各國的聯攻,並屢屢在對外戰爭中先發制人,而「刺秦」就是在秦國日益強大,兼併其他諸侯國的歷史背景下所發生的情事。《秦併六國平話》中根據《史記·刺客列傳》〔註 54〕就描述這一段著名的〈荊軻刺秦王〉故事:

> 二十年,有燕丹太子要令刺客刺秦始皇帝。荊軻者,衛人也,至燕,
> 愛燕之狗屠及善擊筑者高漸離。荊軻嗜酒,日與狗屠及高漸離飲於

〔註 51〕《史記》卷七十八《春申君列傳》,頁 2395。北京:中華書局,1997 年北京第一版。

〔註 52〕參見《秦併六國平話》卷上〈王翦回軍見帝〉。丁錫根:《宋元平話集》(上海:上海古籍出版社,1990 年初版),頁 583。

〔註 53〕《史記》卷六《秦始皇本紀》,頁 277。北京:中華書局,1997 年北京第一版。

〔註 54〕事實上,根據楊家駱撰:《史記今釋》(臺北:正中書局,1971 年初版)比較後得知:「荊軻刺秦王」最早出自《戰國策》,而《史記·刺客列傳》中的〈荊軻傳〉係司馬遷據《戰國策》材料所寫。

燕市。燕之處士田光先生亦善待之，知其非庸人也。⋯⋯〔註55〕

全文約一千餘字，篇幅雖不如《史記》之詳，卻言簡意賅地交代「刺秦」一事。當然這樣的敘述仍本於史書，正所謂「質勝文則野，文勝質則史。」〔註56〕，少了戲劇性的變化，容易讓讀者感到司空見慣、老生常談而興致索然。相較之下，葛洪《西京雜記》記載就相當生動：

> 燕太子丹質於秦，秦王遇之無禮，不得意，欲求歸。秦王不聽，謬言曰：「令烏白頭，馬生角，乃可許耳。」丹仰天嘆，烏即白頭，馬生角。秦王不得已而遣之，爲機發之橋，欲陷丹。丹過之，橋爲不發。夜到關，關門未開。丹爲雞鳴，眾雞皆鳴，遂得逃歸〔註57〕。

秦始皇屢次爲難燕丹，不願放丹還燕，甚至敷衍說「烏白頭，馬生角」這種幾乎不可能的條件發生，才願意放他回國。因此燕丹對秦始皇相當不諒解，兩人嫌隙也越來越深，事實上童年時期兩人相處甚是融洽，《史記·秦始皇本紀》：「燕太子丹者，故嘗質於趙，而秦王政生於趙，其少時與丹驩。〔註58〕」然而這樣的情誼當嬴政登基後完全變了調，《史記》記載：

> 及政立爲秦王，而丹質於秦。秦王之遇燕太子丹不善，故丹怨而亡歸。歸而求爲報秦王者；國小，力不能〔註59〕。

燕丹懷恨歸燕，遂有「刺秦」之舉。從《史記》上「秦王之遇燕太子丹不善」區區十個字，讀者實難理解嬴政對燕丹究竟做了什麼，使得兩人結仇挾怨，甚至到了要置之死地而後快的境地？然而，透過「烏白頭、馬生角」，乃致「爲機發之橋」，明顯看出嬴政處處爲難燕丹，甚至不惜陷他於死，是嬴政不仁在前，莫怪燕丹不義於後。類似敘述還見於《三秦記》：

> 燕太子丹質於秦，秦王遇之無禮，乃求歸，秦王爲機發之橋，欲以陷丹，舟丹過之，橋不爲發。又一說，交龍棒舉而機不發〔註60〕。

時代稍晚的《燕丹子》〔註61〕乃蒐羅隋、唐以前《史記》及其他書所記太子

〔註55〕詳閱《秦併六國平話》卷中〈太子送荊軻入秦〉、〈荊軻刺秦王〉，頁606～609。
〔註56〕見《論語·雍也》。
〔註57〕晉·葛洪：《西京雜記》（北京：中華書局，1985年初版），頁3。
〔註58〕《史記》卷八十六《刺客列傳》，頁2528。北京：中華書局，1997年北京第一版。
〔註59〕同註206。
〔註60〕劉慶柱：《三秦記輯注·關中記輯注》（西安：三秦出版社，2006年1月初版），頁17。
〔註61〕《燕丹子》凡三卷，不著傳人姓氏。所載皆燕太子丹事。《隋志》著錄於小說

丹事編撰成書，因此對於太子丹與嬴政交惡始末及荊軻刺秦記載甚詳：

> 燕太子丹質於秦，秦王遇之無禮，不得意，欲求歸。秦王不聽，謬
> 言：「令烏白頭，馬生角，乃可許耳。」丹仰天嘆，烏即白頭、馬生
> 角，秦王不得已而遣之；為機發之橋，欲陷丹。丹過之，橋為不發。
> 夜到關，關門未開，丹為雞鳴，眾雞皆鳴，遂得逃歸。深怨於秦，
> 欲求復之，奉養勇士，無所不至〔註62〕。

從上述文字可知，《燕丹子》和《西京雜記》在描寫「燕丹歸而怨秦」的情節
上極為相似。相較於《史記》述事原委詳悉，則《燕丹子》「烏白頭、馬生角」
的文字富有明顯的小說色彩〔註63〕。對於《燕丹子》、《西京雜記》這一脈敘
寫燕丹之事的手法，周詩高予以正面評價：

> 這種寫實與傳說相結合的手法，對於刻畫人物，發展情節，突出主
> 題等，都具有重要的作用。「烏白頭、馬生角」之事在現實生活中是
> 不可能發生的，然而卻在燕太子丹身上出現，旨在渲染太子丹在秦
> 國所受到的奇恥大辱，連上天也為之鳴不平，暗示了太子丹千方百
> 計謀求刺客刺殺秦王的合理性〔註64〕。

既然燕丹的復仇計畫勢在必行，首先得找到執行計畫的人選，正所謂「蓋有
非常之功，必待非常之人。」〔註65〕經過處士田光的推薦，衛人荊軻遂成為
燕丹日思夜盼的刺秦義士。據《資治通鑒》卷六《秦紀一》記載，燕丹曾對
荊軻表述過相當完整的「圖秦」想法：

家，唐·李善注《文選》亦援引其文，殆隋、唐以前撫拾《史記》及其他書
所記太子丹事為之者。

〔註62〕不著撰人：《燕丹子》（臺北：中華書局，1972年初版）。

〔註63〕姜濤《中國傳奇》：「在他回國以前，秦王還要最後留難他一次。他暗中叫人
在渭水的橋上裝置了機關，打算趁燕太子丹過橋的時候，發動機關，冷不防
把他掀下橋去。燕太子丹怕秦王反悔，半夜就從渭水橋上經過。守橋的人正
要發動機關，不料有兩條蛟龍，突然躍出水面，各伸長頸，把橋樑緊緊夾住，
使機關發動不了，燕太子丹終於安然過了橋。」由故事內容清楚可知近人在
編寫「荊軻刺秦王」故事所徵引的材料不離《燕丹子》。參見姜濤：《中國傳
奇：歷史傳說故事》第三十四冊，頁126。臺南：莊嚴出版社，1990年7月
二版。

〔註64〕周詩高：〈《燕丹子》與《荊軻列傳》人物塑造之比較〉，《語文學刊（高教版）》，
2006年，頁52。

〔註65〕參見《前漢書·第一冊》卷六《武帝紀·武帝求茂才異等詔》，頁22。臺北：
中華書局，1981年初版。

今秦已虜韓王，又舉兵南伐楚，北臨趙；趙不能支秦，則禍必至於
燕。燕小弱，數困於兵；何足以當秦！諸侯服秦，莫敢合從。丹之
私計愚，以爲誠得天下之勇士使於秦，劫秦王，使悉反諸侯侵地，
若曹沫之與齊桓公，則大善矣；□不可，則因而刺殺之。彼大將擅
兵於外而內有亂，則君臣相疑，以其間，諸侯得合從，其破秦必矣。
唯荊卿留意焉！〔註66〕

足見燕太子丹所說的中心意思是讓荊軻採用曹沫劫齊桓公的辦法，促使秦國
停止對諸侯用兵，以免燕國遭到滅亡。正當燕丹易水送別，荊軻臨行之際，
天現異象。唐・司馬貞《史記索隱》記載：

應劭曰：「燕太子丹質於秦，始皇遇之無禮，丹亡去，故厚養荊軻，
令西刺秦王。精誠感天，白虹爲之貫日也。」如淳曰：「白虹，兵象。
日爲君。」又《烈士傳》曰：荊軻發後，太子自相氣，見虹貫日不
徹，曰：「吾事不成矣。」後聞軻死，事不立，曰：「吾知其然也。」
〔註67〕

對於「白虹貫日」的異象，李學勤提出兩種看法：一是「漢代人以爲是精誠
感天所致。」另一則認爲：「日爲君象，此處指秦王，白虹爲兵象，故白虹貫
日象徵刺秦王。」〔註68〕尤以後者的論點更能解釋白虹貫日的占驗，也爲貫
日不徹底（代表刺秦失敗）的情節發展預留伏筆。荊軻刺秦失敗是實，但小
說家絕對不能放過描寫「刺秦」這驚天動地的壯舉，秦始皇如何虎口餘生，
荊軻又何以刺殺不利？根據《三秦記》的描述：

荊軻入秦，爲燕太子報仇。把秦王衣袂曰：「寧爲秦地鬼，不爲燕地
囚。」王美人彈琴作語曰：「三尺羅衣何不掣，四面屏風何不越！」
王因掣衣而走，得免〔註69〕。

〔註66〕 詳見宋・司馬光編著、元・胡三省音注：《資治通鑑》（北京：中華書局，2005
　　　　年4月初版），頁225。

〔註67〕 參見漢・司馬遷撰，宋・裴駰集解，唐・司馬貞索隱，唐・張守節正義：《史
　　　　記》（北京：中華書局，1997年北京第一版），頁2470。

〔註68〕 參見李學勤：《簡帛佚籍與學術史》（臺北：時報文化出版公司，1994年12
　　　　月初版），頁331。又《戰國策・魏策四》：「夫專諸之刺王僚也，彗星襲月；
　　　　聶政之刺韓傀也，白虹貫日；要離之刺慶忌也，倉鷹擊於殿上。」參見諸祖
　　　　耿編撰：《戰國策集注匯考：增補本》（南京：鳳凰出版社，2008年12月初版），
　　　　頁1345。

〔註69〕 見劉慶柱輯注：《三秦記輯注・關中記輯注》（西安：三秦出版社，2006年1
　　　　月），頁16。

《正義》引《燕丹子》云：「左手揕其胸。秦王曰：『今日之事，從
子計耳。乞聽瑟而死。』召姬人鼓瑟，琴聲曰：『羅縠單衣，可掣而
絕；八尺屏風，可超而絕；鹿盧之劍，可負而拔。』王於是奮袖超
屏風走之。」〔註70〕

始皇使出緩兵之計，好讓群臣有時間反應勤王護駕。這不禁讓人想到商臣兵
圍楚成王，「成王請食熊蹯而死，不聽。」〔註71〕商臣心知成王想利用烹煮熊
蹯以拖延時間，等待勤王之師解救，因此拒絕請求，逼死成王。但秦始皇成
功利用荊軻想挾其訂立盟約，從容地讓琴女操琴，最後硬是扭轉形勢，轉危
為安。這樣的劇情豈不讓讀者再三嘆惋，因而陷入「如果再給荊軻一次機會
究竟如何？」或「若荊軻不讓秦始皇聽琴又將如何？」的反覆思考。而「寧
為秦地鬼，不為燕地囚。」一語，甚至是秦末時流傳的「楚雖三戶，亡秦必
楚。」都反映了六國人民堅決反秦的心理。

不論荊軻內心是想「欲生劫之，必得約契，以報太子也。」抑或是「想
挾制秦王訂立盟約。」他終究沒能完成任務。值得一提的是，在《燕丹子》
中描述荊軻最後將匕首擲向秦王的結果，是「決秦王耳，入銅柱，火出燃。」
雖未刺殺成功，秦王也免不了血光之災，只是若然如此，則秦王絕無生還之
理。燕太子丹為刺秦無所不用其極，《史記·秦始皇本紀》：

〔註70〕同上註，頁 17。又姜濤《中國傳奇》：「正當荊軻為太子丹準備要去刺殺秦王
的時候，連天象都發生了奇異的變化，一道白虹，平地而起，彷彿要向那太
陽貫穿過去。……荊軻迅速猛地奪過匕首，左手抓住秦王的衣袖，右手拿匕
首對準秦王的胸口，數說他的罪過道：『你欺負燕國夠久了；你對海內各國，
也是貪暴無厭；於期將軍沒有罪過，你殺了他的全家。現在我要為海內報仇。
今天你聽從我的話，就有得活命；如若不然，只有死路一條！』秦王突然被
劫持，無可奈何，只能說：『今天發生的事情，只好是聽憑你擺佈了。我平生
喜歡琴音，希望聽一曲琴聲再好好死吧？』荊軻想挾制秦王訂立盟約，也要
有短暫思考的時間，就應允了秦王的要求。秦王便命琴女文馨上殿，秦上一
曲。……荊軻見秦王逃脫了，便把匕首刷地向秦王擲去。匕首稍偏一點，沒
有擲中秦王，卻擲中了旁邊的銅柱，插在柱上，連火焰都冒了出來。……太
子丹從荊軻出發去秦國以後，又去觀察白虹貫日的景象。仔細觀察的結果，
見白虹雖是貫日，卻只是貫了半段，貫得並不徹底。他只是嘆息地自言自語
說：『看來我的事是不成了！』」由上述可知，《中國傳奇》關於荊軻刺秦「白
虹貫日」、「琴女」題材不脫《史記》、《燕丹子》的範圍。參見姜濤：《中國傳
奇：歷史傳說故事》第三十四冊，頁 130～133。臺南：莊嚴出版社，1990 年
7 月二版。

〔註71〕《史記》卷四十《楚世家》，頁 1699。北京：中華書局，1997 年北京第一版。

於是太子豫求天下之利匕首，得趙人徐夫人匕首，取之百金，使工
以藥焠之，以試人，血濡縷，人無不立死者〔註72〕。

但這畢竟是屬於小說家之言，是爲了服務平民百姓，毋須以歷史的嚴謹求全
責備。況且太史公有言：

又言荊軻傷秦王。皆非也。始公孫季功、董生與夏無且游，具知其
事，爲余道之如是〔註73〕。

這表示司馬遷對於荊軻刺秦的記載是有所本，係案發當時擲出藥箱救始皇的
夏無且所言，而非根據民間以訛傳訛。然而，正如豫讓未能刺殺趙襄子，仍
「拔劍三躍而擊之」〔註74〕，然後言：「吾可以下報智伯矣」〔註75〕縱然秦始
皇全身而退，卻是落得倉皇狼狽，一道看不見的傷痕已在他心中悄悄留下，
對荊軻而言亦可無憾。我們也從《戰國策·燕策三》記述秦王事後「目眩良
久」的反應得知，這一刺殺行爲並不亞於一次戰爭給秦王帶來的重創。〔註76〕
如清代詩人梁佩蘭《易水行》所說：

荊卿不得刺秦王，無且在殿提藥囊。爲謀不成實天意，祖龍膽落荊
卿死，一死可以報太子〔註77〕。

長久以來，荊軻刺秦的事蹟始終爲人稱道，李澤需認爲：

《燕丹子》中的荊軻，乃是一個「士爲知己者死」的刺客，《史記·
刺客列傳》中的荊軻雖然也有知恩圖報的一面，但其行爲做事的根
本出發點是以社稷安危爲重，他是一個有遠大政治理想的人〔註78〕。

〔註72〕 《史記》卷八十六《刺客列傳》，頁2533。北京：中華書局，1997年北京第
一版。
〔註73〕 同註220，頁2538。
〔註74〕 《史記》卷八十六《刺客列傳》，頁2521。北京：中華書局，1997年北京第
一版。
〔註75〕 同註222。
〔註76〕 楊小鳳：〈英雄的悲劇——論《戰國策》之刺客的悲劇命運〉，《現代語文》，
2008年6月，頁7。
〔註77〕 〈易水行〉全詩爲：「易水悲歌動天地，荊卿入秦爲燕使，秦王尊禮設九賓。
殿見顧笑旁無人，於期之頭奉上殿，血光直射秦王面。取持督亢色倉皇，咄
哉年少秦舞陽，圖窮不覺見匕首。秦王睨之環柱走，荊卿不得刺秦王，無且
在殿提藥囊。爲謀不成實天意，祖龍膽落荊卿死，一死可以報太子。」請參
閱《四庫全書存目叢書·集部二五五·六瑩堂集》卷之四，頁205。
〔註78〕 李澤需：〈《史記·荊軻傳》與《燕丹子》之比較〉，《語文學刊》，2008年7
月，頁74。

他留給後人不僅是一名「刺客」身分，更表現出「捨生取義」、「大義凜然」的「英雄」形象。如同陶淵明所讚：「其人雖已沒，千載有餘情。」〔註79〕

在〈荊軻刺秦王〉中，嬴政被塑造成一位暴戾無常、心狠手辣、一意孤行、無視百姓疾苦的暴君。他不顧「其少時與丹驩」的情誼，那段同處趙國為質的歲月，或許對嬴政而言，在趙國的時光備嘗艱辛。「趙欲殺子楚妻子」〔註80〕，過著隱匿躲藏的生活，直至秦孝文王即位後（西元前250年），嬴政和母親才被迎回秦國〔註81〕。他的成長與動盪時局牽繫糾葛，始終背負著秦趙交惡的原罪，是以「秦王之邯鄲，諸嘗與王生趙時母家有仇怨，皆阬之。」〔註82〕筆者認為這是燕丹所無法理解與認識的嬴政的另一面。當然這也再次應證尉繚所言：「少恩而虎狼心，居約易出人下，得志亦輕食人。」〔註83〕患難之際可相濡以沫。一朝為天子，則萬人皆為我所役。黃瓊儀〈漢畫中的秦始皇形象〉一文在分析漢代「荊軻刺秦王」的圖畫後，認為：

> 無疑的，荊軻刺秦王中的秦王形象，是「醜」的形象。漢畫中的君王形象多是「君子不重則不威」，體形豐滿，姿態雍容，此題材中的秦王，卻多是慌張敗走，醜態畢露。……由此觀之，漢代人印象最深刻或最想看到的秦王形象，是秦王的「落難」〔註84〕。

〔註79〕 〈詠荊軻〉全詩為：「燕丹善養士，志在報強嬴。招集百夫良，歲暮得荊卿。君子死知己，提劍出燕京。素驥鳴廣陌，慷慨送我行。雄髮指危冠，猛氣衝長纓。飲餞易水上，四座列羣英。漸離擊悲筑，宋意唱高聲。蕭蕭哀風逝，淡淡寒波生。商音更流涕，羽奏壯士驚。公知去不歸，且有後世名。登車何時顧，飛蓋入秦廷。凌厲越萬里，逶迤過千城。圖窮事自至，豪主正怔營。惜哉劍術疎，奇功遂不成。其人雖已沒，千載有餘情。」詳見丁仲祜：《陶淵明詩箋注》（臺北：藝文印書館，1989年1月六版），頁160～162。

〔註80〕 《史記》卷八十五《呂不韋列傳》，頁2509。北京：中華書局，1997年北京第一版。

〔註81〕 據《史記·呂不韋列傳》：「秦昭王五十六年，薨，太子安國君立為王，華陽夫人為王后，子楚為太子。趙亦奉子楚夫人及子政歸秦。秦王立一年，薨，謚為孝文王。」由於秦孝文王即位三天即駕崩，子楚即位。因此筆者認為子楚夫人和嬴政回國時間約在孝文王元年至莊襄王元年之間，亦即西元前250年至西元前249年間返秦。參見漢·司馬遷撰，宋·裴駰集解，唐·司馬貞索隱，唐·張守節正義：《史記》（北京：中華書局，1997年北京第一版），頁2509。

〔註82〕 《史記》卷六《秦始皇本紀》，頁233。北京：中華書局，1997年北京第一版。

〔註83〕 同註230，頁230。

〔註84〕 黃瓊儀：《漢畫中的秦始皇形象》（臺北：國立臺灣大學歷史學研究所碩士論文，2005年），頁56～57。

從上述使我們瞭解到，民間記憶中的始皇形象確係源於《史記》，再予以不同程度的擴張、變形。惟萬變不離其宗，不論是民間傳說或者壁畫等形諸藝術的作品，大多時候仍是負面印象，而這樣「醜」、「惡」的形象塑造，事實上正是肇始於漢代〔註85〕。

　　《秦併六國平話》對於荊軻刺秦的描寫緊扣《史記》。其樸實的內容確實不如《西京雜記》、《燕丹子》等傳奇故事來得精采，這樣的寫法對於廣大讀者而言僅僅是歷史說教，難以產生回響。事實上，野史小說需要的並非完全的眞實，而是巧妙地、適當地塡補眞實的空白處。例如燕丹質留秦國時，過的是何種生活？究竟發生了哪些大事？又與秦始皇間有什麼對話？這都是歷史的空白，但《西京雜記》卻塡入「烏白頭，馬生角」、「機發之橋」等劇情，並且聯繫起燕丹怨秦始皇的事實，提供讀者歷史的完整性與合理性，這樣便算是成功的小說撰寫。又如琴女彈琴的情節，可說是由侍醫夏無且擲藥箱演變而來，雖然稍遜於《西京雜記》，卻也不失爲成功的敷衍故事。

第四節　統一六國

　　《秦併六國平話》中關於秦始皇滅六國的過程大致依《史記》記述來發展。值得一提的是，卷下最後使用五言律詩來對整部《秦併六國平話》的發展脈絡作總評，詩曰：

> 始皇詐力獨稱雄，六國皆歸掌握中；
> 北塞長城泥未燥，咸陽宮殿火先紅。
> 痴愚強作千年調，興感還如一夢通；
> 斷草荒蕪斜照外，長江萬古水流東。

全詩通過歷史興衰表現出「人事已非」的感嘆，深刻描寫出秦始皇寄望帝祚能代代相傳至千萬年的「痴愚」，繁華終歸一夢，這首詩可稱得上是作者個人對於秦始皇個人得失，甚至是對秦併六國的總體評價。此外，透由平話對於秦對六國戰爭的描寫文字，使我們得見秦軍征戰的紀律與制度。君王愈強化對軍隊的控制，相對地來自武將群體對專制政權的威脅也就愈弱，李治安、杜家驥指出：

〔註85〕郭志坤指出：「秦始皇的形象從當代群臣稱頌的『美』到後代轉變爲『醜』、『惡』，係始於漢代思想家與統治者一系列的批判。」請參閱郭志坤：《秦始皇大傳》（上海：三聯書店，1989 年 3 月初版），頁 364～373。

在家天下封建王朝中，軍隊是國家也可以說是皇位賴以存在的支柱，因而對於皇帝來說，牢牢地掌握軍權尤其是軍隊的調動使用權，具有極其重要的意義，是須臾不可放手的〔註86〕。

《秦併六國平話》卷上〈六國興兵伐秦〉寫道：「王翦在演武亭交兵二萬，出城外下寨。〔註87〕」卷上〈秦王交兵與王翦〉：「始皇依奏，賜王翦爲招討，攻韓邦。次早，演武殿交兵二十萬人馬。〔註88〕」卷中〈秦王遣王翦伐燕〉：「秦王大怒，益發兵，詔王翦行兵伐燕。王翦蒙聖旨，領兵二十萬，乞辛勝爲先鋒上將，董翳爲副將，甘寧爲末將。帝依奏，令王翦爲招討。次早，講武殿交兵，起離京兆府。〔註89〕」從這幾處記述可發現：秦國軍隊的日常管理和戰時指揮分別爲兩個系統，遇到戰事，由君王任命將帥，事畢交還軍權。其中又以虎符和君王璽書爲調兵憑證〔註90〕。繆文遠便指出：

> 秦國的軍隊調動權，操在國君之手，調兵50人以上，都必須經由國君批准，調軍的憑證是銅虎符。虎符從中剖分爲兩半，一半放在國君處，另一半放在地方，必須兩半相合（即『合符』），才能調動軍隊〔註91〕。

而璽書調兵則見於秦始皇時，嫪毐反叛時「矯王御璽及太后璽以發縣卒及衛卒、官騎、戎翟君公、舍人」攻打蘄年宮，秦王即令昌平君等人發兵進攻叛軍〔註92〕。由此得知何以平話中每當秦將出征前，總會有「交兵」、「領兵」的程序。反觀六國或「宣召諸將行兵」，或由國君「親爲招討」，權責未明，高下立決。

〔註86〕 李治安、杜家驥：《中國古代官僚政治──中國古代行政管理及官僚病剖析》（北京：書目文獻出版社，1993 年 11 月初版），頁 22。

〔註87〕 參見丁錫根：《宋元平話集》（上海：上海古籍出版社，1990 年初版），頁 576。

〔註88〕 同註 235，頁 586。

〔註89〕 同註 235，頁 609。

〔註90〕 王關成、郭淑珍：《秦軍事史》（西安：陝西人民教育出版社，2000 年 10 月初版），頁 359。

〔註91〕 今傳世秦虎符有三：「杜虎符」、「新郪虎符」及「陽陵虎符」。如 1975 年冬被農民發現於西安市郊區的北沈家橋村東北的「杜虎符」，其上刻有銘文：「兵甲之符，右在君，左在杜，凡興士被甲，用兵五十人以上，必會君符，乃敢行之。燔燧之事，雖毋虎符，行也。」而「新郪虎符」亦刻有類似文字。惟「陽陵虎符」僅有「甲兵之符，右在皇帝，左在陽陵」數句，「凡興士被甲……」等語均省去，蓋因虎符行用已久，有關規定已爲人所共知，無須刻出。請參閱繆文遠：《戰國制度通考》（成都：巴蜀書社，1998 年 9 月初版），頁 245～246。

〔註92〕 《史記》卷六《秦始皇本紀》，頁 227。北京：中華書局，1997 年北京第一版。

自戰國中期伊始，秦國先後經過了獻公（西元前 384～前 362）〔註93〕時期的改革和孝公（西元前 361～前 338）時期的商鞅變法〔註94〕。尤其是後者，使秦國在政治、經濟、社會及文化思想等方面獲得全面的開展。惟統一大業自孝公以後也整整經歷了一個世紀。整體而言，秦國的領域逐漸擴大，向東挺進穩步發展，與齊、楚、燕、趙等國進行了一系列複雜的政治、外交、軍事多方面的競爭。劉向《戰國策·書錄》：

> 蘇秦爲從，張儀爲橫。橫則秦帝，從則楚王。所在國重，所去國輕。
>
> 然當此之時，秦國最雄，諸侯方弱，蘇秦結從之時，六國爲一，以儐背秦。秦人恐懼，不敢闚兵於關中，天下不交兵者二十有九年〔註95〕。

這既概括了合縱連橫爭鬥的總體情況，又反映了當合縱形成之後，秦處於暫時的被動局面。然合縱連橫的結果，削弱了山東六國的力量，秦國在爭奪中日益強大，爲統一六國創造了極其有利的條件。從惠文君稱王開始，直到秦王政時期，經歷了五代君王，包含孝公，共爲六世，所謂「續六世之餘烈」〔註96〕。最終這統一大業的是由秦始皇來完成的。從西元前 230 年（秦王政十七年）起到西元前 221 年（秦王政二十六年）止，共歷經十年時間，建立了統一的封建專制主義的中央集權。爲了實現統一，秦始皇使用了各式各樣的策略，據《史記·李斯列傳》記載，秦始皇「陰遣謀士齎持金玉以游說諸侯。諸侯名士可下以財者，厚遺結之；不肯者，利劍刺之。離其君臣之計，

〔註93〕詳閱繆文遠：《戰國史繫年輯證》（成都：巴蜀書社，1997 年 1 月初版），頁 29～60。

〔註94〕同上註，頁 61～105。

〔註95〕參閱諸祖耿：《戰國策集注匯考：增補本》（南京：鳳凰出版社，2008 年 12 月初版），頁 1796。又吳昌廉根據出土帛書《戰國縱橫家書》提出蘇秦合縱係對付齊國，他指出：「蘇秦原是燕昭王之親信，但爲謀求燕之強大，而奔走於齊、趙、魏之間，其旨在防止齊之攻燕，並使齊、趙兩國關係惡化，進而發動各國合縱攻齊。」參見吳昌廉：〈《戰國縱橫家書》與相關古籍之關係〉，《文史學報》，1989 年 3 月，頁 124。吳昌廉的說法可提供我們對於戰國後期合縱連橫的歷史發展與真實面貌不同的思考面向，本文主旨不在探討合縱連橫的實際情形，此處僅備參考。

〔註96〕《史記》卷六《秦始皇本紀》引賈誼《過秦論》，頁 280。北京：中華書局，1997 年北京第一版。六世依時間先後爲秦孝公、秦惠文王（西元前 337 年～西元前 311 年）、秦武王（西元前 310 年～西元前 307 年）、秦昭（襄）王（西元前 306 年～西元前 251 年）、秦孝文王（西元前 250 年）、秦莊襄王（西元前 249 年～西元前 247 年）。請參閱繆文遠：《戰國史繫年輯證》（成都：巴蜀書社，1997 年 1 月初版），頁 106～223。

秦王乃使其良將隨其後。」〔註97〕此外，《史記‧秦始皇本紀》亦載尉繚向
秦王政建議破壞合縱：

> 以秦之彊，諸侯譬如郡縣之君，臣但恐諸侯合從，翕而出不意，此
> 乃智伯、夫差、湣王之所以亡也。願大王毋愛財物，賂其豪臣，以
> 亂其謀，不過亡三十萬金，則諸侯可盡〔註98〕。

《戰國策‧秦策四‧秦王欲見頓弱》：

> 王資臣萬金而游，聽之韓、魏，入其社稷之臣於秦，即韓、魏從，
> 韓、魏從而天下可圖也〔註99〕。

運用的策略既有重金籠絡，也有暗殺，有離間也有攻伐。我們可從秦滅趙、秦
滅齊等戰爭敘述獲得印證，如《秦併六國平話》卷上〈司馬尚奏李牧反〉、〈趙
王賜李牧死〉的橋段，就是《戰國策‧秦策四‧秦王欲見頓弱》中「乃資萬金，
使東又放假、魏，入其將相。碑游於燕、趙，而殺李牧。」的情節〔註100〕。而

〔註97〕　《史記》卷八十七《李斯列傳》，頁 2540～2541。北京：中華書局，1997 年
　　　　　北京第一版。
〔註98〕　《史記》卷六《秦始皇本紀》，頁 230。北京：中華書局，1997 年北京第一版。
〔註99〕　諸祖耿：《戰國策集注匯考：增補本》（南京：鳳凰出版社，2008 年 12 月初版），
　　　　　頁 373。
〔註100〕　李牧被讒記載甚繁，然世多憫其忠。如《史記‧張釋之馮唐列傳》所言：「其
　　　　　後會趙王遷立，其母倡也。王遷立，乃用郭開讒，卒誅李牧，令顏聚代之。
　　　　　是以兵破士北，爲秦所禽滅。」此處李牧被讒而死。與前段類似者爲《列女
　　　　　傳‧孽嬖傳‧趙悼倡后》：「倡后者，邯鄲之倡，趙悼襄王之后也。前日而亂
　　　　　一宗之族。既寡，悼襄王以其美而取之。李牧諫曰：『不可。女之不正，國家
　　　　　所以覆而不安也。此女亂一宗，大王不畏乎？』王曰：『亂與不亂，在寡人爲
　　　　　政。』遂娶之。初，悼襄王后生子嘉爲太子。倡后既入爲姬，生子遷。倡后
　　　　　既嬖幸於王，陰譖后及太子於王，使人犯太子而陷之於罪，王遂廢嘉而立遷，
　　　　　黜后而立倡姬爲后。及悼襄王薨，遷立，是爲幽閔王。倡后淫佚不正，通於
　　　　　春平君，多受秦賂，而使王誅其良將武安君李牧。其後秦兵徑入，莫能距。
　　　　　遷遂見虜於秦，趙亡。」參見漢‧劉向：《列女傳》（臺北：中華書局，1981
　　　　　年初版），頁 12。而《史記‧廉頗藺相如列傳》云：「趙王遷七年，秦使王翦
　　　　　攻趙，趙使李牧、司馬尚禦之。秦多與趙王寵臣郭開金，爲反間，言李牧、
　　　　　司馬尚欲反。趙王乃使趙蔥及齊將顏聚代李牧。李牧不受命，趙使人微捕得
　　　　　李牧，斬之。」上述李牧乃抗命被斬。又《東周列國志》第一百六回道：「司
　　　　　馬尚私告李牧曰：『郭開譖將軍欲反，趙王入其言，是以相召，言拜相者，欺
　　　　　將軍之言也。』李牧忿然曰：『開始譖廉頗，今復譖吾，吾當提兵入朝，先除
　　　　　君側之惡，然後禦秦可也。』司馬尚曰：『將軍稱兵犯闕，知者以爲忠，不知
　　　　　者反以爲叛，適令讒人藉爲口實。以將軍之才，隨處可立功名，何必趙也。』
　　　　　李牧嘆曰：『吾嘗恨樂毅廉頗爲趙將不終，不意今日乃及自己！』又曰：『趙
　　　　　蔥不堪代將，吾不可以將印授之。』乃懸印於幕中，中夜微服遁去，欲往魏

平話卷中〈齊王出降〉的描寫，即爲《史記·田敬仲完世家》：「君王后死，后勝相齊，多受秦閒金，多使賓客入秦，秦又多予金，客皆爲反閒，勸王去從朝秦，不脩攻戰之備，不助五國攻秦，秦以故得滅五國。五國已亡，秦兵卒入臨淄，民莫敢格者。王建遂降，遷於共。」〔註101〕的寫照。用理想的道德標準來衡量，收買、刺殺等手段似乎不太光明磊落，但是從現實統一的目標來考慮，它們又都是相輔相成的，並且是極爲有效的。〔註102〕誠如黃仁宇所言：

> 假使我們撇開嬴政的個性與作爲，單說中國在公元前二二一年，也就是基督尚未誕生前約兩百年，即已完成政治上的統一；並且此後以統一爲常情，分裂爲變態（縱使長期分裂，人心仍趨向統一，即使是流亡的朝廷，仍以統一爲職志），這是世界上獨一無二的現象〔註103〕。

關於秦始皇統一六國的原因，呂思勉在《先秦史》裡指出：

> 秦之克併六國，其原因蓋有數端。地勢形便，攻人易而人之攻之也難，一也。四國風氣，秦、晉本較齊、楚爲強，兵亦然，讀《漢書·地理志》、《荀子·議兵》可知，二也。三晉地狹人稠，生事至蹙。楚受天惠厚，民又呰窳偷生。齊工商之業特盛，殷富殆冠海內。然工商盛者，農民未有不受剝削而益貧者也。惟秦地廣而腴，且有山林之利。開闢較晚，侈靡之風未甚。其上又有重農之政。齊民生計之舒，蓋莫秦若矣，三也。此皆秦之憑藉，優於六國者。以人事論，則能用法家之說，實爲其一大端。……秦取天下多暴，固也。然世豈有專行無道，而可以取天下者哉？〔註104〕

楊寬更強調「人和」的因素，並提出：「秦在兼併戰爭中推行了符合人民願望的政策」〔註105〕的論點。而王明閣亦認爲秦統一六國乃：

國。趙葱感郭開舉薦之恩，又怒李牧不肯授印，乃遣力士急捕李牧，得於旅人之家，乘其醉，縛而斬之，以其首來獻。可憐李牧一時名將，爲郭開所害，豈不冤哉！」

〔註101〕 參見漢·司馬遷撰，宋·裴駰集解，唐·司馬貞索隱，唐·張守節正義：《史記》（北京：中華書局，1997年北京第一版），頁1902～1903。

〔註102〕 陳靜：《秦始皇評傳——偉大的暴君》（南寧：廣西教育出版社，1997年7月），頁69。

〔註103〕 黃仁宇：《赫遜河畔談中國歷史》（臺北：時報文化，1985年6月），頁24。

〔註104〕 呂思勉：《先秦史》（上海：上海古籍出版社，2005年7月），頁222～223。

〔註105〕 楊寬開頭即言：「由於兼併戰爭的勝負，人民群眾起著決定性的作用，因而政治上比較進步的秦國能夠完成其統一全中國的歷史任務。」此外他還提出「人民的向背是戰爭勝負的因素」、「社會經濟的發展需要建成統一國家」及「人

人民要求統一、商人要求統一、新興地主階級也要求統一。統一已
經成爲不可抗拒的歷史潮流，爲舊貴族和割據勢力所無法阻擋。秦
王政順應時代的發展，利用人民的力量，實行了六國的統一。……
不僅結束了二百多年的封建割據及其戰爭、有利於社會經濟的發展
與人民生活的安定，而且還加強了民族之間的融合〔註106〕。

類似的看法可以韓復智〈從新出土資料看秦的統一天下〉爲代表：

總的來說，秦之所以兼併六國、統一天下，有兩大原因，就是「人」
和「天」的關係。所謂「人」，就是人爲的力量（即任用賢能）；所
謂「天」，就是天下形勢的變化，也就是歷史發展的必然趨勢（「凝」
以爭取民心）〔註107〕。

此外，馬非百在《秦始皇帝傳》第二編〈秦始皇誕生的歷史時代〉中就當時
各國經濟、政治、軍事、地理環境及統一思潮等不同面向分析，秦國無不佔
盡優勢。而第三編〈武力統一的成功〉更是詳論六國敗滅的近因，並指出天
下有識之士無不景慕風從：

秦併海內，兼諸侯，南面稱帝，以養四海，天下之士斐然鄉風，……
今秦南面而王天下，是上有天子也。既元元之民冀得安其性命，莫
不虛心而仰上〔註108〕。

百姓得以遠離戰火，土地得以生息：「一海內之政，壞諸侯之城。銷其兵，鑄
以爲鍾虛，示不復用。元元黎民得免於戰國，逢明天子，人人自以爲更生。」
〔註109〕建立統一的帝國是時代的要求〔註110〕。《史記・六國年表》云：「夫作
事者必於東南，收功實者常於西北。」〔註111〕司馬遷這一對夏、商、周、秦

民群眾迫切要求統一」等因素。詳閱楊寬：《戰國史》（臺北：臺灣商務印書
館，2005年7月初版），頁435～443。

〔註106〕王明閣：《先秦史》（哈爾濱：黑龍江人民出版社，1983年3月初版），頁441
～444。

〔註107〕韓復智：〈從新出土資料看秦的統一天下〉，《中華民國史專題論文集第四屆討
論會》（臺北：國史館，1998年初版），頁277。

〔註108〕《史記》卷六《秦始皇本紀》引賈誼《過秦論》，頁283。北京：中華書局，
1997年北京第一版。

〔註109〕參見《前漢書・第六冊》卷六十四下《嚴朱吾丘主父徐嚴終王賈傳》，頁11。
臺北：中華書局，1981年初版。

〔註110〕以上見馬非百：《秦始皇帝傳》（南京：江蘇古籍出版社，1985年6月初版），
頁18～110。

〔註111〕《史記》卷十五《六國年表》，頁686。北京：中華書局，1997年北京第一版。

歷史演進過程的概括，也是秦漢間人觀察當前世局走向的通識。秦併六國除憑借客觀的形勢（如關隘險要、物產豐隆等），更掌握了人爲的力量，乃至乘著時代的巨輪前行，所到處皆望風披靡，正是「世界潮流，浩浩蕩蕩，順之者昌，逆之者亡。」司馬遷言：

> 量秦之兵不如三晉之彊也，然卒併天下，非必險固便形埶利也，蓋若天所助焉〔註112〕。

馬非百在《秦集史》中也談到這一點：「以見事之成功與失敗，實全由於人事之有臧否而與天命無關云。」〔註113〕與其言「天助」，不若說是「秦取天下多暴，然世異變，成功大」〔註114〕的「自助」。

《秦併六國平話》對秦統一六國的過程著重於戰爭描寫，原因可歸納爲三點：

其一是「主任賢能」。除對楚一役曠日費時，征討五國戰無不勝。滅楚之戰澈底看出他完全接受法家御臣之術，但秦始皇懂得變通，爲成就大業願承認自己的用人失當，改任王翦伐楚，也顯露出他與眾不同的性格〔註115〕。其二是「軍力」。秦國良將如雲，智勇兼備，如王翦、王賁父子、蒙恬等。秦軍紀律嚴明，從遣將的嚴謹，到調兵神速、料敵機妙，六國戰力遠在秦軍之下。君臣充分信任，則王翦可以率傾國兵力滅楚。君臣缺乏信任，則李牧難逃被讒身死人手。六國縱有猛將，也難敵秦國君臣上下一心。其三是「六國合縱的破壞」。這可從六國會師函谷關、齊趙不救韓、楚魏相約策應等三處描寫看出。六國會師，無功而返，形勢逆轉，對於合縱不啻是一大打擊。秦攻韓，嚴仲子、張車求援於趙、齊遭拒，唇亡則齒寒，韓滅是爲敲響五國的喪鐘。楚幽王致國書於魏王，相約救應，但秦攻魏時，作者對楚的援助隻字未提，明顯告訴讀者各國自顧不暇，氣數已盡。

〔註112〕同註259，頁685。
〔註113〕馬非百：《秦集史·國君紀事十七·昭襄王》（北京：中華書局，1982年8月初版），頁81。
〔註114〕同註259。
〔註115〕庾晉指出：「他把希望全部寄託在王翦身上，親自將王翦送至灞上，這是統一戰爭中任何一位將領都未曾得到過的榮譽。嬴政與眾不同的性格再次顯露出來。」參見庾晉：〈秦始皇的容人之道〉，《文史天地》，2007年，頁50。

第五節 小 結

就《秦併六國平話》所採取的觀點而論，本章對秦始皇身世問題的處理看似無定論，然而從作者完全引述《史記》說法看來，實際上，司馬遷的看法也就是作者的看法。至於六國兵臨函谷關根據歷史記載不僅一次，惟秦始皇六年的這一場函谷關戰役可視為雙方勢力消長的關鍵，因此作者選擇這場戰役作為《秦併六國平話》的開頭，並設計秦王賚降書的橋段，作為開場可謂相當成功。而刺秦情節歷來多為小說家製造劇情高潮的題材，儘管《秦併六國平話》卷中使用一千餘字來描述這則故事，然終不離《史記》範疇，與燕丹、荊軻相關的民間傳說仍相當可觀，如筆者所舉「琴女」、「白虹貫日」、「烏白頭、馬生角」等傳說，若加以運用，則故事讀來更加生動，更賦予讀者想像空間。就在《秦併六國平話》的最後，作者使用了講史平話常見的五言詩作為總結秦併天下的論述，也代表他個人觀點。惟作者筆調類似於詠史，卻只停留在感慨層面，並沒有突破創新的見地。

就本章細節來看，從尉繚等人對秦始皇相貌及性格的一系列描述中，實際上隱含了他朝向「少恩而虎狼心」的性格發展之必然趨勢。儘管秦始皇為成就豐功偉業而暫時表現出的惜才愛賢之舉，在近臣眼中看來，似乎早已洞悉其「居約易出人下，得志亦輕食人。」〔註116〕的本質。對於六國有識之士而言，更憂心「誠使秦王得志於天下，天下皆為虜矣。」〔註117〕於焉在「荊軻刺秦王」故事中被塑造成一位暴戾無常、心狠手辣、一意孤行、無視民間疾苦的暴君形象，甚至是狼狽的落難形象自然也就可以理解，正因人民對秦始皇早有定見，自然特別容易關切他的負面舉措。至於他戮力於兼併六國所呈現出宵衣旰食、兢兢業業的勤政形象則備受冷落，這自然是有欠公允。前述的秦始皇描寫乃設定於統一過程中，統一後的秦始皇又將開創何種局面，或賦予人何種印象？這都留待下一章再作討論。

〔註116〕金陵客認為：「始皇的『禮賢下士』，說穿了，不過為了求計，絕非求過。創業階段，為了發展壯大自己的力量，廣攬賢才為自己服務，他的確做到了『禮賢下士』；一旦事業成功，以為功蓋天下，再也聽不得半點批評，更不知「禮賢下士」為何物。」參閱金陵客：〈也說始皇時代的君臣關係〉，《同舟共進》，2007年，頁58。

〔註117〕《史記》卷六《秦始皇本紀》，頁230。北京：中華書局，1997年北京第一版。

第四章　從《秦併六國平話》看統一後的秦始皇

　　本章持續探討《秦併六國平話》中關於秦始皇的形象描寫，惟不同處在於第三章側重探討統一前的秦始皇描寫。此處則著重討論統一後秦始皇的諸多作為，通過第三、第四章來比較統一前後的秦始皇形象之差異性。統一後的秦始皇志得意滿，又被佞臣包圍，改採韓非法家專制獨裁控扼群臣的統治術〔註1〕，和統一前的勤政奉公大不相同，是以專立一章加以討論是有必要的。第一節從秦始皇對於神仙之說的嚮往來分析他一連串「迷信」、「誤國」、「擾民」的行為，特別是徐福海外求仙一事更造成無數家庭破碎，民心盡失。第二節則從兩方面探討秦始皇焚書坑儒事件：其一是誤信方士招致諸生非議。其二是儒法學派之爭，事實上，兩者皆源於秦始皇欲定思想於一尊的想法。第三節論述秦始皇即便民窮財盡，也要傾力修建驪山陵，從大肆動員的徭徒役夫，到盡閉於羨門內的工匠，關不住的人心含悲，燒不盡的天怒人怨，正是陵外的人想衝進去，陵內的人想逃出來，雄偉壯觀的始皇陵最終毀於牧豎之手，何其諷刺！第四節則探討秦始皇深信讖緯錄圖之謠，這一類帶有預言性質的童謠的出現，實反映民心之向背，而從一系列流傳的謠諺內容也可看出人民對於秦始皇的施政究竟抱持何種觀點。

第一節　洞天福地——徐福入海求仙

　　秦、漢時期，出現了大量講陰陽術數之人，稱作方士或方術士（名目甚

〔註1〕參見吳福助：《睡虎地秦簡論考》，甲部第一章〈嬴秦法律的特質〉，頁26～27。

多，如術士、術人、術客、術家、道士、道術士，以及方伎家、公伎家、伎數之人、術數之人等）〔註2〕。再者，戰國時期齊、燕一帶的方士首先開始把神仙與現實人生中人們對長壽的渴望聯繫起來，神仙觀念廣爲傳播，正如漢．桓寬《鹽鐵論．散不足》所言，秦統一後：

> 燕、齊之士，釋鋤耒，爭言神仙。方士於是趣咸陽者以千數，言仙
> 人食金飲珠，然後壽與天地相保〔註3〕。

齊人徐市（福）便是此一背景下應孕而生的眾多方士之一。關於徐福東渡的傳說，在中國和日本都廣爲流傳。《秦併六國平話》在《史記》的最初描寫上添加了「洞天福地」的概念：

> 忽遇道士徐甲來上書秦始皇：「東海有三神仙山，山上有長生不死仙
> 藥。」帝問：「卿如何去得？」徐甲再奏曰：「陛下可選五百童男、童
> 女，著一使前去。」帝依奏。令近便州郡監，選索童男、童女五百，
> 限十日，如過期賜罪。果十日，使命討到童男、童女五百，來獻帝。
> 帝大喜，令徐福將軍入海求神仙。徐福入海求神仙。忽然望見一廟宇，
> 來至祠下，但見裊裊祥雲影裡，騰騰紫霧陰中，巍峨廟宇對名山，幽
> 邃殿庭號福地。鴛鴦棟高標螭尾，依稀上接蒼穹，琉璃瓦密砌龍麟，
> 彷彿直高侵碧漢。……廟門金牌寫道：「三神仙之祠」〔註4〕。

關於「洞天福地」的由來，劉仲宇提出說明：

> 與對山中仙藥的嚮往的同時，還形成了山中另有仙境的思想，南朝
> 之後，將之稱爲洞天，不知何時又加上福地，形成獨特的地上仙境
> 的觀念。……洞天福地，首先與成仙的理想相聯繫。其奇特之處並
> 不在於道教設計了一套宗教解脫的途徑——成仙，而在於這種仙所
> 居住的地方，既可以是在常人可望而不可即的天堂，又是實際可以
> 進入的名山洞府〔註5〕。

此一概念源自於道家，事實上也淵源於戰國秦漢以來的神仙思想〔註6〕。此

〔註2〕 熊鐵基：《秦漢文化史》（上海：東方出版中心，2007年5月初版），頁137。

〔註3〕 參見王利器：《鹽鐵論校注》（北京：中華書局，1996年9月初版），頁355。

〔註4〕 參見《秦併六國平話》卷下〈始皇封大夫松〉。丁錫根：《宋元平話集》（上海：上海古籍出版社，1990年初版），頁645。

〔註5〕 請參閱劉仲宇：〈劉晨阮肇入桃源故事的文化透視〉，《道教論壇》，2002年，頁16。

〔註6〕 倪潤安：〈秦漢之際仙人思想的整合與定位〉，《中原文物》，2003年，頁49～51。

外，平話作者並將之和湘山伐樹故事結合，賦予「五百童男、童女並徐福，盡喪其身。」〔註7〕的結局，雖和東渡「日本」、「亶洲」等傳統說法迥異，但總算交代了徐福的去向，係因秦始皇「伐湘山樹，焚其山」〔註8〕觸怒湘君而導致「神仙之靈通顯跡」〔註9〕。關於徐福東渡的故事，還見於《漢書‧郊祀志》：

> 於是始皇遂東遊海上，行禮祠名山川及八神，求僊人羨門之屬。……至秦始皇至海上，則方士爭言之。始皇如恐弗及，使人齎童男女入海求之。船交海中，皆以風為解，曰未能至，望見之焉。其明年，始皇復游海上，至琅邪，過恆山，從上黨歸。後三年，游碣石，考入海方士，從上郡歸。後五年，始皇南至湘山，遂登會稽，並海上，幾遇海中三神山之奇藥。不得，還到沙坵崩〔註10〕。

正是仙山「可望而不可即」，只是秦始皇派去的童男女一去便杳無音訊，此舉招來百姓怨懟，如漢‧谷永所言：

> ……秦始皇初並天下，甘心於神仙之道，遣徐福、韓終之屬多齎童男童女入海求神采藥，因逃不還，天下怨恨〔註11〕。

然而海外仙山的傳聞始終甚囂塵上：

> 自威、宣、燕昭使人入海求蓬萊、方丈、瀛洲。此三神山者，其傳在渤海中，去人不遠；患且至，則船風引而去。蓋嘗有至者，諸僊人及不死之藥皆在焉。其物禽獸盡白，而黃金銀為宮闕。未至，望之如雲；及到，三神山反居水下。臨之，風輒引去，終莫能至云〔註12〕。

是以秦始皇並不死心，仍持續派人尋求。據《史記‧秦始皇本紀》所載，徐福共出海兩次，第一次在始皇二十八年「遣徐市發童男女數千人」，卻「數歲不得」。第二次在始皇三十七年，徐福擔心受到譴責，於是編謊說：「蓬萊藥可得。然常為大鮫魚所苦。故不得至。願請善射與俱，見則以連弩射之。」

〔註7〕 參見《秦併六國平話》卷下〈始皇封大夫松〉，頁646。
〔註8〕 同上註。
〔註9〕 同註272。
〔註10〕 參見《前漢書‧第三冊》卷二十五上《郊祀志》，頁8～10。臺北：中華書局，1981年初版。
〔註11〕 參見《前漢書‧第三冊》卷二十五下《郊祀志》，頁13。臺北：中華書局，1981年初版。
〔註12〕 《史記》卷二十八《封禪書》，頁1369～1370。北京：中華書局，1997年北京第一版。

始皇半信半疑，正是「日有所思，夜有所夢」，夜裡便「夢與海神戰」。秦始皇遂將「與海神戰」之夢與徐福之說相互對照，覺得徐福言之有理，更加對徐福深信不疑，之後即以徐福爲前導，「令入海者齎捕巨魚具，而自以連弩候大魚出射之。」徐衛民、賀潤坤認爲：「這是始皇對皇帝無所不能的權力和對神仙之事雙重迷信的綜合體現。〔註13〕」也可見遲暮之年的秦始皇仍將長生不老的希望寄託於徐福（甚至說是任一方士）身上。求仙與抗死，幾乎成了支配秦始皇晚年生活的主旋律〔註14〕。不僅如此，《史記·淮南衡山列傳》將軍伍被與淮南王劉安論及秦亡時，亦談及徐福其人：

> 又使徐福入海求神異物，還爲僞辭曰：「臣見海中大神，言曰：『汝西皇之使邪？』臣答曰：『然。』『汝何求？』曰：『願請延年益壽藥。』神曰：『汝秦王之禮薄，得觀而不得取。』即從臣東南至蓬萊山，見芝成宮闕，有使者銅色而龍形，光上照天。於是臣再拜問曰：『宜何資以獻？』海神曰：『以令名男子若振女與百工之事，即得之矣。』秦皇帝大說，遣振男女三千人，資之五穀種種百工而行。徐福得平原廣澤，止王不來。於是百姓悲痛相思，欲爲亂者十家而六〔註15〕。

由文字看來，徐福與神有了初步接觸，但仍因「禮薄」而「得觀不得取」。因此徐福便提出「男女三千人，資之五穀種種百工而行」的要求，秦始皇無不應允，但結果卻是一去不回，反倒落地生根，安居樂業。《後漢書·東夷列傳》就有這樣一段記載：

> 倭在韓東南大海中，依山島爲居，凡百餘國。自武帝滅朝鮮，使驛通於漢者三十許國，國皆稱王，世世傳統。其大倭王居邪馬台國。其地大較在會稽、東冶之東，與朱崖、儋耳相近，故其法俗多同。
>
> 會稽海外有東鯷人，分爲二十餘國。又有夷洲及澶洲。傳言秦始皇遣方士徐福將童男女數千人入海，求蓬萊神仙不得，徐福畏誅不敢還，遂止此洲，世世相承，有數萬家。人民時至會稽市。會稽東冶縣人有入海行遭風，流移至澶洲者。所在絕遠，不可往來。

〔註13〕 徐衛民、賀潤坤：《秦政治思想述略》（西安：陝西人民教育出版社，1995年7月初版），頁229。

〔註14〕 王紹東：〈論神仙學說對秦始皇及其統治政策的影響〉，《內蒙古大學學報（人文社會科學版）》，2000年1月，頁74。

〔註15〕 《史記》卷一一八《淮南衡山列傳》，頁3086。北京：中華書局，1997年北京第一版。

從敘述可見倭國與中國東南沿海的地理位置及季候，也說明了徐福東渡出海的可能性，惟徐福東渡究竟何去何從？恐怕仍需要更多資料來考證。馬非百於《秦集史》中首先說明徐市（福）東渡的可能性：

> 徐市東渡日本事，中日學者最初皆首肯之。嗣後日本國學興起，考證之風流行，日本學者之否定徐福論者始建興起。惟近自日本海左旋回流路發現以來，已證實徐市東渡之可能。考古學者就各地出土銅鐸觀察之結果，亦可證實秦人係大陸民族東渡之途徑〔註16〕。

之後又對徐福東渡一事提出看法：

> 抑徐福之入海，其意初不在求仙，而實欲利用始皇求仙先之私心，而藉其力，以自殖民於海外。觀其首則請振男女三千人及五穀種種百工而行，次則請善射者攜連弩與俱。人口、糧食、武器及一切生產之所資，無不具備。其「得平原廣澤而止王不來」，豈非預定之計劃耶？可不謂之豪傑哉！〔註17〕

同樣認為徐福東渡乃實屬避難的還有汪逸，她認為：

> 日本典籍如《古事記》、《日本書紀》、《新撰姓氏錄》和《古語拾遺》等，都對當時的秦民東渡以及一些移民情況作了記載。從這個角度來講，徐福東渡日本，只是這股難民東渡潮中的一個典型事例罷了。……也就是說，徐福為了躲避秦政，是預謀好了要到新的地方去開拓，求仙是名，逃避苛政、尋求新的樂土是實〔註18〕。

東渡傳說固然深具文學討論的吸引力，但我們不得不對徐福那富於冒險開創的精神與促進文化的傳播表示肯定。

仙人活動及求不死藥作為想像力豐富的神話傳說，不失為上乘之作，但若付諸實施就難免要露馬腳。方士們求仙藥毫無所獲，杜撰鬼神圖書等騙術使始皇深信而照辦，但不死之藥仍無下文。秦代法律規定：所獻之方無效驗，獻方人要犯死罪〔註19〕。因此，《史記》中就提到同樣以方術蠱惑秦始皇的盧

〔註16〕馬非百：《秦集史·人物傳十八之一》（北京：中華書局，1982年8月初版），頁352。

〔註17〕同上註，頁353。

〔註18〕汪逸：〈徐福的傳說與秦民東渡〉，《安徽教育學院學報》，2007年7月，頁29。

〔註19〕按《史記·秦始皇本紀》原文為：「秦法不得兼方。不驗，輒死。」張守節《正義》云：「言秦施法不得兼方者，令民之有方伎不得兼兩齊，試不驗，輒賜死。言法酷。」參見漢·司馬遷撰，宋·裴駰集解，唐·司馬貞索隱，唐·張守節正義：《史記》（北京：中華書局，1997年北京第一版），頁258～

生、侯生自知行將敗露，遂決定逃亡。史載秦始皇聞之大怒，並說：

> 吾前收天下書不中用者盡去之。悉召文學方術士甚眾，欲以興太平，方士欲練以求奇藥。今聞韓眾去不報，徐市等費以巨萬計，終不得藥，徒姦利相告日聞。盧生等吾尊賜之甚厚，今乃誹謗我〔註20〕。

可見始皇對於盧生等的忘恩負義、徐福徒勞無功等事相當生氣。據說後來侯生被捉來見秦始皇，《說苑·反質》就記載了被逮捕的侯生對秦始皇曉以大義的言論：

> 始皇望見侯生，大怒曰：「老虜不良，誹謗而主，乃敢復見我！」侯生至，仰臺而言曰：「臣聞知死必勇，陛下肯聽臣一言乎？」始皇曰：「若欲何言？言之。」侯生曰：「臣聞禹立誹謗之木，欲以知過也。今陛下奢侈失本，淫泆趨末。宮室臺閣，連屬增累；珠玉重寶，積襲成山；錦秀文彩，滿府有餘；婦女倡優，數巨萬人；鐘鼓之樂，流漫無窮；酒食珍味，盤錯於前；衣服輕暖，輿馬文飾；所以自奉，麗靡爛漫，不可勝極。黔首匱竭，民力單盡，尚不自知。又急誹謗，嚴威克下，下喑上聾，臣等故去。臣等不惜臣之身，惜陛下國之亡耳。聞古之明王，食足以飽，衣足以暖，宮室足以處，輿馬足以行。故上不見棄於天，下不見棄於黔首。堯茅茨不剪，采椽不斲，土階三等，而樂終身者，以其文采之少，而質素之多也。丹朱傲虐，好慢淫，不修理化，遂以不升。今陛下之淫，萬丹朱而千昆吾、桀紂，臣恐陛下之十亡也，而曾不一存。」始皇默然之久，曰：「汝何不早言？」侯生曰：「陛下之意，方乘青雲，飄搖於文章之觀。自賢自健，上侮五帝，下凌三王。棄素樸，就末技。陛下亡徵見久矣。臣等恐言之無益也，而自取死，故逃而不敢言。今臣必死，故為陛下陳之。雖不能使陛下不亡，欲使陛下自知也。」始皇曰：「吾可以變乎？」侯生曰：「形已成矣，陛下坐而待亡耳。若陛下欲更之，能若堯與禹乎？不然，無冀也。陛下之佐又非也，臣恐變之不能存也。」始皇喟然而歎，遂釋不誅。後三年，始皇崩，二世即位，三年而秦亡〔註21〕。

259。秦朝《禁兼方令》規定：不得兼方，即一個方士只能經營一種方術，兼營兩種方術叫做兼方，屬犯罪行為。之所以規定這種罪名是因為秦始皇很信任方士，如方士術多而不精，將直接威脅到皇帝的人身安全。

〔註20〕 《史記》卷六《秦始皇本紀》，頁258。北京：中華書局，1997年北京第一版。
〔註21〕 詳閱漢·劉向：《說苑》（臺北：台灣古籍出版社，1996年7月初版），頁990～991。

這應該是屬於一種民間傳說,卻將秦始皇對神仙深信不疑的愚昧態刻劃無疑,我們從秦始皇晚年仍信奉徐福之言便可看出,他對於自身一味地求仙毫無悔意。但這樣的敘述確實反映了百姓的心聲,有刻意讓秦始皇在眾人面前自我反省、懺悔的味道。

　　從上述看來,秦始皇求仙始終是以方士為媒介,透過他們與神仙溝通,求取仙藥。但漸漸也出現一部分關於他親身與神仙接觸的事蹟,如《藝文類聚》卷七十八《靈異部上‧仙道》:

> 又曰:安期生,琅耶阜鄉人。賣藥海邊,時人皆言千歲公。秦始皇
> 請見,與語三日三夜,賜金璧數萬。出於阜鄉亭皆置去。留書,以
> 赤玉舄一量為報。曰:「復千歲,來求我於蓬萊山下。」始皇遣使者
> 數人入海,未至蓬萊山,輒風波而還。立祠阜鄉亭,海邊十處〔註22〕。

從敘述看來,安期生是極其神祕卻又能長生不老的仙人〔註23〕。始皇和他談話長達三天,最後秦始皇派人至蓬萊山尋安期生未果。再看看《隴州圖經》:

> 隴州汧源縣有土羊神廟。昔秦始皇開御道,見二白羊鬥,遣使逐之,
> 至此化為土堆,使者驚而回。秦始皇乃幸其所,見二人拜於路隅,
> 始皇問之,答曰:「臣非人,乃土羊之神也。以君至此,故來相謁。
> 言迄而滅。始皇遂令立廟,至今祭享不絕。」〔註24〕

土羊神現身拜謁這位「五帝所不及」的秦始皇帝,更深化了百姓對其皇權神授的崇拜〔註25〕。此外《三齊略記》也記載:

> 秦始皇於海中作石橋,海神為之豎柱。始皇求與相見。神云:「我形
> 醜,莫圖我形,當與帝相見。」乃入海四十里,見海神。左右莫動
> 手,工人潛以腳畫其狀。神怒曰:「帝負約,速去。」始皇轉馬還,

〔註22〕唐‧歐陽詢撰,汪紹楹校:《藝文類聚》(上海:上海古籍出版社,1999 年 5 月新二版),頁 1328。

〔註23〕馬非百考證安期應該是 agni(印度《吠陀典》中所記之火神)的音譯,安期生與印度古代所崇拜之火神有關。詳閱馬非百:《秦集史》(北京:中華書局,1982 年 8 月初版),頁 364～365。

〔註24〕漢‧王褒等撰、陳曉捷輯注:《關中佚志輯注》(西安:三秦出版社,2006 年 1 月初版),頁 47～48。

〔註25〕劉敏認為:「統治者神化皇權,是由於民間本身就有神鬼的觀念;統治者搞天人感應,是因為民間有著深厚的敬天祀鬼傳統;民間普遍的鬼神信仰是統治者天命、符瑞、讖緯、五德轉換、皇權神授等等宣傳發生作用的前提基礎。」請參閱劉敏:〈秦漢時期編戶民對皇權的崇拜和依附〉,《歷史教學》,2008 年,頁 8。

前腳猶立，後腳隨崩，僅得登岸，畫者溺死於海。眾山之石皆傾注。

今猶峩峩東趣，疑即是也〔註26〕。

即便海神有心爲始皇服務，卻仍功虧一簣。明·馬縞《中華古今注》卷上「軍容袜額」條也描述道：

後至秦始皇巡狩至海濱，亦有海神來朝，皆戴袜額緋衫、大口袴，

以爲軍容禮〔註27〕。

王賽時認爲這代表：「山東海濱居民喜歡講述秦始皇與海神的故事，並通過這些故事，來追求神與人的接近。」〔註28〕不過與其說是居民追求神與人的接近，不如說確切地反映出秦始皇本人一心想求得神仙與長生不老藥的心理。

前述秦始皇求仙傳說的發生地點都靠近海邊、甚至在海上，這顯示出：

海洋的神秘激起了人們的無限幻想，於是春秋戰國時期人們就涉足

海洋，希圖尋求「神仙」，其尋仙行爲也直接影響了秦始皇、漢武帝

的海外求仙活動……然只注重對海洋精神層面的幻想，過分侈談虛

幻的、神秘的海，對海外世界僅僅停留在臆測和幻想的層面〔註29〕。

不過，秦始皇的求仙活動實際上不止通過海外發展，吉川忠夫說：「封禪也是秦始皇個人祈願長生不死登臨仙境的儀式。」〔註30〕何謂「封禪」？依陳文豪的說法：

封禪是指封泰山、禪梁父的一種隆重祭典。封爲祭天，在泰山舉行；

禪爲祭地，在梁父舉行，所以封禪是祭天地的一種典禮〔註31〕。

然而封禪究竟與「登仙」有何關係？據漢武帝時代的公孫卿所言：「申功曰：漢主亦當上封，上封則能僊登天矣。〔註32〕」而另一個名叫丁公的齊國人也說：「封者，合不死之名也。秦皇帝不得上封。陛下必欲上，稍上即無風雨，

〔註26〕 《水經注全譯·濡水》引《三齊略記》，頁361。貴陽：貴州人民出版社，2008年9月初版。《古今圖書集成·山川典》卷二八引文尚有：「今見成山東海水中有豎石，往往相望，似石橋；又有石柱二，乍出乍沒，或云始皇渡海，立此石以爲記。」

〔註27〕 商務印書館四庫全書出版工作委員會編：《文津閣四庫全書·子部·雜家類·第二八〇冊》，頁762。

〔註28〕 王賽時：〈古代山東的海神崇拜與海神祭祀〉，《中華文化論壇》，2005年，頁52。

〔註29〕 陳智勇：〈試析春秋戰國時期的海洋文化〉，《鄭州大學學報（哲學社會科學版）》，2003年9月，頁130。

〔註30〕 吉川忠夫：《秦始皇》（西安：三秦出版社，1989年2月初版），頁114。

〔註31〕 韓復智等編：《秦漢史》（臺北：里仁，2007年1月增訂一版），頁243。

〔註32〕 《史記》卷十二《孝武本紀》，頁467。北京：中華書局，1997年北京第一版。

遂上封矣。〔註33〕」依《史記》內容看來，秦始皇與漢武帝都對封禪登仙深
信不疑，只是這純粹出於方士片面之辭，正如公孫卿引用申功之言，申功者
何人？史無記載，或者亦爲方士之流。如此以訛傳訛如何能輕信之，蓋因「欲
長生不死」的心理作祟。李禹階對此論道：

> 求仙運動是帝王對權勢欲求無限的放大，是對永生的追求。這之中
> 包含了他個體心理上對權勢的自信、對死亡的恐懼和對濱海之域神
> 仙文化的一種迷信與希冀。這種個人心理的因素，始皇在位時間越
> 久，就越強烈地反映出來〔註34〕。

秦始皇一系列的求仙活動係源自於篤信神仙的心理〔註35〕，奚椿年將其求仙
發展大致可分爲五個階段：

> 由信神而崇拜神仙，——由崇拜神仙而嚮往神仙生活，——由嚮往神仙
> 生活而開展求仙活動，——由開展求仙活動而自扮、自以爲仙人。可
> 說是一層一層地深下去〔註36〕。

漢代人對秦始皇試圖經封禪以登仙的行爲提出評論：

〔註33〕 同上註，頁 473。
〔註34〕 李禹階：〈秦始皇「焚書坑儒」新論——論秦王朝文化政策的矛盾衝突與演
　　　　變〉，《重慶師範大學學報（哲學社會科學版）》，2004 年，頁 26。
〔註35〕 《集解》引《太原眞人茅盈內紀》曰：「秦始皇三十一年九月庚子，盈曾祖父
　　　　濛，乃於華山之中，乘雲駕龍，白日升天。先是其邑謠歌曰：『神仙得者茅初
　　　　成，駕龍上升入泰清，時下玄洲戲赤城，繼世而往在我盈，帝若學之臘嘉平。』
　　　　始皇聞謠歌而問其故，父老具對此仙人之謠歌，勸帝求長生之術。於是始皇
　　　　欣然，乃有尋仙之志，因改臘曰『嘉平』。」參見《史記》卷六《秦始皇本紀》，
　　　　頁 251。而《拾遺記》卷四《秦始皇》亦載：「始皇好神仙之事，有宛渠之民，
　　　　乘螺舟而至。舟形似螺，沉行海底，而水不浸入，一名『淪波舟』。其國人長
　　　　十丈，編鳥獸之毛以蔽形。始皇與之語及天地初開之時，了如親覩。曰：『臣
　　　　少時蹻虛卻行，日遊萬里。及其老朽也，坐見天地之外事。臣國在咸池日沒
　　　　之所九萬里，以萬歲爲一日。俗多陰霧，遇其晴日，則天豁然雲裂，耿若江
　　　　漢。則有玄龍黑鳳，翻翔而下。及夜，燃石以繼日光。此石出燃山，其土石
　　　　皆自光澈，扣之則碎，狀如粟，一粒輝映一堂。昔炎帝始變生食，用此火也。
　　　　國人今獻此石。或有投其石於溪澗中，則沸沫流於數十里，名其水爲焦淵。
　　　　臣國去軒轅之丘十萬里，少典之子採首山之銅，鑄爲大鼎。臣先望其國有金
　　　　火氣動，奔而往視之，三鼎已成。又見冀州有異氣，應有聖人生，果有慶都
　　　　生堯。又見赤雲入於酆鎬，走而往視，果有丹雀瑞昌之符。』始皇曰：『此神
　　　　人也』，彌信仙術焉。」見晉・王嘉：《拾遺記》（臺北：木鐸出版社，1982
　　　　年 2 月初版），頁 101。
〔註36〕 詳閱奚椿年：〈秦始皇的神仙思想與秦之速亡〉，《江海學刊》，2000 年，頁 110。

始皇封禪之後十二年而秦亡。諸儒生疾秦皇焚《詩》、《書》，誅滅文
學，百姓怨其法，天下叛之，皆說曰：「始皇上泰山，爲風雨所擊，
不得封禪云。」此豈所謂無其德而用其事者邪？〔註37〕

果然一針見血，正是「天道無親，常與善人。」〔註38〕秦始皇求仙神話幾乎
著重在傳說過程中的發展，即便將臻於成功。惟結果往往符合史實，也就是
無疾而終。

第二節　焚書坑儒

據《史記》所載，秦始皇三十四年，一場關於「分封、郡縣之爭」的廷
議引發儒法兩派學者激辯，最終鑄成焚書的大錯。而翌年則發生了坑儒事件，
導火線竟是始皇將誤信方士的錯誤與憤怒轉嫁於那些議論紛紛的儒生身上，
終釀成坑儒的暴行。《秦併六國平話》根據《史記》所寫，篇幅短小，且未說
明前因便直接引出：

三十四年，李斯丞相奏帝：「異時諸侯並爭，厚招遊學。今天下已定，
法令百姓，當家則力農工，士則習學法令。今諸生不師今而學古，
以非當世，惑亂黔首，相與非法。聞令下，則各以其學議之：入則
心非，出則巷議；誇主以爲名，異趣以爲高；率群下以造謗。如此
弗禁，則主勢降乎上，黨與成乎下。禁之則便。臣請史官，非『秦
記』者皆燒之。天下有藏詩書百家語者，皆詣守尉雜燒之。有偶語
詩書棄市。是古非今者族。所不去者，唯醫藥卜筮種樹之書耳。若
欲有學法者，以吏爲師（原作『斬首』）。後坑儒四百餘人，孔子之
後，家藏詩書於屋壁，秦皇只留《周易》之書，乃是卜筮之書也，
不毀。其餘詩書盡行焚毀無留〔註39〕。

〔註37〕 參見《前漢書・第三冊》卷二十五上《郊祀志》，頁 10。臺北：中華書局，1981
年初版。

〔註38〕 《史記》卷六十一《伯夷列傳》，頁 2124。北京：中華書局，1997 年北京第
一版。

〔註39〕 見《秦併六國平話》卷下〈焚書坑儒〉，頁 648～649。又鍾兆華《元刊全相平
話五種校注》指出：「以吏爲師：原作『斬首』，誤。據《史記・秦始皇本紀》
正。指習秦法者以官吏爲師。」參見鍾兆華：《元刊全相平話五種校注》（成
都：巴蜀書社，1990 年 2 月初版），頁 285。北京文學古籍刊行社 1956 年版
本及江蘇古籍出版社 1990 年丁錫根點校版本皆作「斬首」，惟「若欲有學法
者，斬首」語意全然不通，本處採用鍾兆華校注本以正視聽。

惟關於焚書與坑儒的記載，皆斑斑可考。《史記·秦始皇本紀》云：

> 始皇置酒咸陽宮，博士七十人前爲壽。僕射周青臣進頌曰：「他時秦
> 地不過千里。賴陛下神靈名聖，平定海內，放逐蠻夷，日月所照，
> 莫不賓服。以諸侯爲郡縣，人人自安樂，無戰爭之患，傳之萬世。
> 自上古不及陛下威德。」始皇悅。博士齊人淳于越進曰：「臣聞殷周
> 之王千餘歲，封子弟功臣，自爲枝輔。今陛下有海內，而子弟爲匹
> 夫。卒有田常、六卿之臣，無輔拂，何以相救哉？事不師古而能長
> 久者，非所聞也。今青臣又面諛以重陛下之過，非忠臣。」始皇下
> 其議〔註40〕。

首先我們必須追溯到當時的廷議背景。高煥祥於〈秦漢廷議制度試析〉中指出：

> 正式的廷議，興於秦，而盛於兩漢。……秦、漢廷議的源起，大凡
> 有如下三種情況：一爲國臨大政而議；二爲臣僚上書奏事或對策應
> 答引發廷議；三爲遇到難斷之事而議〔註41〕。

淳于越自許爲忠臣，駁斥周青臣的諛辭，而進言之「封建」論點，隨後亦遭
到李斯反駁：

> 今皇帝并有天下，別黑白而定一尊。私學而相與非法教，人聞令下，
> 則各以其學議之，入則心非，出則巷議，夸主以爲名，異取以爲高，
> 率羣下以造謗。如此弗禁，則主勢降乎上，黨與成乎下。禁之便〔註42〕。

李斯這段話不啻是要推翻「凡事師古」的價值觀，建立他所謂的「後王」思
想〔註43〕，接下來他便談到具體措施——焚書，「臣請史官非《秦記》，皆燒
之。非博士官所職天下敢有藏《詩》、《書》百家語者，悉詣守尉雜燒之。有
敢偶語詩書者，棄市。以古非今者族。」始皇帝對此表示贊同，因而有焚書
之舉。但事實上，秦始皇並非第一個焚書的君王，早在《韓非子·和氏》篇
中即有：

〔註40〕 《史記》卷六《秦始皇本紀》，頁254。北京：中華書局，1997年北京第一版。
〔註41〕 高煥祥：〈秦漢廷議制度試析〉，《佛山科學技術學院學報（社會科學版）》，1994
　　　　年，頁43。
〔註42〕 《史記》卷六《秦始皇本紀》，頁255。北京：中華書局，1997年北京第一版。
〔註43〕 據吉川忠夫所說：「李斯主張的是：世情隨著時代的發展而變化，政治和制度
　　　　也得順應不同時代的世情，所以不能把夏、殷、周三代的政治和制度用於當
　　　　世。當世所需要的是適合當世世情的政治和制度。這種思想稱爲『後王』思
　　　　想，其立場就是認爲只有當世才是價值的基準和泉源。」參見吉川忠夫：《秦
　　　　始皇》（西安：三秦出版社，1989年2月初版），頁121～122。

> 商君教秦孝公以連什伍，設告坐之過，燔詩書而明法令；塞私門之
> 請，而遂公家之勞；禁游宦之民，而顯耕戰之士。孝公行之，主以
> 尊安，國以富強，八年而薨，商君車裂於秦〔註44〕。

郭志坤也認爲商鞅曾企圖用這種野蠻的方法以實現思想的統一，他說：

> 商鞅對《詩》、《書》抱著如此恨之入骨的態度，後來輔佐秦孝公時
> 下焚詩書令是必然的。商鞅的說法與李斯如出一轍，這也證明他們
> 的觀念是一樣的〔註45〕。

對於這場廷議的辯論，有學者認爲這既爲儒法學派間學術精深化的表現，但
相互攻訐同樣是一種弊端。甚至可以說，秦統治者反文化的政治偏執與秦初
士林缺乏時代理念的精神弊暗，是構成「焚書坑儒」這一千古慘禍的兩大基
本成因〔註46〕。

焚書使秦始皇在思想上定於一尊，也是繼秦始皇二十六年「議封建郡縣
制」之後，於皇權的掌握更形鞏固，然誠如周良霄所言：「高度中央集權雖然
達到了杜絕分裂割據的目的，然而也招致了不可避免的惡果。」〔註47〕惟我
們印象中集權力於一身的秦始皇卻在《說苑》中以不同形象呈現：

> 秦始皇帝既吞天下，乃召群臣而議曰：「古者五帝禪賢，三王世繼，
> 孰是？將爲之。」博士七十人未對。鮑白令之對曰：「天下官，則讓
> 賢是也；天下家，則世繼是也。故五帝以天下爲官，三王以天下爲
> 家。」秦始皇帝仰天而歎曰：「吾德出自五帝，吾將官天下，誰可使
> 代我後者？」鮑白令之對曰：「陛下行桀、紂之道，欲爲五帝之禪，
> 非陛下所能行也。」秦始皇帝大怒曰：「令之前！若何以言我行桀、
> 紂之道也？趣說之，不解則死。」令之對曰：「臣請說之。陛下築臺

〔註44〕 參見傅武光、賴炎元注譯：《新譯韓非子》（臺北：三民書局，2006 年 1 月初
版），頁 121。

〔註45〕 請參閱郭志坤：《秦始皇大傳》（上海：三聯書店，1989 年 3 月初版），頁 290
～291。

〔註46〕 請詳閱程世和：《漢初士風與漢初文學》（北京：中國社會科學出版社，2004
年 6 月初版），頁 22～26。

〔註47〕 周良霄將其概括爲六點：「一是龐大的官僚機構，增重了人民的負擔；二是簿
書奉行，因循苟且，互相牽制，官吏無任何主動進取之可能；三是反應遲鈍，
無法及時有效地應付全國突發性事件；四是地方財賦，悉數奉上，少有餘留，
故地方缺乏財力以事興修；五是天高皇帝遠，地方上的官紳匪霸得以肆意橫
行，殘民以逞；六是地方自治權完全被剝奪。」請參閱周良霄：《皇帝與皇權》
（上海：上海古籍出版社，1999 年 4 月初版），頁 315。

干雲，宮殿五里，建千石之鐘，萬石之簨。婦女連百，倡優累千。
興作驪山宮室，至雍相繼不絕。所以自奉者，殫天下，竭民力。偏
駁自私，不能以及人。陛下所謂自營僅存之主也。何暇比德五帝，
欲官天下哉？」始皇闇然無以應之，面有慚色，久之，曰：「令之之
言，乃令眾醜我。」遂罷謀。無禪意也。」〔註48〕

這段文字和《說苑‧反質》篇中侯生與始皇的對話性質相似，皆屬於傳說。
但這無疑是對秦始皇口口聲聲要「誅亂除害，興利致福。節事以時，諸產繁
殖。黔首安寧，不用兵革。」〔註49〕，實際上卻背道而馳的作法感到不齒，
因此鮑白令之當面指責秦始皇「陛下行桀紂之道，欲為五帝之禪，非陛下所
能行也。」遂令秦始皇「闇然無以應之，面有慚色。」最後只能默認並無奈
地表示令之當眾讓他難堪。章炳麟《秦獻記》便稱許鮑白令之的直言骨鯁，
認為：

　　《說苑》有：鮑白令之斥始皇行桀紂之道，乃欲為禪讓，比於五帝，
　　其骨髓次淳于〔註50〕。

這段文字可視為那一個「上不聞過而日驕，下懾伏謾欺以取容」〔註51〕的時代
氛圍下所產生的一種反思。相較於群臣的「畏忌諱諛，不敢端言其過」〔註52〕，
侯生的曉以大義、鮑白令之的直言無隱更顯得難能可貴。惟這些深具道德勇氣
的諍諫究竟對秦始皇的統治起著何種作用？回歸歷史來看，飾非拒諫依舊。至
少就坑儒一事而言，秦始皇不僅沒能從善如流，反而變本加厲意圖「箝制思
想」。前一節曾談到方士盧生、侯生等私下謗議始皇並相繼逃亡，讓秦始皇倍
感羞憤，遂使他遷怒於儒生。《史記‧秦始皇本紀》：「諸生在咸陽者，吾使人
廉問，或為訞言以亂黔首。於是使御史悉案問諸生，諸生傳相告引，乃自除
犯禁者四百六十餘人，皆阬之咸陽，使天下知之，以懲後。」〔註53〕事實上
所謂的坑「儒」，裡面也包含了部分方士，但多數還是儒生〔註54〕。「坑儒」

〔註48〕漢‧劉向：《說苑》（臺北：臺灣古籍出版社，1996年7月初版），頁672〜673。
〔註49〕語出《琅邪臺刻石》。參閱吳福助：《秦始皇刻石考》（臺北：文史哲出版社，
　　　　1994年7月初版），頁38〜39。
〔註50〕詳閱唐‧柳宗元等：《論秦始皇》（上海：上海人民出版社，1974年6月初版），
　　　　頁53。
〔註51〕《史記》卷六《秦始皇本紀》，頁258。北京：中華書局，1997年北京第一版。
〔註52〕同上註。
〔註53〕同註316。
〔註54〕郭志坤：《秦始皇大傳》（上海：三聯書店，1989年3月初版），頁302〜303。

的結果，不但嚴重摧毀了文化，更使知識分子離心背秦。班固《漢書》：

> 及至始皇兼天下，燔詩書，殺術士，六學從此缺矣。陳涉之王也，
> 而魯諸儒持孔子禮器往歸之。……以秦焚其業，積怨而發憤於陳王
> 也〔註55〕。

近來學者對於坑儒的次數、人數及地點，眾說紛紜〔註56〕。據東漢·衛宏《詔定古文尚書序》記載：

> 秦既焚書，恐天下不從所改更法，而諸生到者拜爲郎，前後七百人，
> 乃密種瓜於驪山陵谷中溫處，瓜實成，詔博士諸生說之，人言不同，
> 乃令就視。爲伏機，諸生賢儒皆至焉，方相難不決，因發機，從上
> 填之以土，皆壓，終乃無聲。

這明顯是預謀殺人。據說驪山溫谷從此又叫坑儒谷，漢代又把這裡叫愍儒鄉，唐天寶年間改命爲旌儒鄉。歷代對於究竟是坑還是殺，亦有不同看法，白平在〈「坑（阬）」非「活埋」辨〉一文指出：

> 表述這種屠殺，可以用「屠、殺、殲」等字眼，而古人卻大多習慣
> 用「坑」，這說明「坑」的詞義有其特殊性，爲其他字眼所不能替
> 代；另一方面，「坑」能囊括「屠、殺、殲」諸字的表意功能，而
> 「屠、殺、殲」中的任何一字都只能表示「坑」義的一部分。……
> 《史記·秦始皇本紀》云：「犯禁者四百六十餘人，皆阬之咸陽，
> 使天下知之，以懲後。」這則材料充分體現「坑」的詞義特點：一
> 是不分臧否輕重地全部屠殺，一是要通過這種從嚴從重的手段「懲
> 後」〔註57〕。

只是這對於我們探究坑儒背後所象徵的意義幫助不大，李禹階對此論述：

〔註55〕 參見《前漢書·第七冊》卷八十八《儒林傳》，頁2。臺北：中華書局，1981年初版。

〔註56〕 關於坑儒次數，趙山虎、陸升武等人引元馬端臨《文獻通考》認爲有兩次：第一次爲《史記》所載發生於秦始皇三十五年，於咸陽坑四百六十餘人。第二次坑殺七百多人，地點在驪山腳下。請參閱趙山虎、陸升武、張天傑、周培芳：《秦皇父子──始皇帝與秦二世》（西安：陝西旅遊出版社，1992年1月初版），頁196～197。又吉川忠夫、郭志坤、王中華等人認爲一次，惟吉川與郭志坤皆引東漢衛宏所記，於驪山溫谷坑四百六十餘人。王中華則以《史記》所載人數爲主，詳閱王中華：〈秦朝禁儒運動質疑〉，《雲南社會科學》，2005年，頁108～109。

〔註57〕 白平：〈「坑（阬）」非「活埋」辨〉，《語文研究》，2008年，頁48、51。

坑儒的意義不在於具體誅殺儒生多少或手段如何，而在於向天下昭
示秦帝國文化政策的取向，昭示帝國以「力」制文的既定政策。……
是當時東西區域文化價值系統對立並衝突的結果〔註58〕。

對於秦始皇焚書坑儒的行為，歷代學者多抱持負面看法，章炳麟《秦政記》
便對此議論道：「秦皇微點，獨在起阿房，及以童男女三千人資徐福，諸巫食
言，乃阬術士，以說百姓。其佗（他）無過。」〔註59〕不過有兩點值得我們
省思：其一、秦政府並非焚書之始作俑者，早在戰國時期東方各國皆有類似
焚書行為。事實上，錢穆認為：

秦廷此次禁書，其最要者為六國之史記，以其多譏刺及秦，且多涉
及現實政治也。其次為《詩》、《書》，此即古代官書之流傳民間者，
以其每為師古議政者所憑藉也。又次乃及百家語，似是牽連及之，
實不重視。而禁令中焚書一事，亦僅居第三最次之列。首禁議論當
代政治；次禁研討古代文籍；第三始禁家藏書本。其所謂詣守尉雜
燒之者，亦似未嘗嚴切搜檢。當時民間私藏之事，以情事推之，不
僅難免，實宜多有〔註60〕。

還有學者指出：

秦始皇並沒有打算從根本上徹底消滅儒家及其經典，焚坑之舉一方
面是試圖把儒學納入自己可控制的範圍內，另一方面則是秦始皇個
人的一次心理報復行為而已〔註61〕。

其二、坑儒並非針對儒生，其中亦有方士，況且此次坑殺對象係針對「誹謗
（秦始皇）」、「妖言以亂黔首」者，儘管比起後代對士人的禮遇仍遠遠不及，
至少儒家仍然保存下來，周新芳〈秦始皇帝的東方情結〉一文即指出：

事實上他「坑儒」、打擊東方儒生並沒有完全屏棄儒家思想，這點從
齊魯之地秦始皇刻石的內容可以看出，雖然主要是「頌秦德」，但不
乏倫理教化，從早期到後期的石刻，屢屢提及儒家思想，儒家仍是
他手中強化統治的工具。這同樣顯示出始皇帝的矛盾心態。其實仔

〔註58〕李禹階：〈秦始皇「焚書坑儒」新論——論秦王朝文化政策的矛盾衝突與演
　　　　變〉，《重慶師範大學學報（哲學社會科學版）》，2004年，頁29。
〔註59〕唐·柳宗元等：《論秦始皇》（上海：上海人民出版社，1974年6月初版），頁45。
〔註60〕請參閱錢穆：《秦漢史》（臺北：東大，2007年6月二版），頁21。
〔註61〕吳濤、李智勇：〈秦始皇與『焚書坑儒』——淺論儒學在秦代的發展〉，《華北
　　　　水利水電學院學報（社會科學版）》，2006年11月，頁62。

細分析這一矛盾情結非常易於理解，一方面儒法兩家並非水火不容，其在維護專制統治方面異曲同工、殊途而同歸。另一方面，這正符合秦民族的心理特徵和始皇帝的思維特點—功利性〔註62〕。

由此看來，焚書坑儒僅爲政治手段，並非常態。藉由以上論述我們可以得到一個希冀以暴力手段，對待非暴力的思想文化，以實現其思想定於一尊的秦始皇。《秦併六國平話》謹依《史記》對焚書坑儒的記載，並引用章碣〈焚書坑〉，作者明顯反對秦始皇試圖以暴力手段達到箝制思想的目的，並認爲這是導致秦滅亡的重要原因之一。正如平話散場詩「始皇詐力獨稱雄」，秦始皇的帝業建立在「詐」、「力」之上，不思修德建業，以「詐」自欺欺人，以「力」威逼百姓，滅亡只在早晚。惟作者在「焚書坑儒」段落的安排上確有瑕疵，將本段置於前後不相關的內容之間，易使讀者感到突兀。焚書坑儒本來就是極爲嚴肅的議題，倘若只參引史書，勢必讓讀者感到枯燥。因此若能將東漢・衛宏《詔定古文尚書序》及劉向《說苑》記載的資料納入，故事內容必然更加豐富，也更有趣味。

第三節　修驪山陵寢

《史記・秦本紀》記載戎王聞秦繆公賢，派由余觀秦。當由余見到秦國宮室積聚後，疾呼：「使鬼爲之，則勞神矣。使人爲之，亦苦民矣。」這句話套用在數百年後的秦始皇身上更爲貼切。《史記・秦始皇本紀》詳細記述了秦始皇陵的建設：

> 始皇初即位，穿治酈山，及並天下，天下徒送詣七十餘萬人，穿三泉，下銅而致槨，宮觀百官奇器珍怪徒藏滿之。令匠作機弩矢，有所穿近者輒射之。以水銀爲百川江河大海，機相灌輸，上具天文，下具地理。以人魚膏爲燭，度不滅者久之。二世曰：「先帝後宮非有子者，出焉不宜。」皆令從死，死者甚眾。葬既已下，或言工匠爲機，藏皆知之，藏重即泄。大事畢，已藏，閉中羨，下外羨門，盡閉工匠藏者，無復出者。樹草木以象山〔註63〕。

〔註62〕周新芳：〈秦始皇帝的東方情結〉，《管子學刊》，2003 年，頁 35。

〔註63〕漢・司馬遷撰，宋・裴駰集解，唐・司馬貞索隱，唐・張守節正義：《史記》（北京：中華書局，1997 年北京第一版），頁 265。

《秦併六國平話》僅略提：

> 始皇作阿房宮，東西五百步，南北五十丈，上可以坐萬人，下可以
> 建五丈旗。周馳爲閣道，自殿下直抵南山，表南山之巓以爲闕，爲
> 復道自阿房渡渭，屬之咸陽，以象天極閣道，絕漢抵營室也。阿房
> 宮未成，乃發驪山隱宮徒刑者七十餘萬人，令分作阿房宮。計宮有
> 三百，關外四百餘。徙驪邑五萬家，士農不事十歲〔註64〕。

雖則驪山陵與阿房宮的建築性質不同，但驪山陵建設過程中所投入的莫大人
力及物力，確實令人驚歎。而從「始皇初即位」一句可知驪山陵的建設於秦
王政甫登基即如火如荼地展開，袁仲一認爲：

> 修陵大致經歷了以下階段：一是從即位至前221年統一全國；二是
> 從統一至始皇三十七年葬餘驪山。前後歷三十七年，其大規模修建
> 工程是在統一後進行的〔註65〕。

《三輔黃圖序》所云：「至始皇並滅六國，憑籍富強，益爲驕侈，殫天下財力，
以事營繕。」〔註66〕更支持了袁仲一所說「大規模修建工程是在統一後進行」
的論點。那麼秦始皇陵究竟多大？據徐衛民《秦都城研究》一書指出：

> 秦始皇陵位於東陵以東的驪山北麓。陵園面積達56.25平方公里。
> 封土的高度，據記載爲「陵高五十丈」。約相當於現在的115米高，
> 而實際上現存高度爲76米〔註67〕。

袁仲一根據實際測量後認爲：

> 在陵墓的周圍，築有內外兩重垣牆……封土堆位於內城的南半部的
> 中心。封土夯築而成，成覆斗狀，按文獻記載原高115米，周長2076
> 米，經兩千多年的雨水沖刷及平整土地的切削，現存封土高約50～
> 70米，周長1390米〔註68〕。

又李學勤《東周與秦代文明》云：

> 始皇陵的封土，據1962年實測，高43米。調查者認爲原爲圓錐形，
> 下部歷年破壞，已變爲方形，南北長350米，東西寬345米。按《史

〔註64〕丁錫根：《宋元平話集》（上海：上海古籍出版社，1990年初版），頁649。

〔註65〕袁仲一：〈秦始皇陵與兵馬俑〉，《尋根》，2002年4月，頁89。

〔註66〕何清谷：《三輔黃圖校注》（西安：三秦出版社，2006年1月二版），頁4。

〔註67〕徐衛民：《秦都城研究》（西安：陝西人民教育出版社，2000年1月初版），頁192。

〔註68〕袁仲一：〈秦始皇陵與兵馬俑〉，《尋根》，2002年4月，頁90。

記》本記集解引《皇覽》云：「墳高五十餘丈，周回五里餘。」漢魏
間封土高約 120 米左右，與現存高度相差很大，這可能是由於此墓
封土是「土塚未夯」，經兩千多年剝蝕過甚的緣故。文獻載，始皇陵
有園寢之制，已為調查所證實。經勘察，秦始皇陵不但有園，而且
還是內外兩層的「重城」，並具有四門及角樓，其外城是南北長 2173
米，東西寬 974 米的長方形，周長達 12.5 里〔註69〕。

王學理、尚志儒等人以為：

> 秦始皇陵、園陵和一些禮制建築外建有圍牆，牆垣作內外兩重，形
> 成一個南北長、東西窄的「回」字形陵城。牆垣早已坍塌，地面上
> 已見不到任何蹤跡。……現存的封土堆無論高度還是墳基周長都非
> 原來的數字。近代，人們開始用科學的辦法進行實地測量，但由於
> 各自的起點不同，測出的高度也不一樣〔註70〕。

黃新亞《三秦文化》：

> 陝西臨潼縣東的驪山墓是秦代強悍作風的集中體現。……陵墓南依
> 驪山，北臨渭水，規模宏大，形式雄偉。陵園分內外城，內城為正
> 方形，周長 2525.4 公尺，外城為長方形，周長 6294 公尺，面積 2035100
> 平方公尺，傳為九頃十八畝，意取「久久」之意。陵塚現高 46 公尺，
> 呈覆斗狀，全為人工夯築。依史籍載陵原「高五十餘丈」，故應有
> 120.6 公尺高，高度降低或許是風雨剝蝕與人為破壞的結果。……驪
> 山地區缺乏理想石料，於是在渭北諸山採運，時有歌謠：「運石甘泉
> 口，渭水不敢流；千人一唱，萬人相鈎。」〔註71〕

以上論述可歸納三點：其一是秦始皇驪山陵座落於今陝西省臨潼縣，位於秦東
陵以東的驪山北麓，呈現合內外兩重牆垣的回字形陵城。然則秦始皇陵為何不
以秦東陵為根據地〔註72〕，而是選擇東陵以東的驪山北麓呢？徐衛民指稱：

〔註69〕 李學勤：《東周與秦代文明》（上海：上海人民出版社，2007 年 11 月初版），
頁 153～154。

〔註70〕 參見王學理、尚志儒、呼林貴等：《秦物質文化史》（西安：三秦出版社，1994
年 6 月初版），頁 281～282。

〔註71〕 黃新亞：《三秦文化》（瀋陽：遼寧教育出版社，1993 年 5 月初版），頁 123。

〔註72〕 據徐衛民考證，秦東陵所在地為秦時芷陽縣，根據《史記》所載，葬於此地
的君王包含昭襄王時的悼太子、昭襄王母宣太后、昭襄王、昭襄王后唐八子、
孝文王、華陽太后、莊襄王及秦王政生母帝太后共三代。詳閱徐衛民：〈秦東
陵考論〉，《咸陽師範學院學報》，2002 年 10 月，頁 15～16。

他之所以脫離其祖父、父親的陵園而另闢陵園，是一墓獨尊思想的反應。認爲自己「德兼三皇，功過五帝」，所以把自己的陵墓獨立出來，以表示自己的崇高地位。……另一方面，優越的地理環境也是當時選擇墓址一個重要原因〔註73〕。

其二是陵冢（即袁仲一所稱封土堆）的高度因氣候和人爲因素持續下降中。

其三從「運石甘泉口，渭水不敢流；千人一唱，萬人相鈎。」的歌謠可想見當時大興土木、耗損民力的情況。相同記載見於《三秦記》，不僅描述艱苦運石的過程，還將歌謠名爲《甘泉之歌》：

始皇作驪山，陵周迴跨陰盤縣界，水背陵，障使東西流，運大石於渭北渚，民怨之，作《甘泉之歌》曰：「運石甘泉口，渭水不敢流。千人唱，萬人謳，金（今）陵餘石大如堀。」〔註74〕

另外《三秦記》還記載：

始皇墓在山北，有始皇祠。不齋戒往，即疾風暴雨。人理欲上，杳冥失道〔註75〕。

修築始皇陵所動用的人數，漢代以後的學者一般認爲是七十餘萬人，其主要依據係前段引述的《史記》。而根據《漢書》所記：

死葬乎驪山，吏徒數十萬人，曠日十年。下徹三泉，合採金石，冶銅錮其內，漆塗其外，被以珠玉，飾以翡翠，中成觀游，上成山林。爲葬薶之侈至於此〔註76〕。

顯然地，《漢書》只是籠統地敘述。惟依秦王政初即位時秦國國力而言，不可能隨即徵發七十多萬民力去修陵。再者從《史記·白起王翦列傳》記敘可知，當王翦領著向秦始皇要來的六十萬滅楚大軍，便已「空秦國甲士」，可見發兵六十萬對即將統一天下的秦國而言，幾乎是動搖國本之舉，更遑論動輒以七十餘萬人修陵。因此筆者認爲較可能的情況是逐年增加修陵人數，況且隨後修建阿房宮也動用大批人力。因此七十餘萬的數字應該是從秦始皇即位後算起，至二世即位時歷年總和較爲合理。至於修陵人的身份爲何？《史記·秦

〔註73〕徐衛民：〈秦公帝王陵園考論〉，《文博》，1999年，頁51。

〔註74〕劉慶柱：《三秦記輯注·關中記輯注》（西安：三秦出版社，2006年1月初版），頁60～61。

〔註75〕同上註，頁60。

〔註76〕參見《前漢書·第五冊》卷五十一《賈鄒枚路傳》，頁2。臺北：中華書局，1981年初版。

—85—

始皇本紀》曰:「及並天下,天下徒送詣七十餘萬人。」《史記・黥布列傳》:「驪山之徒數十萬。」《漢書・高帝本紀》應劭注曰:「秦始皇葬於驪山,故郡國送徒往作。」《漢書・賈鄒枚路傳》:「死葬乎驪山,吏徒數十萬人。」上述所謂「天下徒」之「徒」,並不專指「刑徒」〔註77〕,而是泛指「役徒」或「徭徒」,其身份是服徭役的編戶農民或庶民百姓〔註78〕。除役徒之外,袁仲一還根據秦始皇陵的考古資料推斷:

> 修陵人大約包括刑徒、居貲(因犯法而被罰錢,又無力繳納,以勞役代替者)、官府和民間手工業的工匠〔註79〕。

吳福助〈秦律「重刑主義」下的彈性法規探討〉一文同樣說明:

> 在秦律中,貲刑運用得比較廣泛,既適用於官吏的輕微的失職行為,也適用於百姓的一般違反禮儀制度和違反一般社會秩序管理的行為,又適用於百姓的輕微違法犯罪行為。……儘管「貲刑」被看成是「小罰」,但在重刑思想主導下,所貲的甲盾並非一般百姓所能承

〔註77〕 栗勁《秦律通論》一書提到:「供役使的刑徒即所謂的徒刑,而且都是終身服役的無期刑。僅管秦的徒刑都是無期的,但並非絕對的終身刑。」詳閱栗勁:《秦律通論》(濟南:山東人民出版社,1985 年 5 月初版),頁 263～279。前述所云「並非絕對的終身刑」,係指大赦、赦宥。又陳俊強指出:「秦在戰國時也常有赦罪人的記錄,昭襄王便曾四度赦免罪人,不過每次赦罪人,都是在對外攻伐,新得城池後,赦罪人以實之,其用意當是利用這批勞動力來捍衛或開發該些地區,其性質應是一種『代替刑』。……除了昭襄王外,稍後的孝文王及莊襄王,均有即位赦罪人的記載。」參見陳俊強:《皇恩浩蕩──皇帝統治的另一面》(臺北:五南出版社,2005 年 7 月初版),頁 21～22。此外,李玉福《秦漢制度史論》談到:「自戰國開始,凡被判為『罰作』的罪犯,均無須在形體上受到損害,也無須戴刑具,只須為國家服一定期限的兵役徭役即可。」詳見該書第 234 頁。

〔註78〕 可參見《睡虎地秦簡研究》中第三章《廄苑律》、《徭律》的有關記載,如秦簡《廄苑律》:「以四月、七月、十月、正月膚田牛,卒歲,以正月大課之……殿者,訾為嗇夫,罰冗皂者二月。」即是罰作徭役的記載。徐富昌:《睡虎地秦簡研究》(臺北:文史哲出版社,1993 年 5 月初版),頁 70～83。又吳福助也指出:「秦國家役使的勞力來源除了正常的自由民徭役規定外,應是出自被剝奪人身自由並課以特定時限的無償勞役的刑徒。」從以上論述可見秦統一後被派去服勞役的主要來源仍以良民居多。請參閱吳福助:《睡虎地秦簡論考》(臺北:文津出版社,1994 年 7 月初版),頁 20。

〔註79〕 袁仲一亦指稱:「『徒』的成分比較複雜,凡是從事徭役者均可稱為徒,其中既有刑徒,又可包括庶人。」參閱袁仲一:〈秦始皇陵與兵馬俑〉,《尋根》,2002 年 4 月,頁 89。至於「居貲」部分,徐富昌:《睡虎地秦簡研究》第四章《秦律的遷、貲、贖和誶刑》中針對貲勞役作詳細論述,詳見該書第 330～345 頁。

擔得起，因此百姓較多適用「貲戍」、「貲徭」的刑罰〔註80〕。

上述說明了當時人民因無法負擔起一般官吏所適用的「貲甲」、「貲盾」等易科罰金之處分，寧可選服勞役折抵，於是我們更確認了築驪山陵之徒的身份，即多爲「役徒」、「徭徒」身份的良民。至於驪山陵內部的建築情況如何，據《史記·秦始皇本紀》記載：

> 穿三泉，下銅而致椁，宮觀百官奇器珍怪徙臧滿之。令匠作機弩矢，
> 有所穿近者輒射之。以水銀爲百川江河大海，機相灌輸，上具天文，
> 下具地理。以人魚膏爲燭，度不滅者久之。

《三秦記》也提到：「始皇塚中，以夜光珠爲日月，殿懸明月珠，晝夜光明。」〔註81〕、「始皇墓中，燃鯨魚膏爲燈。」〔註82〕由此可見始皇窮奢極欲之一般，然誰人見之？我想那些修陵寢的工匠們肯定是見過的。《史記》載：

> 葬既已下，或言工匠爲機，臧皆知之，臧重即泄。大事畢，已臧，
> 閉中羨，下外羨門，盡閉工匠臧者，無復出者〔註83〕。

晉王嘉《拾遺記》中也有這樣一段記載：

> 昔始皇爲塚，斂天下瑰異，生殉工人，傾遠方奇寶於塚中，爲江海
> 川瀆及列山岳之形。以沙棠沉檀爲舟楫，金銀爲鳧雁，以瑠璃雜寶
> 爲龜魚。又於海中作玉象鯨魚，銜火珠爲星，以代膏燭，光出墓中，
> 精靈之偉也。昔生埋工人於塚內，至被開時皆不死。工人於塚內琢
> 石爲龍鳳仙人之像，及作碑文辭讚。漢初發此塚，驗諸史傳，皆無
> 列仙龍鳳之製，則知生埋匠人之所作也。後人更寫此碑文，而辭多
> 怨酷之言，乃謂爲「怨碑」〔註84〕。

由於秦始皇集珍奇異寶於一陵，並將陵墓內部設計得宛如在世，因此深怕盜墓者，於是二世胡亥下令將工匠生埋於陵內，如同殉葬一般，可惜「怨碑」之文並未流傳下來，或者只是這些工匠們的家屬因怨恨秦政府而謠傳以諷之，這有待進一步出土資料方能考證。驪山陵的設計採「事死如事生，事亡

〔註80〕 吳福助：〈秦律「重刑主義」下的彈性法規探討〉，《東海中文學報》，2001年7月，頁12。

〔註81〕 劉慶柱：《三秦記輯注·關中記輯注》（西安：三秦出版社，2006年1月初版），頁58。

〔註82〕 同上註，頁60～61。

〔註83〕 《史記》卷六《秦始皇本紀》，頁265。北京：中華書局，1997年北京第一版。

〔註84〕 晉·王嘉：《拾遺記》（臺北：木鐸出版社，1982年2月初版），頁119。

如事存」〔註85〕的原則，這是因爲秦始皇對人死靈魂尚存是堅信不疑的〔註86〕。
也有學者認爲契合《呂氏春秋》「國彌大，家彌富，葬彌厚。」的思想〔註87〕。
關於驪山陵的傳說還有一則，《三秦記》云：

> 驪山始皇陵作地市，生死人交易，市平不得欺死人。云：「秦五（王）
> 地市，有斷馬利。」〔註88〕

又《太平御覽》卷八百二十七《資產部‧市條》引《三秦記》與本文略異，
其載：

> 秦始皇作地市，與生死人交易。令云：「生人不得欺死者物。」市吏
> 告始皇：「二死者陵生人，走入市門，斬斷馬脊。」故俗云秦地市有
> 斷馬〔註89〕。

地市即地獄之市，乃陰間市場。市在驪山始皇陵，因此把它建於陵區之地，
其實這種市場根本不存在。這則資料反映出兩件事實，其一是將陵墓作爲「視
死猶生」心理的投射。其二乃與秦代運用法律手段嚴格控管商業行爲的事實
契合。莊瑄逸〈秦漢市制探微〉一文曾提到：

> 秦漢時期，買賣方式有很多種，既有於市肆中以銅錢、布帛或穀物交
> 換自己所需，也有民間私下買賣，更有見豪強於野外私自買賣，逃避
> 租稅。不過，秦漢時期更多的形式是賈賣／賈買的方式進行〔註90〕。

王柏中、隋文家亦撰文指出秦代對商業行爲的規範管理包含「對非法商業活
動的禁止」及「對商品價格的規範」等項目〔註91〕。地市雖不存爲，然這種

〔註85〕 語出《禮記‧中庸》。參見楊天宇：《禮記譯注》（上海：上海古籍出版社，2007
年4月新一版），頁699。

〔註86〕 趙山虎、陸升武、張天傑、周培芳：《秦皇父子──始皇帝與秦二世》（西安：
陝西旅遊出版社，1992年1月初版），頁154。

〔註87〕 徐衛民認爲：「《呂氏春秋‧節葬》云：『國彌大，家彌富，葬彌厚。含珠
麟施，夫玩好貨寶，鍾鼎壺濫，與馬衣被戈劍，不可勝其數。諸養生之具，
無不從者。』秦始皇陵眾多的陪葬坑和陪葬墓正好反映了《呂氏春秋》的思
想。」徐衛民：〈秦公帝王陵園考論〉，《文博》，1999年，頁52。

〔註88〕 劉慶柱：《三秦記輯注‧關中記輯注》（西安：三秦出版社，2006年1月初版），
頁15。

〔註89〕 商務印書館四庫全書出版工作委員會編：《文津閣四庫全書‧子部‧雜家類‧
第二九八冊》，頁588。

〔註90〕 莊瑄逸：〈秦漢市制探微〉（臺中：國立中興大學歷史學研究所碩士論文，2001
年），頁55。

〔註91〕 詳閱王柏中、隋文家：〈秦朝利用法律手段對經濟行爲的規範管理〉，《鞍山師
範學院學報》，2000年6月，頁55。

依法公平交易的制度卻普遍存在秦人心中，甚至延續到漢代。

　　儘管秦始皇陵有嚴密的防盜設施，史籍中仍然可以看到在秦末時遭到盜掘的記錄。據《史記‧高祖本紀》所載，劉邦在楚漢對峙於廣武時，曾經歷數項羽的十大罪狀，其中第四條就是「懷王約入秦無暴掠，項羽燒秦宮室，掘始皇帝塚，私收其財物。」關於項羽「掘始皇帝塚」一事的議論，儘管傳聞不止，卻始終無定論。東漢‧王充《論衡‧死偽》說：「秦始皇葬於驪山，二世末，天下盜賊掘其墓。」《太平御覽》卷八一二引《皇覽》也寫道：「關東賊發始皇墓，中有水銀。」〔註 92〕後二者所言掘始皇墓的是所謂「天下盜賊」、「關東賊」，並非項羽。秦始皇陵遭受破壞的情形，可見《漢書‧楚元王劉向傳》載劉向語：

> 項籍燔其宮室營宇，往者咸見發掘。其後牧兒亡羊，羊入其鑿，牧
> 者持火照求羊，失火燒其藏椁。自古至今，葬未有盛如始皇者也，
> 數年之間，外被項籍之災，內離牧豎之禍，豈不哀哉！〔註 93〕

劉向的說法可能指項羽破壞了始皇陵地面上的建築，而地下陵墓的結構，則毀於意外的「牧火」。《水經注‧渭水》：

> 項羽入關，發之，以三十萬人，三十日，運物不能窮。關東盜賊，
> 銷椁取銅，牧人尋羊燒之，火延九十日，不能滅。」〔註 94〕

《三秦記》亦載：「秦始皇葬驪山，牧羊童失火燒之，三月煙不絕。」〔註 95〕然而考古工作者對相關史料又如何看待？根據袁仲一和秦俑考古隊十多年來對始皇陵的封土及其附近地區反復考察和堪探，大致認為：

> 目前封土比較完好，無法證實曾被大規模盜掘，地宮內似沒有經過
> 大規模的擾動和焚燒，……不過，始皇陵園內遍地堆積著殘磚碎瓦
> 及灰燼和紅燒土塊，說明始皇陵園的建築確實在秦末被焚〔註 96〕。

王學理在《秦始皇陵研究》中也對始皇陵墓是否被盜毀作出說明：

〔註 92〕商務印書館四庫全書出版工作委員會編：《文津閣四庫全書‧子部‧雜家類‧第二九八冊》，頁 547。

〔註 93〕參見《前漢書‧第四冊》卷三十六《楚元王劉向傳》，頁 21。臺北：中華書局，1981 年初版。

〔註 94〕《水經注全譯‧渭水》卷十九，頁 477。貴陽：貴州人民出版社，2008 年 9月初版。

〔註 95〕劉慶柱：《三秦記輯注‧關中記輯注》（西安：三秦出版社，2006 年 1 月初版），頁 58。

〔註 96〕袁仲一：〈秦始皇陵與兵馬俑〉，《尋根》，2002 年 4 月，頁 92〜93。

> 截止目前，地宮上口的外圍牆（方城）及通向地宮的墓道多有發現，
> 但還沒有見到足以通向地宮的盜洞。……雖然陵墓得以保全，但陵
> 園卻在項羽開其端的兵燹中遭到徹底的毀滅。其破壞包括三項：其
> 一是燒毀了地面建築；其二是掘毀了地下的從葬設施；其三是劫取
> 了陵園的財物〔註97〕。

張占民《秦俑縱衡談》秦俑坑焚毀時間：「它焚燒的絕對時間至少在漢武帝以
前。」〔註98〕陝西省考古研究所與始皇陵秦俑坑考古發掘隊更確切地研判：

> 始皇陵園範圍內至今地面上仍堆積著很厚的被燒過的殘磚碎瓦及炭
> 灰與紅燒土遺跡。看來，一號兵馬俑坑可能是在公元前 207 年被項
> 羽焚毀的〔註99〕。

然則就王子今《秦漢社會史論考》書中所論：

> 從許多現象判斷，項羽軍事集團或所謂「關東賊」、「關東盜賊」對
> 秦始皇陵園可能確實進行了較大規模的焚劫，而「牧火」傳說即使
> 屬實，也只是局部的破壞。事實上，這兩方面的破壞，都沒有使秦
> 始皇陵的核心部分—地宮受到損害〔註100〕。

其論述使得驪山陵被盜焚一事獲得更完滿的解釋，亦即歷代所記錄遭破壞者
是為地面陵園，至於地宮部分依舊完好如初。據國立歷史博物館所編輯的《兵
馬俑——秦文化特展》介紹：

> 迄今為止，再秦始皇陵園內外的地下發現了各種類別的陪葬坑 170
> 餘座……在豐富多彩的陪葬坑中，秦始皇兵馬俑更是人類創造的偉
> 大奇蹟，是人類燦爛文化的一顆璀璨明珠〔註101〕。

1974 年 3 月，西楊村村民挖水井正好挖在一號兵馬俑坑的東南角；而後隨著
鑽探範圍不斷延伸，1976 年在一號坑的北側又先後發現二號坑、三號坑，合
一、二、三號坑即構成目前所知的秦始皇兵馬俑坑。《秦皇陵地下兵團：陝西
臨潼兵馬俑》書中是這麼介紹兵馬俑的：

〔註97〕詳閱王學理：《秦始皇陵研究》（上海：上海人民出版社，1994 年 12 月初版），
頁 157～160。
〔註98〕張占民：《秦俑縱橫談》（西安：西安大學出版社，1990 年 3 月初版），頁 109。
〔註99〕陝西省考古研究所、始皇陵秦俑坑考古發掘隊：《秦始皇陵兵馬俑坑 1 號坑發
掘報告（1974～1984）》（北京：文物出版社，1988 年初版），頁 309。
〔註100〕王子今：《秦漢社會史論考》（北京：商務印書館，2006 年 12 月初版），頁 168。
〔註101〕國立歷史博物館編輯委員會：《兵馬俑——秦文化特展》（臺北：史博館，2000
年 12 月），頁 66～67。

由初見時宏觀場面和總體效果雄渾博大的第一印象所形成的激動中
逐漸平靜下來後，透過對每一個具體雕塑的細緻觀察，不難發現秦
俑藝術最感人之處在於所塑造的每一件作品幾乎都達到形神畢肖、
栩栩如生的藝術境界〔註102〕。

王學理等人則說：「始皇陵兵馬俑以多、大、眞、神四個直觀的形象構成自己
藝術特色的。」並且是「既有共性又有個性的活物。」〔註103〕袁仲一認爲：

除了秦俑這個巨型群雕外，我們發現秦代的一切雕塑藝術品，都以
宏偉、巨大的突出特徵〔註104〕。

意即秦俑具備宏偉、巨大的特點。如前所言，秦始皇陵的陪葬坑係依照「事
死如事生」的觀念設計而成，再者秦始皇熱衷於長生不老，是以黃今言〈論
秦始皇兵馬俑的主體精神及相關問題〉一文直指：

統治者構築俑坑之意圖，看來並非單純爲了「顯示皇威，表彰軍功」，
也不是什麼「辟邪壓勝，防神驅鬼」。該工程之所以不惜人力修建
30多年之久，最基本的一點是出自「事死如事生」的思想。……它
想說明，即使秦始皇已死，但他仍能像生前一樣握有強大的軍隊，
擁有絕對的軍事大權，可以主宰著陰間的一切，這就是秦陵、秦俑
設計者的眞實意圖和出發點〔註105〕。

隨著時間不斷地過去，對於秦始皇地下陵墓的考古工作與研究卻未曾歇止，
近來有人對於兵馬俑隸屬於秦始皇陵的一部分，是秦始皇的陪葬坑的說法提
出質疑〔註106〕，雖然這股質疑的浪潮受到主流學者更嚴厲的批判，然而學術

〔註102〕秦始皇兵馬俑博物館：《秦皇陵地下兵團：陝西臨潼兵馬俑》（北京：文物出
　　　　版社，1994年12月初版），頁124。
〔註103〕王學理、尚志儒、呼林貴等：《秦物質文化史》（西安：三秦出版社，1994年
　　　　6月初版），頁358。
〔註104〕袁仲一：〈秦始皇陵與兵馬俑〉，《尋根》，2002年4月，頁95。又梁中效針對
　　　　兵馬俑「巨大」、「宏偉」的特點提出看法：「秦人發跡於戎翟，以馬文化取勝；
　　　　重功利，輕仁義；不重宗法，惟『大』是求；形成了建功創業型的、比較外
　　　　傾的文化。……秦陵兵馬俑，就是秦馬文化的壯美之『徵』。」參閱梁中效：
　　　　〈秦文化與西部時代〉，《西南師範大學學報（人文社會科學版）》，2002年9
　　　　月，頁116。
〔註105〕黃今言：〈論秦始皇兵馬俑的主體精神及相關問題〉，《江西師範大學學報（哲
　　　　學社會科學版）》，2002年2月，頁10。
〔註106〕詳閱王彬：〈陳景元：兵馬俑跟秦始皇無關〉，《今日科苑》，2008年，頁19
　　　　～21。

研究本非「少數服從多數」。正如李毓芳〈秦阿房宮遺址考古新發現與新思索
——意料之外考古發現的科學啓迪〉一文提到：

> 關於阿房宮遺址考古發現所作出的結論，即阿房宮前殿沒建成，阿
> 房宮更無從談起，至於「火燒阿房宮」之說也是子虛烏有。這在社
> 會上、學術界均引起巨大反響〔註107〕。

不同的聲音反倒提供了秦始皇陵考古工作更多元的思考面向，相信是有助於
釐清歷史真相的。

　　《秦併六國平話》對於秦始皇修陵寢建阿房之事敘述有限，從散場詩「北
塞長城泥未燥，咸陽宮殿火先紅。」可知作者在諷刺秦始皇不顧民生、大興
土木的舉動，當年輝煌不可一世的驪山陵、阿房宮，如今都成一片斷草荒蕪。
此外，如《拾遺記》、《太平御覽》、《三秦記》、《漢書》、《水經注》、《三輔黃
圖》等書都記載了關於秦陵的傳說，作者面對如此豐富的材料，仍嚴謹地按
《史記》鋪陳。相較「焚書坑儒」，秦陵傳說的發揮空間更大，參考的文字記
錄也更多，卻仍未見作者採用，相當可惜。

第四節　讖緯之說

　　早在先秦就出現讖語〔註108〕，到了秦代更出現讖圖。《秦併六國平話》
云：

> 三十二年，之碣石，令燕人盧生入海，還奏錄圖書曰：「亡秦者胡也。」
> 始皇驚，胡者，想必胡虜侵國。遂令蒙恬來問曰：「何如？」蒙恬奏
> 曰：「須用發將鎮守邊疆。」〔註109〕

文中的「圖書」，就是讖圖，它是一種配有圖文的迷信書籍，《呂氏春秋·恃
君·觀表》同樣談及此書，並言之鑿鑿：

> 古之善相馬者：……見馬之一徵也，而知節之高卑，足之滑易，材
> 之堅脆，能之長短。非獨相馬然也，人亦有徵，事與國皆有徵。聖
> 人上知千歲，下知千歲，非意之也，蓋有自云也。綠圖幡薄，從此

〔註107〕詳閱李毓芳：〈秦阿房宮遺址考古新發現與新思索——意料之外考古發現的科
　　　　學起迪〉，《東海大學文學院學報》，2008 年 7 月，頁 566。

〔註108〕《左傳·僖公五年》：「天策焞焞，火中成軍，虢公其奔。」就是預言晉國滅
　　　　掉虢國的讖語。

〔註109〕詳見《秦併六國平話》卷下〈張良打始皇車〉，頁 647～648。

生矣。〔註110〕

然而錄圖書內容究竟爲何，除了盧生宣稱自己見過之外，並無人識〔註111〕。倪芳芳指出：

> 讖緯是秦漢以來盛行的一種宗教迷信，它主要是把自然界某種現象
> 神秘化，將其視爲社會安危的決定因素，並爲封建統治説教，因此
> 符命、讖緯成爲帝王的工具〔註112〕。

是以秦始皇個人迷信「胡者」就是胡虜，遂大動干戈、修築長城、遷民實邊，實爲苦民虛耗之舉。

讖，按《四庫總目·經部卷六》的解釋，就是「詭爲隱語，預決吉凶。」它是一種迷信的預言。緯是「經文支流，衍及闡義」，就是用讖語對儒家經典進行解釋和比附的著作。讖緯影響所及深殖民心，造成它流行的背景，熊鐵基是這麼分析的：

> 讖緯迷信流行的原因是什麼？除顯而易見的政治原因之外，那就是
> 人們心理方面的原因。在自然科學不發達、人們愚昧無知的情況下，
> 天災人禍面前的不安和憂慮，特別容易傳播〔註113〕。

《史記·秦始皇本紀》載：

> 三十六年，熒惑守心。有墜星下東郡，至地爲石，黔首或刻其石曰
> 「始皇帝死而地分」。始皇聞之，遣御史逐問，莫服，盡取石旁居人
> 誅之，因燔銷其石。始皇不樂〔註114〕。

〔註110〕詳閱陳奇猷：《呂氏春秋新校譯》（上海：上海古籍出版社，2002年4月初版），頁1423。

〔註111〕奚椿年對此提出精闢見解：「我懷疑是盧生因求仙藥不得恐引起秦始皇的不滿而搞的鬼把戲。從字義上講，『胡』字是一個疑問詞，若要在此句下加標點符號的話，應打一個『？』號。這樣，這句話就成了一個疑問句，即『亡秦的是誰呢？』或者說『何以亡秦？』因而也是一個待猜的謎。始皇猜正猜錯，猜後又採取什麼相應的行動，只要方士對這句話不作肯定的回答，他們永遠沒有對錯可言。」請參閱奚椿年：〈秦始皇的神仙思想與秦之速亡〉，《江海學刊》，2000年，頁111～112。

〔註112〕倪芳芳：〈童謠析論：以《古謠諺》爲範疇〉，《元培學報》，1996年12月，頁189。

〔註113〕熊鐵基：《秦漢文化志》（上海：上海人民出版社，1998年10月初版），頁142～143。

〔註114〕漢·司馬遷撰，宋·裴駰集解，唐·司馬貞索隱，唐·張守節正義：《史記》（北京：中華書局，1997年北京第一版），頁259。

據《史記‧天官書》所言，熒惑星主勃亂、殘賊、疾、喪、饑、兵，「雖有明天子，必視熒惑所在。」〔註115〕所以熒惑星的出現，往往是君王失行，上天即將降災懲罰的預兆。高梅對此認為：

> 西元前211年，一顆隕石落在東郡，有人暗中在隕石上刻了「始皇帝死而地分」七個大字，表示了山東人民對秦殘酷統治的強烈不滿〔註116〕。

而張洪水《帝王與土地》就土地分封的觀點看待「始皇帝死而地分」一事，認為是：「反映了六國貴族企圖繼續裂土食邑的願望。」〔註117〕然而，就在同一年內發生了更為離奇的事件：

> 秋，使者從關東夜過華陰平舒道，有人持璧遮使者曰：「為吾遺滈池君。」因言曰：「今年祖龍死。」使者問其故，因忽不見，置其璧去。使者奉璧具以聞。始皇默然良久，曰：「山鬼固不過知一歲事也。」退言曰：「祖龍者，人之先也。」使御府視璧，乃二十八年行渡江所沈璧也〔註118〕。

《索隱》引服虔說法解釋：

> 水神，是也。江神以璧遺滈池之神，告始皇之將終也。且秦水德王，故其君將亡，水神先自相告也〔註119〕。

〔註115〕《史記》卷二十七《天官書》，頁1347。北京：中華書局，1997年北京第一版。

〔註116〕高梅：〈秦漢時期沂蒙人民反抗鬥爭評述〉，《臨沂師範學院學報》，2002年4月，頁52。

〔註117〕參見張洪水：《帝王與土地》（南京：江蘇古籍出版社，1993年12月初版），頁61。錢穆也有類似觀點，在論及秦末陳吳起義時說道：「其時六國皆立後，……故以廢封建為秦罪。即陳嬰之母，亦謂『吾依名族，亡秦必矣。』知貴族傳統，在當時人心理中，蓋猶有莫大之勢力。」錢穆：《秦漢史》（臺北：東大，2007年6月二版），頁31。

〔註118〕《史記》卷六《秦始皇本紀》，頁259。北京：中華書局，1997年北京第一版。

〔註119〕同上註，頁260。北宋‧郭茂倩《樂府詩集》中也輯錄一首〈秦始皇歌〉：「《古今樂錄》曰：秦始皇祠洛水，有黑頭公從河水出，呼始皇曰：『來受天寶。』乃與羣臣作歌。洛陽之水，其色蒼蒼。祠祭大澤，倏忽南臨。洛濱醼禱，色連三光。」情節與滈池君頗有相似處，惟結果大相逕庭。按秦始皇信陰陽五行，認為秦乃「水德」代周之「火德」，水德尚黑，是以黑頭公呼曰受天寶象徵贏秦係天命所歸。參閱《樂府詩集》卷第八十三《雜歌謠辭‧秦始皇歌》，頁1173。另外在《搜神記》卷八《陳寶祠》中記載秦穆公時，陳倉人發現並捕捉兩隻名為陳寶的野雞，「得雄者王，得雌者伯。」遂告穆公，秦穆公發徒大獵得其雌。事實上，陳寶和天寶的獲取皆代表一種祥兆。《中庸》云：

秦始皇固然信奉長生之道,且「惡言死」,但對於一連串的可考或不可考的異象,迫使他不得不正視並思考生命之終極。黃中業指出:

> 從漢人服虔的解釋中可知:無論這一故事是否有無,是否可信或可信到什麼程度,無論華陰平舒道上的不速之客是神還是人,「今年祖龍死」無疑是一則政治謠言。這一政治謠言反映出秦帝國的大廈根基已經動搖,人們至少是那些仇恨秦帝國的六國舊貴族勢力,他們在詛咒秦始皇立即死去〔註120〕。

因此秦帝國境內的政治謠言,本質上是反映了六國貴族及人民大眾的情緒和心聲。《漢書‧五行志》對此提出見解:

> 史記秦始皇帝三十六年,鄭客從關東來,至華陰,望見素車白馬從華山上下,知其非人,道住止而待之。遂至,持璧與客曰:「爲我遺鎬池君。」因言「今年祖龍死。」忽不見,鄭客奉璧,即始皇二十八年過江所湛璧也。與周子罌同應。是歲,石隕於東郡,民或刻其石曰:「始皇死而地分。」此皆白祥,炕陽暴虐,號令不從,孤陽獨治,群陰不附之所致也。一曰,石,陰類也,陰持高節,臣將危君,趙高、李斯之象也。始皇不畏戒自省,反夷滅其旁民,而燔燒其石。是歲始皇死,後三年而秦滅〔註121〕。

正如《論語‧堯曰》所云:「朕躬有罪,無以萬方;萬方有罪,罪在朕躬。」從「亡秦者胡也」、「東郡刻石」到「璧遺鎬池君」一系列事件看來,儘管秦始皇深信陰陽五行,卻未能領悟簡中精奧,屢興徭役,遂使「天下苦秦久矣」〔註122〕。秦末,讖緯更被百姓用來作爲反抗秦暴政的工具。如《史記‧項羽本紀》中有:「故楚南公曰:楚雖三戶,亡秦必楚也。」《史記‧陳涉世家》中也記載:

「國家將興,必有禎祥;國家將亡,必有妖孽。」我們若把妖孽擴大解釋爲異象,那麼「水神」、「山鬼」的出現確實預示了秦帝國的崩解。參見晉‧干寶著,黃鈞注譯:《新譯搜神記》(臺北:三民書局,2006年3月初版),頁324～325。

〔註120〕黃中業:《秦始皇嬴政傳》(吉林:吉林人民出版社,1997年7月初版),頁237。

〔註121〕參見《前漢書‧第三冊》卷二十七中之上《五行志》,頁27。臺北:中華書局,1981年初版。

〔註122〕《史記》卷四十八《陳涉世家》,頁1950。北京:中華書局,1997年北京第一版。

> 陳勝曰：「天下苦秦久矣。……今誠以吾眾詐自稱公子扶蘇、項燕，
> 爲天下唱，宜多應者。」……乃丹書帛曰「陳勝王」，置人所罾魚腹
> 中。卒買魚烹食，得魚腹中書，固以怪之矣。又閒令吳廣之次近所
> 旁叢祠中，夜篝火，狐鳴呼曰「大楚興，陳勝王」。卒皆夜驚恐。旦
> 日，卒中往往語，皆指目陳勝〔註123〕。

熊鐵基對於陳涉利用讖語以鼓舞士氣評論道：

> 陰陽五行，讖緯迷信作爲一種社會思潮，其流傳的廣度和深度恐怕
> 要大於其他任何一種社會思潮，可說是家喻戶曉，深入人心的。最
> 突出的事例，如陳勝、吳廣起義時所用「魚腹丹書」、「篝火狐鳴」
> 〔註124〕。

在秦代還流行以謠諺的形式來傳達讖緯內容，吳靜〈謠諺考辨〉指稱：「先秦稱作『謠』的作品，其內容一般是預示重大的事件，實際上是一種讖語。」〔註125〕且「作爲讖語的謠一般都是假兒童之口。」〔註126〕呂肖奐在《中國古代民謠研究》中把古代的民謠分爲「風謠」和「讖謠」兩大類，從他搜集的資料來看，讖謠的數量大於風謠〔註127〕。由此可見，即使在謠的涵義發生變化以後，讖示依然是謠的主要功能之一。而向來書史紀錄童謠的人，多半相信望文生義的熒惑之說，將其比於讖緯。或者以爲是在上位者的施政不順民心，以致於怨謗之氣出於歌謠〔註128〕。《史記・趙世家》記載趙王遷六年，大飢，於是民間便流傳一則謠言：

> 趙爲號，秦爲笑。以爲不信，視地之生毛〔註129〕。

這樣的謠言不但預言趙將爲秦所滅，更反映現實而具有歷史價值。田博元、郭瓊瑜對此認爲：

> 司馬遷藉此則童謠如實反映了當時人們對歷史轉捩點的高度敏

〔註123〕同上註。
〔註124〕熊鐵基：《秦漢文化史》（上海：東方出版中心，2007 年 5 月初版），頁 138。
〔註125〕吳靜：〈謠諺考辨〉，《南陽師範學院學報（社會科學版）》，2008 年 5 月，頁 66。
〔註126〕同上註，頁 67。
〔註127〕呂肖奐：《中國古代民謠研究》（成都：巴蜀書社，2006 年初版），頁 75。
〔註128〕倪芳芳：〈童謠析論：以《古謠諺》爲範疇〉，《元培學報》，1996 年 12 月，頁 188。
〔註129〕《史記》卷四十三《趙世家》，頁 1832。北京：中華書局，1997 年北京第一版。

感，……唯其應驗，固有史學價值。從童謠中，能使後人得觀歷史
的起伏，思索其前因後果〔註130〕。

在南朝梁任昉的《述異記》卷下也記載一條帶有讖語性質的謠語：「阿房阿房，
亡始皇。〔註131〕」這預言了秦始皇的命運，也反映出人民對於「力役三十倍
於古」〔註132〕的痛苦。謝貴安針對這一類採口耳相傳方式的謠諺即指出：

古代民間謠諺語官方立場中間必定有一定距離，甚至是相背的，因
此只能私下議論，而不敢形諸紙面，怕受文字獄之累。而某些政治
家或野心家爲了不可告人的目的，只能通過耳提面命，向外傳播有
利於自己活動的謠諺〔註133〕。

其他尚如南朝宋劉敬叔《異苑》卷四記載秦世有謠曰：

秦始皇，何彊梁。開吾户，據吾床。飲吾酒，唾吾漿。殄吾餙，以
爲糧。張吾弓，射東墙。前至沙丘當滅亡〔註134〕。

秦世謠記載了秦始皇死於沙丘的預言，或爲後人據史而作。張乃鑒認爲：

民謠的語言特點是寥寥數語，韻律和諧，時用比喻、對比，宛若小
詩，從內容上看，則虛實相生，皆與其時的社會生活，政治風雲有
密切關係，甚至是當時某些重大歷史事件在民間的直接反應，由於
它貼近時代，映照社會，褒貶時弊，本身也就有了史料史論的意義
和價值。但因爲民謠有較強的時代性，當其一旦脫離它所依附時代
生活，成爲歷史，往往會失去活力〔註135〕。

〔註130〕 田博元、郭瓊瑜：〈史記謠諺管窺〉，《元智大學人文社會學報》，1999 年 7 月，
頁 40。

〔註131〕 參見《文津閣四庫全書‧子部‧小說家類‧第三四八冊‧述異記卷下》，頁 677。

〔註132〕 黃紹筠：《中國第一部經濟史——漢書食貨志》（北京：中國經濟出版社，1991
年 8 月初版），頁 100。

〔註133〕 謝貴安：《中國謠諺與古代社會——謠諺與古代社會》（武漢：華中理工大學
出版社，1994 年 10 月初版）。

〔註134〕 劉敬叔於謠後尚載此讖語緣故及流傳：「始皇既坑儒焚典，乃發孔子墓，欲取
諸經傳。壙既啓，於是悉如謠者之言。又言謠文刊在塚壁，政甚惡之，乃遠
沙丘而循別路，見一羣小兒輩沙爲阜。問云沙丘，從此得病。」按文字看來，
秦始皇對此謠甚爲忌憚，卻又無法避免小兒一語成讖，意謂人力不可抗拒天
命。然筆者以爲本段關鍵即在「坑儒焚典」四字，看來應是後代儒生不滿秦
始皇打壓儒道所作，寓含警世意味。請參閱《文津閣四庫全書‧子部‧小說
家類‧第三四七冊‧異苑卷四》，頁 106。

〔註135〕 張乃鑒：〈《史記》中的格言、民謠與諺語〉，《天津職業技術師範學院學報》，
1996 年，頁 47。

其論點提供了我們對於謠諺內容在文學或史學的處理上一個重要的思考。以上所談的都是口耳相傳、具預言性質的謠諺。事實上，早在先秦時候，人們對於預知吉凶禍福還透過「望氣」的方式。晁福林《先秦民俗史》提到：

> 關於社會發展趨勢和某些事件前景的預言方式，在春秋時期以占卜和蓍筮最爲重要，此外，還有「望氣」與「童謠」兩事。周代對於雲氣之象十分重視，把吉祥或妖孽之氣稱爲「氛」，認爲望氣可以占驗吉凶。……漢朝時人謂「天子有靈臺者，所以觀祲象、察氣之妖祥也。」所謂「祲」，意指精氣，一般謂指日旁的雲氣，常爲兇象的徵兆。所謂望氣，即指觀察祲象〔註136〕。

戰國時代，秦楚之戰激烈而持久，多有反復，在楚國遺民中留下的印象十分深刻。「亡秦必楚」之說，反映了楚人強烈的復仇願望。《史記‧高祖本紀》謂秦始皇常說：「東南有天子氣」，因東游以厭之，劉邦還爲此恆惴惴不安。東南者楚地，可知秦始皇十分關注楚地動靜，隨時提防楚地發生反秦暴亂。《三秦記》記載：

> 秦始皇以金陵有天子氣，乃改縣名，並掘鑿江湖，平諸山阜，處處埋寶物，以厭王氣〔註137〕。

而《晉書》卷六《元帝紀》載：

> 始秦時望氣者云「五百年後金陵有天子氣」，故始皇東巡以厭之，改其地曰秣陵，塹北山以絕其勢。及孫權之稱號，自謂當之。孫盛以爲始皇逮于孫氏四百三十七載，考其曆數，猶爲未及；元帝之渡江也，乃五百二十六年，眞人之應在于此矣〔註138〕。

《太平御覽》卷四十一《地部‧蔣山條》引《金陵地記》云：

> 秦始皇時，望氣者云「金陵有天子氣」。埋金玉雜寶於鍾山，乃斷其地，更名曰秣陵〔註139〕。

《太平御覽》卷一百七十《州郡部‧江南道上‧昇州條》引《金陵圖》云：

> 昔楚威王見此有王氣，因埋金以鎮之，故曰金陵。秦併天下，望氣

〔註136〕晁福林：《先秦民俗史》（上海：上海人民出版社，2001年1月初版），頁492。

〔註137〕劉慶柱：《三秦記輯注‧關中記輯注》（西安：三秦出版社，2006年1月初版），頁116～117。

〔註138〕參見唐‧房玄齡等撰：《晉書》（北京：中華書局，1998年版），頁157。

〔註139〕商務印書館四庫全書出版工作委員會：《文津閣四庫全書‧子部‧類書類‧第二九六冊》，頁320。

者言東南有天子氣，鑿地斷岡，因改金陵爲秣陵〔註140〕。

又見於《金陵新志》云：「秦厭東南王氣，鑄金人埋於此，後莫知所在。」田餘慶綜合上述指出：「史籍所見江東的金陵、丹徒、曲阿、由拳等地都有秦始皇東游時掘地厭天子氣的記載，而這一帶地方都在當年王翦秦軍滅楚時掃蕩江南的範圍之中。」〔註141〕《說苑·反質》云：

> 信鬼神者失謀，信日者失時。何以知其然？夫聖賢周知，能不時日
> 而事利。敬法令，貴功勞，不卜筮而身吉。謹仁義，順道理，不禱
> 祠而福。故卜數擇日，潔齋戒，肥犧牲，飾珪璧，精祠祀，而終不
> 能除悖逆之禍。以神明有知而事之，乃欲背道妄行，而以祠祀求福，
> 神明必違之矣〔註142〕。

秦始皇不修人事，專務陰陽之數，上天安能佑之？秦始皇三十一年耳聞的那首「神仙得者茅初成」謠歌無疑是將他推向身敗名裂、萬劫不復的深淵，也敲響了秦帝國的喪鐘。誠如王玉德〈試論歷史上的社會動盪與迷信〉文中所言：

> 迷信既成全了其帝業，又毀了其帝業。所謂成全，是說帝王利用迷
> 信搞神道設教，愚弄民眾，神化君權，加強統治。所謂毀滅，是說
> 帝王沉溺於迷信，耽誤了政務，加速了朝代衰亡〔註143〕。

《秦併六國平話》雖然僅敘述《錄圖書》，但《錄圖書》實際上是一個重要開端。它暴露了秦始皇迷信讖緯的本質，也因爲「亡秦者胡也」的讖語，而有移民築城之舉，這是極度消耗大秦國力的措施。相信《錄圖書》也讓方士們心知仍有機可乘、有利可圖，所以說統一後的秦始皇身邊始終圍繞著小人，使他的行爲逐漸走向瘋狂，秦始皇之後自稱眞人、與海神戰等一系列不理智

〔註140〕同上註，頁657。

〔註141〕詳見田餘慶：《秦漢魏晉史探微》（北京：中華書局，2006年1月新一版），頁23。關於由拳縣的傳說，見於晉·干寶《搜神記》：「由拳縣，秦時長水縣也。始皇時，童謠曰：『城門有血，城當陷沒爲湖。』有嫗聞之，朝朝往窺。門將欲縛之。嫗言其故。後門將以犬血塗門，嫗見血，便走去。忽有大水欲沒縣。主簿令幹入白令。令曰：『何忽作魚？』幹曰：『明府亦作魚。』遂淪爲湖。」請參閱晉·干寶著，黃鈞注譯：《新譯搜神記》（臺北：三民書局，2006年3月初版），頁463～464。

〔註142〕詳閱漢·劉向：《說苑》（臺北：臺灣古籍出版社，1996年7月初版），頁980～981。

〔註143〕王玉德：〈試論歷史上的社會動盪與迷信〉，《華中師範大學學報（人文社會科學版）》，2003年11月，頁35～37。

的行為都是應證。惟秦始皇迷信讖緯的主題還有相當多材料可供撰寫,僅《錄圖書》一條遠遠不足,作者應該廣泛蒐集民間傳說,將這些傳說整理分類後,依不同主題需要,將傳說應用於小說創作,在不違背歷史的情況下,巧妙地將這些傳說融入歷史空白處,使小說能填補歷史的不足,兼具故事趣味與教育意義。

第五節 小 結

　　從故事發展來看,《秦併六國平話》作者賦予徐福成為秦始皇求仙活動下的犧牲者角色,並融入魏晉以來仙鄉傳說的重要素材——「洞天福地」概念,滿足了讀者長久以來對於海外仙山傳說的想望,成功擴寫了《史記》所載徐福求仙之事。當然,徐福之死也意味著作者決定讓秦始皇獨自擔起這妄圖長生、深信方術的種種罪過。在焚書坑儒史料的引用上,作者置於蒙恬築長城之後的安排就關聯性而言已有問題,並且作者又未作任何修飾或說明。如此銜接造成段意不明,使讀者閱讀起來倍感生硬,極不順暢。是以作者在處理本段的手法上稍嫌粗糙,再加上敘述過於簡略,讀至此處會感到只是一堆史料的堆砌,而毫無文學手法可言。類似的情形又出現在對修驪山陵寢的處理上,敘述過簡,段落安排不連貫。焚書坑儒與修驪山陵兩處不論在內容上或編排上仍有很大的改進空間,事實上,兩者相關的傳說不勝枚舉,如「怨碑」、《甘泉之歌》、「地市」等,既有歷史意涵,又是民間重要傳說,作者對於驪山陵和焚書坑儒等議題的處理似乎過於謹慎嚴肅了!統一前的秦始皇孜孜矻矻於政事上,此時迷信色彩並不明顯。統一後,始露出他愚昧無知的一面。作者對於這熒惑秦始皇心志的重要議題涉獵太少,僅點出錄圖書,事實上,就筆者列舉關於秦代讖緯之說即為數不少,況且這類讖語透過童謠或災異之象呈現,若歸納發展起來,會使內容增色許多。畢竟讖緯迷信作為一種社會思潮,早已深植民心,成為人民生活中不可缺少的經驗,更何況是具有歷史價值的讖緯。

　　從秦始皇描寫看來,《秦併六國平話》對於秦始皇統一天下後的形象描寫幾乎全為負面評價。像是談到徐福求仙之事,作者將三千童男女喪亡的罪過全歸咎於「狂妄自大」而企圖與湘君搏鬥的秦始皇身上,再加上《說苑·反質》篇中遭侯生痛批的窘境,是繼「荊軻刺秦」後更深一層的精神上的狼

狙。而對焚書坑儒及修驪山陵的描述大致採納正史觀點，篇幅雖短，但基本
上作者對此舉持否定態度應是無庸置疑的。作者在錄圖書一事的描寫中，還
增添蒙恬附會讖圖的情節，似乎針對蒙恬作爲秦始皇股肱耳目，卻未行諫
阻，故而視爲助紂爲虐。《之罘刻石》云：「烹滅彊暴，振救黔首，周定四極。」
〔註 144〕這十二字可作爲秦並六國前的眞實寫照。得天下後，秦始皇未如預
期地朝「皇帝明德，經理宇內，視聽不怠。」〔註 145〕的目標努力，反而倒
行逆施。他曾在《會稽刻石》中嚴厲批判六國王「暴虐恣行，負力而驕，數
動甲兵。」〔註 146〕這豈不是自相矛盾，對於貶抑他的言論一概論罪，未能
「兼聽萬事，遠近畢清。運理群物，考驗事實。」〔註 147〕不可不謂之不察。

〔註 144〕參見吳福助：《秦始皇刻石考》（臺北：文史哲出版社，1994 年 7 月初版），
　　　　　頁 48。
〔註 145〕吳福助：《秦始皇刻石考・東觀刻石》，臺北：文史哲出版社，1994 年 7 月初
　　　　　版，頁 49。
〔註 146〕同註 409，頁 61。
〔註 147〕同註 409，頁 62。

第五章 《秦併六國平話》與秦始皇傳說的關係

　　本章擬將散佚於《秦併六國平話》以外未詳加描述卻又相關的秦始皇民間故事集中探討，試圖釐清未能編入這些廣為流傳的故事是否成為導致平話因缺乏故事性，從而限制了自身發展。又或者有其他因素迫使《秦併六國平話》面臨發展瓶頸？第一節先就千百年來傳誦不衰的「孟姜女故事」作討論，《秦併六國平話》提到秦始皇不敢輕忽錄圖書上的預言，遂令蒙恬築長城，而提及長城便不能不聯想到哭倒長城的孟姜女，這麼重要的題材作者卻未能借題發揮一番，著實可惜。第二節將驪山神女和伐樹赭山故事一併探討，係因兩者擁有多處共同點，也反映出迷信的秦始皇對於神鬼信仰的真實態度。第三節則將傳說中的「趕山（移山）」母題提出討論。當然，從現實意義看待這一類「封山」、「趕山」傳說，自然又作不同解讀。此外，將秦始皇的民間傳說整理分析後，便能發現這些民間傳說其實源自某些故事母題。本文試圖進一步探討秦始皇的民間傳說與其他民間故事之間的關聯性，由此了解以秦始皇為寫作主題的素材在通俗文學中的發展與演變。儘管本章蒐羅大量《秦併六國平話》以外的秦始皇傳說，惟這些素材皆有時間限制，或先或後，不可一概用作批判《秦併六國平話》作者的依據。早先於元代的材料，作者或缺乏資訊，或知而不錄。至於元代後晚出的材料，則供作後人對於秦始皇的文學創作的參考。

第一節　孟姜女哭倒萬里長城

　　孟姜女故事是中國歷代最為流行的傳說之一。從漢代以來，逐漸加工，

並通過詩歌繪畫、曲藝戲劇等各種文學形式，廣泛流傳。明、清以後，對孟姜女故事又不斷考證，眾說紛異。高思嘉〈孟姜女故事探索〉將孟姜女故事的流變作整理：

> 孟姜女故事淵源流長，傳說紛異。先秦記載杞梁戰死，其妻以婦人無外事爲由，辭郊吊。稍後儒家以杞梁妻「善哭其夫，而變國俗」稱頌，均意在講禮俗。到了漢代，逐漸加工，創造出杞妻哭夫，城爲之崩的動人故事，重在表彰貞烈。自唐代以來，故事更趨於完整，通過各種文學形式的改造，人物、情節都有了改變，孟姜女的名字代替了杞梁妻，人物形象更鮮明動人，情節更豐富，重點突出了暴政造成的社會悲劇〔註1〕。

有趣的是，從最初的杞梁戰死演變至萬喜良死於築城〔註2〕，杞梁妻成了孟姜女，郊祀吊到後來添加哭的元素，以致有城爲之崩的情節出現，到最後又與萬里長城攀上關係。杞梁妻哭崩的城原是不知其名的城，後來根據「赴淄水而死」被說成是齊郊之城。齊城亦名長城，所以又和萬里長城沾上邊。一提到萬里長城自然和秦始皇發生了關係。不僅秦始皇築萬里長城，而且孟姜女哭倒的長城，也就成了秦始皇所築的萬里長城了。關於秦始皇築長城的記載，最早見於《史記·蒙恬列傳》：

> 秦已并天下，乃使蒙恬將三十萬眾北逐戎狄，收河南。築長城，因地形，用制險塞，起臨洮，至遼東，延袤萬餘里〔註3〕。

事實上，修城禦敵並不是秦始皇的首創，這項活動早在春秋時代便已展開。項曉靜指出：

> 長城始建於春秋戰國時期，早期分「互防」和「拒胡」兩種，「互防」指具有列國之間互相防禦的意義的長城。秦統一後，列國「互防」長城失去作用，被拆除，而「拒胡」長城則有必要連成一片。秦始皇在發起北逐匈奴戰爭的同時，修建起萬里長城。秦長城是在燕長

〔註1〕 參見高思嘉：〈孟姜女故事探索〉，《四川師範大學學報（社會科學版）》，1997年10月，頁32。

〔註2〕 顧頡剛指出：「後來范希郎、范三郎、范四郎、范土郎、范喜郎、范杞良、范紀良、萬喜良許多不同的名字就都在這（杞梁）上生發出來了。」詳見顧頡剛：《名家談孟姜女哭長城·孟姜女故事研究》（北京：文化藝術出版社，2006年1月初版），頁27。

〔註3〕 參見漢·司馬遷：《史記》（北京：中華書局，1997年北京第一版），頁2565～2566。

城、趙長城、秦長城的基礎上修復、連貫而成的。西起今甘肅岷縣，
中經黃河河套以北陰山山脈，東止於朝鮮平壤北部清川江入海處。
全長七千餘公里，即一萬五千華里。這條秦長城，在今天的長城以
北很遠的地方〔註4〕。

據考證，秦代的長城橫亙今中國內蒙古、河北一帶〔註5〕。而秦長城歷經漢、
隋及明三朝的修建，尤其經過明代的修築，使得自秦、漢以來的長城建構起
完整而多層次的防禦體系〔註6〕，方有今日綿延萬里的雄偉面貌呈現世人。

　　顧頡剛認為這一由城到長城的遞嬗，乃唐以前先有了長城的概念，然後
便由長城聯想到誰人所造。大家知道是秦始皇，於是秦始皇便被拉入進來，
成了杞梁妻哭倒秦始皇的長城。於是杞梁則非作為秦朝人而去造長城不可了
〔註7〕。對於前述故事演變走向越來越細緻化的情形，巫瑞書指出：

　　同一民間作品在長期流傳中，雖然會出現許多變異，從而在不同的
　　地域（或民族）各有側重，異彩紛呈。但是，「萬變不離其宗」。也
　　就是在傳播過程中民間作品的主幹不會有根本的變化，變異得多的
　　只是它的枝葉、細微末節。就孟姜女傳說故事來說，命名、成親、
　　尋夫、哭城、結局為其主幹〔註8〕。

事實上，直到唐代才出現今日流傳的孟姜女故事的大致輪廓。唐末詩僧貫休
《杞梁妻》詩云：

　　秦之無道兮四海枯，築長城兮遮北胡。築人築土一萬里，杞梁貞婦
　　嗚嗚嗚。上無父兮中無夫，下無子兮孤復孤。一號城崩塞色苦，再

〔註4〕　項曉靜：〈長城──農耕文明的防衛線〉，《安康師專學報》，2003 年 3 月，頁
　　　　42～43。

〔註5〕　李逸友進一步指出：「目前我們對於秦始皇長城在狼山以西地段還不是十分
　　　　清楚，但可以肯定自今狼山北麓的石蘭計山谷北口外為起點，一直沿狼山、
　　　　查石太山而向東伸延的長城遺跡，為秦始皇時所興築，漢代又曾沿用，其所
　　　　處地理位置在北緯 41°20′ 附近。」詳閱李逸友：〈中國北方長城考述〉，《內
　　　　蒙古文物考古》，2001 年第 1 期，頁 7～30。

〔註6〕　李文龍提到：「明代在長城防禦體系的建設和建築工程技術等方面都達到了高
　　　　峰。它以一道或多道綿延伸展的牆體為幹線，以一重或多重關堡和烽燧為支
　　　　撐點，構成一個從中央政權通過各級軍事、行政機構，聯繫最基層軍事單位
　　　　以及守城戍卒的完整的、多層次的、縱深的防禦體系。」參閱李文龍：〈中國
　　　　古代長城的四個歷史發展階段〉，《文物春秋》，2001 年第 2 期，頁 39。

〔註7〕　參見顧頡剛等著：《名家談孟姜女哭長城》（北京：文化藝術出版社，2006 年
　　　　1 月初版），頁 122～129。

〔註8〕　同註419，頁 218。

號杞梁骨出土。疲魂飢魄相逐歸，陌上少年莫相非〔註9〕。

顧頡剛指出：

> 這首詩是這件故事的一個大關鍵。它是總結「春秋時死於戰事的杞
> 梁」的種種傳說，而另開「秦時死於築城的范郎」的種種傳說的。
> 從此以後，長城與他們夫婦就結成了不解之緣了〔註10〕。

另外在《中國傳奇》裡記載的孟姜女故事，更凸顯了秦始皇的角色與奴役人民築長城的暴行。例如：

> 孟姜女眼見秦皇虐害人民的暴行，心痛親愛的丈夫無辜被禍，肝腸寸斷，心如刀絞，哭得像淚人兒似的〔註11〕。

> 一見眼面前的這座像是鐵鑄般的冷硬無情的長城，想起丈夫的屍骨就填在這城中，永生永世再也沒法見面了；又想起千千萬萬的青壯年男子，也遭受了和丈夫相同的命運。這時世間不知道有多少寡婦孤兒，還在癡心妄想地盼念著他們的親人〔註12〕。

> 孟姜女被帶到秦始皇的跟前，他超群的美貌登時奪去了昏王的魂魄。秦始皇心想：「我雖有三宮六院，難及這女子的萬分之一。」他不但不惱怒了，反而轉怒爲喜，涎著一副老臉笑嘻嘻地問孟姜女：「這長城可是你哭倒的？」〔註13〕

> 她跑呀跑地一直跑上了長橋，然後站在橋頭，怒沖沖地指著秦始皇罵道：「你這昏王，眞是瞎了你的眼睛！……你修造長城想要擋住番兵，保你的江山，可是這有什麼用呢？那些被你填在城下的死人你卻擋不住，他們的怨氣一旦和活人的怨氣連結起來，就可以不費吹灰之力奪去你的江山。昏王啊，你不要擺你的威風，你的江山坐不長了！」〔註14〕

〔註 9〕 見宋・郭茂倩編：《樂府詩集》（北京：中華書局，2007 年 6 月初版），頁 1033
～1034。

〔註10〕 同註419，頁 13～14。

〔註11〕 《中國傳奇：歷史傳說故事》第三十四冊，頁 139。臺南：莊嚴出版社，1990
年 7 月二版。

〔註12〕 同上註，頁 142。

〔註13〕 同註423，頁 143。

〔註14〕 《中國傳奇：歷史傳說故事》第三十四冊，頁 147。臺南：莊嚴出版社，1990
年 7 月二版。

孟姜女一席話無疑給驕奢無度的秦始皇當頭棒喝，她的形象只是千千萬萬下階層民眾的縮影，卻預見了秦帝國的未來，也應證了導致秦走向滅亡的並非胡人，而是胡亥。沒有史家的敏感與識見，有的只是底層人民最卑微的心聲。丁慧倩分析道：

> 在征戰和徭役不息的時勢裡，長城以及秦始皇在數不清的閨中少婦的積怨中，成爲眾怒所指，杞梁之妻（也就是孟姜女）尋夫送衣和哭倒長城等情節也就成爲丈夫遠征不歸的怨婦們集體悲哀的結晶〔註15〕。

英・崔瑞德、魯惟一《劍橋中國秦漢史》曾對修建長城的難度和動用人力的數目，作過一番的評論。這些話有助於我們加深了解秦始皇是如何勞民傷財的。茲摘錄如下：

> 不管長城究竟有多長，似乎可以確定地說，建造這樣一種連綿延伸的防禦工事，其後勤供應一定遠遠大於建造一座金字塔、堤壩或其他固定的紀念性建築物的後勤供應。因爲隨着城的延伸，築城活動的中心經常變化，供應線也變得更長。此外，城牆不像正在修建的道路，它本身是很不完善的運輸材料的手段。就長城而言，由於它越過的漫長的山脈和半沙漠地帶，以及這些地區稀少的人口和冬季的酷寒氣候，條件就變得特別困難〔註16〕。

當時人們負擔的徭役不僅繁重，而且受到的待遇極差。服役者往往過着非人的生活，像牛馬一樣地被驅使着。清人楊廷烈《房縣志》有這樣一則記載：

> 房山高險幽遠，石洞如房。多毛人，長丈餘，遍體生毛。時出囓人雞犬，拒者必遭攫搏。以鎗礮擊之，不能傷。惟見之即以手合拍叫曰：「築長城！築長城！」則倉皇逃去。父老言素時築長城人避入山中，歲久不死，遂成此怪。見人必問城脩完否？以故知其所怯而嚇之〔註17〕。

這當然只能視爲一個傳說，然而歷史上如果沒有那樣殘酷的現實，它也就不

〔註15〕丁慧倩：〈萬里長城：解密孟姜女的傳說〉，《三月風》，2006 年 3 月，頁 56～57。

〔註16〕參見英・崔瑞德、魯惟一：《劍橋中國秦漢史（公元前 221～公元 220 年）》（北京：中國社會科學出版社，2007 年 6 月初版），頁 59。

〔註17〕參見清・楊廷烈：《中國方志叢書・華中地方・第三二九號・湖北省房縣志》（臺北：成文出版社，1989 年初版），頁 847～848。

會出現。林劍鳴將「毛人」傳說解讀為秦始皇剝削、壓榨人民之具體呈現，他說：

> 它反映了秦始皇的作為都是建立在對廣大勞動人民殘酷剝削和壓榨之上的，而這種剝削和壓榨遠遠超過社會所能承受的程度，致使社會簡單的再生產都難以維持下去，所以就連對歷史發展有利的一些措施，也給當時的人民造成災難〔註18〕。

當時殘酷的現實，嚇得老百姓不敢正常地生兒育女，以免使下一輩人再受痛苦。酈道元《水經注》載：

> 始皇三十三年，起自臨洮，東暨遼海，西並陰山，築長城及開南越地，晝警夜作，民勞怨苦，故楊泉《物理論》曰：「秦始皇使蒙恬築長城，死者相屬。」民歌曰：「生男慎勿舉，生女哺用餔，不見長城下，屍骸相支拄！」其冤痛如此矣〔註19〕。

一首民歌道出多少破碎家庭的辛酸與無奈。被譽為「新世界七大奇觀」的萬里長城固然偉大，但並不等於秦始皇的偉大，那是人民用血淚所寫下的艱辛一頁〔註20〕。劉守華《中國民間故事類型研究》書中輯錄一則流傳於山西，由李束為所記的《水推長城》故事：

> 從前有一家生了十個兒子，老大順風耳，老二千里眼，老三有氣力，老四銅腦袋，老五鐵骨屍，老六長腿，老七大腦袋，老八大腳，老九大嘴，老十大眼。有一天，十兄弟正在勞動時，老大順風耳聽見有人哭，老二千里眼一望，原來是給秦始皇修長城的人餓得哭。老三有的是氣力，幫他們修好了長城。秦始皇怕老三氣力太大將來要造反，設計加以陷害。於是十兄弟中老四、老五、老六輪番上陣，將秦始皇的刀砍、棒打、水淹等酷刑一一化解。最後老十大眼睛一陣大哭，使淚水匯成洪水，將秦始皇沖入海裡，餵了鱉魚〔註21〕。

〔註18〕 林劍鳴：《秦史》（臺北：五南圖書出版公司，1992 年 12 月初版），頁 620。

〔註19〕 參見《水經注全譯‧河水》卷三，頁 58。貴陽：貴州人民出版社，2008 年 9 月初版。本文亦見於《樂府詩集》卷三十八，頁 555。北京：中華書局，2007 年 6 月初版。

〔註20〕 晉‧裴駰《集解》：「如淳曰：《律說》『論決為髡鉗，輸邊築長城，晝日伺寇虜，夜暮築長城。』」由上述文字依稀可看秦代殘酷役使工匠築長程的情形。參見漢‧司馬遷：《史記》（北京：中華書局，1997 年北京第一版），頁 69。

〔註21〕 參見劉守華：《中國民間故事類型研究》（武漢：華中師範大學出版社，2002 年 10 月初版），頁 462～463。

天鷹《中國民間故事初探》認為這類故事：

> 一表現了階級社會的壓迫與被壓迫的關係；二表現了人民在反壓迫
> 的鬥爭中，意識到自己的強大和戰勝統治者的信心〔註22〕。

千百年來人們對於長城的意象，始終緊扣著孟姜女故事發展。有學者認為哭
倒長城代表人的怨忿上達天聽，是天人感應的表現〔註23〕。而倪迅則解讀為：

> 「長城」是古代傳說中常見意象，而推倒「長城」的故事也被屢屢
> 上演。前有泣鬼神的孟姜女，後有戲謔的十兄弟，……「長城」是
> 秦始皇為了抵禦匈奴的國家防禦工程，但在普通人民眼裡看來，這
> 種勞民傷財的大工程更多的是一種統治階級的權利象徵。在各種文
> 學作品尤其是民間文學中，「長城」威嚴的氣勢和壓抑的「牆」一般
> 的形象逐漸成為了君主統治的象徵：靠搜刮民脂民膏才得以建立起
> 來，卻像一堵牆一樣擋開了民眾的自由，並帶來殘酷的壓迫。故推
> 倒這堵「長城」，是人民潛意識在文學中的釋放，是體現人民積極反
> 抗專制統治的閘口〔註24〕。

從歷史看來，長城從來就沒能擋住北方游牧民族的鐵騎。修築長城所投入的
社會資源與實際效益不成正比，反造成國庫虛耗，民心惶惶，軍隊戰力不增
反減，實際上就是一種惡性循環。張永廷、張馨文〈秦始皇為何要修萬里長
城〉也提出類似看法：

> 修長城下的功夫越大，人們對外敵入侵的擔心就越強烈，國家的錢
> 財耗費也就越多，部隊的戰鬥力反而更弱。國家沒有哪一年不為修
> 長城耗費鉅資，但長城的功效與價值卻並不能體現出來。長城成了
> 消極防禦的代名詞，花費巨大人力物力財力修建的長城，因為防線
> 過於漫長，僵化消極的城牆很難抵得住敵人的突然來襲，其弱點顯
> 而易見〔註25〕。

〔註22〕 天鷹：《中國民間故事初探》（上海：上海文藝出版社，1981 年初版），頁 192。
〔註23〕 張紫晨：「到漢之《說苑》及《列女傳》所記，故事已經發展到『向城而哭，城
　　　　為之崩』，杞梁妻也因無人可靠，赴淄水而死……這時，在杞梁妻的對面，只是
　　　　哭崩的城，並沒有對立的人物，其矛盾的雙方是人和城。……城的崩壞，代表了
　　　　天神的意志。它以城和人的關係，表現天和人的關係。城和人的結合，便成為天
　　　　人感應的表現。」請參見《名家談孟姜女哭長城·孟姜女與秦始皇》，頁 62～63。
〔註24〕 倪迅：〈勞動人民的樸素智慧——淺談民間傳說《水推長城》的現實意義〉，《法
　　　　制與社會》，2008 年，頁 232。
〔註25〕 張永廷、張馨文：〈秦始皇為何要修萬里長城〉，《文史天地》，2007 年第 10
　　　　期，頁 8。

不論是哭倒長城的孟姜女，或者水推長城的十兄弟，都象徵反秦暴政下一種悲憤的心理狀態，當悲憤蓄積相當力量之後，便展開反撲，一發不可收拾。李喬從歷史現象的觀點來分析：

> 何以春秋時發生的一件本來與秦始皇不相關的小事情，竟演變成了一個反秦色彩濃烈的大故事？我以爲主要有兩個原因。一是由於秦始皇的暴政長久地存留在當時和後代老百姓的印象中，積爲一種反秦的社會心理，並代代相傳；再一個就是歷代老百姓從所受的暴政和苦役壓迫的實際感受出發，托古言志，以罵秦始皇的方式來渲泄對壓迫者的不滿〔註26〕。

王驥同樣認爲：

> 不論從傳說的始源杞梁妻拒絕郊弔、哭泣崩城，以致後來的故事定型孟姜女萬里尋夫智鬥秦皇，無一不反映了過去的歷史現實，尤其是後者延續的時間最長，……這故事不僅緊密聯繫著歷史事實、歷史眞相，而且深刻體現著人民大眾對歷史事件的觀感與評價，集中表現在對封建勞役的控訴和對秦始皇的指斥〔註27〕。

傳說終歸是傳說，〈孟姜女哭倒長城〉這個主題的政治批判傾向的釀成，是根源於中國老百姓對秦始皇的壞印象，根源於老百姓恨暴政、恨專制的社會心理。二千多年過去，長城始終沒能達到最初建造所預期的效益——禦敵〔註28〕，而僅僅作爲以中原漢文化爲中心的農耕民族與長城以外的游牧民族的界限。然而再堅固的城牆終有崩坍的一天，何況它並非銅牆鐵壁。中國大陸於 2002 年 8 月，由北京大學、北京師範大學、中央民族大學、中國社會科學院歷史研究所和人民教育出版社等單位的專家組成的長城萬里行考察隊，從遼寧丹東的虎山長城起，至甘肅省嘉峪關長城止，歷時 45 天，途徑 8 個省、自治區、直轄市，行程 9000 多公里，對 101 處長城遺址進行了考察。考察隊發現：

〔註26〕李喬：〈哭倒長城罵倒秦——從孟姜女故事看中國老百姓眼里的秦始皇〉，《炎黃春秋》，2008 年，頁 76。

〔註27〕參見顧頡剛等著：《名家談孟姜女哭長城》（北京：文化藝術出版社，2006 年 1 月初版），頁 227。

〔註28〕翦伯贊認爲：「秦代的長城，是一種防禦的工具；而漢代的長城，則是一種前進政策的工具。」參見翦伯贊：《秦漢史》（臺北：雲龍出版社，2003 年 4 月初版），頁 202。

　　長城損毀較為嚴重，除了自然風化還有人為破壞。……明代萬里長
　　城有較好牆體的不到 20%，有明顯可見遺址的不到 30%，牆體和遺
　　址總量不超過 2500 公里〔註29〕。

也許不久的將來，長城將毀於持續的自然風化和無止盡的人為破壞，但它所
孕育出的諸多傳說，仍會代代相傳，這是修築長城的秦始皇所始料未及的。

第二節　伐湘山樹與驪山神女

　　第四章曾談到秦始皇深信方士的神仙之術，更迷信讖緯。熊鐵基《秦漢
文化志》對於信仰作如下解釋：

　　信仰是指沒有充分的理智認識足以保證一個命題的真實情況下，就
　　對它予以接受或同意的一種心理狀態。信仰作為一種心理因素，廣
　　泛存在於人們的生產、生活，衣、食、住、行等風俗習慣中〔註30〕。

史載秦始皇二十八年首次東巡郡縣，上鄒嶧山刻石，後登泰山封禪，並刻石
琅邪臺，回程時：

　　浮江，至湘山祠。逢大風，幾不得渡。上問博士曰：「湘君何神？」
　　博士對曰：「聞之，堯女，舜之妻，而葬此。」於是始皇大怒，使刑
　　徒三千人皆伐湘山樹，赭其山〔註31〕。

始皇將「逢大風，幾不得渡」的原因歸罪於湘山神湘君從中作祟〔註32〕，盛
怒之餘，遂有伐樹、赭山的幾近瘋狂的暴戾之舉。秦始皇至高無上的權威是
不容藐視和挑釁的，哪怕是超自然的力量，只要與他作對，都要受到最嚴厲
的懲罰。所謂「超自然」，便是指超於自然世界以外的另一種存在，不能以理

〔註29〕詳閱王寅、夏榆、程亞婷：〈長城之毀〉，《文明與宣傳》，2003 年第 1 期，頁
　　　　47。又趙崇福指出：「秦漢長城中段位於陰山山脈，西段延伸到羅布泊。秦漢
　　　　以後，由於森林破壞、毀草開荒及戰爭，長城中段南部大面積草原沙化，其西
　　　　段河西走廊地區多處綠洲被迫廢棄。其結果是秦漢以後的長城位置發生了很大
　　　　的變化。與漢長城相比，明長城中段向南退縮 500 公里，東段南遷 100 至 300
　　　　公里，西段則向東縮短了大約 600 公里。」參閱趙崇福：〈長城沿線環境破壞
　　　　與長城位置移動〉，《合肥學院學報（社會科學版）》，2006 年 11 月，頁 88。
〔註30〕熊鐵基：《秦漢文化志》（上海：上海人民出版社，1998 年 10 月初版），頁 259。
〔註31〕《史記》卷六《秦始皇本紀》，頁 248。北京：中華書局，1997 年北京第一版。
〔註32〕錢玉趾認為：「在古史、神話傳說範圍，帝之二女即舜之二妃，是俗稱的湘
　　　　君，湘夫人。」參閱錢玉趾：〈湘君、湘夫人身份考〉，《西南民族學院學報（哲
　　　　學社會科學版）》，2000 年 5 月，頁 33。

性或科學加以說明證實,例如上帝、鬼神等。超自然力量的存在與否,與宗教信仰息息相關。徐衛民、賀潤坤便指出:

> 在先秦社會,迷信禁忌是人們宗教信仰和宗教活動的基本內容,它是人們在鬼神觀念的支配下,按照一定的迷信體系規定來躲避鬼神降災的言行。……如觸犯禁忌,即可帶來攻戰不勝、貶官敗政、五穀不豐、六畜不興、生子無成、建房、嫁娶不寧,以及病死等惡果〔註33〕。

按此看來,秦始皇理應懾服於這股超自然力量而齋戒祈禱求取平安才是,況且若僅因「逢大風,幾不得渡」,便雷霆之怒,那麼不久前秦始皇登封泰山時不亦「風雨暴至」,令其狼狽不堪,按理泰山亦應受到伐樹赭山的嚴刑才是。再者,始皇三十七年時最後一次東巡,「十一月,行至雲夢,望祀虞舜於九疑山。」〔註 34〕湘君正是舜之二妃,那何以有伐樹赭山、挑釁湘君之舉在先,卻又望祀舜帝於後?

首先,奚椿年就《史記》前後記載內容來看始皇伐湘山樹之行:

> 史料表明:他對神仙也並非始終以禮相加的,有時甚至因方士求不到仙藥而把怨氣轉到神仙身上,對神仙實施報復,如始皇二十八年東游郡縣,因「浮江,至湘山祠。逢大雨,幾不得渡」而遷怒於湘山之神,借機使刑徒三千人伐湘山樹,赭其山。方士逃跑後的次年更又「夢與海神戰」,他此時已視所有的神為惡神、敵人了。他並非要與神仙作決裂……因此我們可以說他的這種反神仙的激烈行動並非自覺地受理智的支配,而是在熱望成仙的同時又從成不了仙的失落感中尋求解脫,以平衡自己的心理〔註35〕。

上述正說明始皇這種看似與自身神仙思想極度矛盾的行為係出自一種「熱望成仙的同時又從成不了仙的失落感中尋求解脫」的遷怒〔註 36〕。其次,張華

〔註33〕 徐衛民、賀潤坤:《秦政治思想述略》(西安:陝西人民教育出版社,1995 年7 月初版),頁 217。

〔註34〕 《史記》卷六《秦始皇本紀》,頁 260。北京:中華書局,1997 年北京第一版。

〔註35〕 奚椿年:〈秦始皇的神仙思想與秦之速亡〉,《江海學刊》,2000 年,頁 114。

〔註36〕 「遷怒」一詞在心理學上稱作「替代作用」,乃「利用一種需求的滿足去替代另一種需求;或者是以一個不會引起其焦慮的目標來替代一個可能引起焦慮的目標。……人們有時所攻擊的常可能並不是他潛意識中真正要攻擊的對象,而只是不幸被選上的代罪羔羊而已。」參見黃堅厚:《人格心理學》(臺北:心理出版社,2002 年 3 月初版),頁 64～65。

松指出始皇先伐湘山樹的行爲乃是：

> 帝舜在早期五德終始說中就是位居土德的「黃帝」。秦始皇迷信五德
> 終始說，卻又十分害怕五德終始說，因爲按照這一學說，取代秦朝
> 之水德的，將是土德。因此他特別仇視土德虞舜，從而有首次東巡
> 期間伐赭湘山的暴殄之舉〔註37〕。

至於爲何三十七年在始皇最後一次巡行時仍「望祀虞舜於九疑山。」張華松
進一步說明：「此時的秦始皇，已是風燭殘年。此前一年，也即三十六年，秦
始皇受到一連串的不詳事件的刺激。」陸續發生東郡刻石、華陰平舒道「遺
滈池君」等離奇事件，及至查驗果眞是當初渡江所沉玉璧，「適才感到湘君帝
舜之神威不可侮，爲拯救自身及其親手締造的帝國，他終於向湘君帝舜服輸。」
〔註38〕這樣的說法既符合秦始皇「推終始五德之傳」的史實，又合乎其迷信
過當而導致行爲失據的邏輯。此外，據《山海經·中山經》記載：

> 又東南一百二十里，曰洞庭之山，……帝之二女居之，是常遊於江
> 淵。澧沅之風，交瀟湘之淵，是在九江之間，出入必以飄風暴雨。
> 是多怪神，狀如人而載蛇，左右手操蛇。多怪鳥〔註39〕。

由此可知，湘山一帶由於風場和地形的關係，出入遇「飄風暴雨」實不足爲
奇。而錢玉趾則認爲秦始皇命令砍光湘山樹，但卻沒有拆毀湘山祠，更沒有
發掘二女墓。秦始皇砍光湘山樹，可能是讓湘山上的怪神怪鳥無藏身之處，
並非針對二女，此說法亦可參考〔註40〕。

《秦併六國平話》中對於秦始皇伐湘山樹一事的描述卻出現戲劇性的轉
折，觸怒湘君導致不可收拾的惡果：

> 始皇見了這般，大怒曰：「寡人特來，願求不死藥，卻有這般魍魉邪
> 神，飛沙走石，雨滂沱，唬寡人！」敕令武士，伐湘山樹，焚其山。……
> 只見現出一鬼來……只見那鬼領娘娘敕旨，東砍西伐，武士人翻倒
> 在地。秦皇頭旋眼花，卻見廟祠團團而倒。唬得始皇大驚曰：「神仙
> 休來驚怖寡人，令武士休伐樹焚山也！」卻見依然無事，始皇方知
> 神仙之靈通顯跡〔註41〕。

〔註37〕 張華松：〈秦始皇伐赭湘山發微〉，《東嶽論叢》，2004 年 3 月，頁 111～113。
〔註38〕 同上註，頁 115。
〔註39〕 參閱王紅旗：《圖說山海經》（臺北：尖端出版社，2006 年 7 月初版），頁 151。
〔註40〕 參閱錢玉趾：〈湘君、湘夫人身份考〉，《西南民族學院學報（哲學社會科學
版）》，2000 年 5 月，頁 29。
〔註41〕 見《秦併六國平話》卷下〈始皇封大夫松〉，頁 646。

文中的秦始皇不滿湘君（直接以女性的稱謂「娘娘」來稱呼湘君，認定湘君即為舜之二妃），令武士伐樹焚山，卻觸怒神靈，不僅湘山祠團團而倒，更帶累徐福一行人盡喪其身。最終只能屈服於神威之下，驚佈之情溢於言表。針對秦始皇認為狂風驟浪乃湘君作祟而採取攻擊的行動，徐衛民、賀潤坤的看法是：

> 秦民間重視鬼神，對鬼及妖神的作祟採用人為地驅逐回擊措施。對於決定社會生活吉凶的神靈，因為懾於其權威和求其賜福的功利目的，故對祭祀神靈十分重視〔註42〕。

張文立也指出：

> 始皇帝信神也信鬼，但似乎不怕鬼。他對山鬼的態度是藐視的。藐視山鬼，同二十八年在湘山祠過江遇風，聽是湘君作亂，而伐湘山樹，赭其山，是同一心理狀態。即他相信這些鬼、神（山鬼、湘君），但覺得他們地位卑下，在神界是數不上數的，當然更不能同人間的千乘之尊相拮抗了。……始皇帝的不怕鬼而信鬼，表現出了對鬼神的兩手態度〔註43〕。

按此說來，秦始皇信神鬼但憑和自己是否有利害關係，正如前述當山鬼已危及本身性命或利益時，始皇便甘心伏首，但其基本態度仍是「天上天下，唯我獨尊」。

關於秦始皇不敬神鬼而招致災禍的情事，還見於《三秦記》，據載：「麗山西北有溫泉，祭則得入，不祭則爛人肉。俗云：『始皇與神女遊而忤其旨，神女唾之生瘡。始皇謝之，神女為出溫泉。後人因以澆洗瘡。』」〔註44〕溫水、溫湯即溫泉。黃新亞《三秦文化》更明確指出驪山溫泉的地點：「驪山在臨潼縣境，自秦代便因有溫泉而被闢為皇宮。〔註45〕」秦始皇或因「與神女遊而

〔註42〕 徐衛民、賀潤坤：《秦政治思想述略》（西安：陝西人民教育出版社，1995年7月初版），頁224。

〔註43〕 張文立：《秦始皇評傳》（臺北：里仁書局，2000年11月初版），頁334。

〔註44〕 劉慶柱：《三秦記輯注‧關中記輯注》（西安：三秦出版社，2006年1月初版），頁93。此外，《初學記》卷七引《三秦記》云：「驪山湯，舊說以三牲祭乃得入，可以去疾消病。俗云：『秦始皇與神女遊而忤其旨，神女唾之則生瘡，始皇怖謝，神女為出溫泉而洗除，後人因以為驗。』」又《類編長安志》卷六亦有類似故事。《太平御覽》卷七十一《地部‧溫泉條》引《三秦記》云：「始皇生時作閣道至驪山八十里，人行橋上，車行橋下，全（今）石柱見存。西有溫泉。俗云：『始皇與神女戲，不以禮，如唾之則生瘡。始皇怖謝，神女為出溫泉。後人因洗浴。』」三者記述大致相同。

〔註45〕 黃新亞：《三秦文化》（瀋陽：遼寧教育出版社，1993年5月初版），頁40。

忤其旨」，或因「與神女戲，不以禮」，總之是褻瀆了神女，被神女懲罰而生瘡，最後「佈謝」方獲得寬宥，實爲狼狽。這個故事模式和湘君一事如出一轍，都反映出秦始皇對神鬼信仰的眞實態度。馬非百《秦集史·人物傳·釋利房》記載：

> 始皇之時，有外國沙門釋利房等一十八賢者，齎持佛經來化始皇，
> 始皇弗從，遂囚禁之。夜有金剛丈六人來，破獄出之，始皇驚佈，
> 稽首謝焉〔註46〕。

秦始皇對佛教徒的無禮舉動觸怒了金剛神，也讓不信佛教的他虛驚一場，連忙謝罪〔註47〕。看來秦始皇似乎開罪不少神靈，事實上皆肇因於他的不敬，那麼他究竟有無心悅誠服的時候？《漢書·五行志》的這一段文字可看出端倪：

> 秦始皇帝二十六年，有大人長五丈，足履六尺，皆夷狄服，凡十二
> 人，見於臨洮。天若戒曰：勿大爲夷狄之行，將受其禍。是歲，始
> 皇初並六國，反喜以爲瑞，銷天下兵器，作金人十二以象之〔註48〕。

《史記索隱》按：

〔註46〕 詳見馬非百：《秦集史·人物傳》十八之四，頁361。北京：中華書局，1982年8月初版。

〔註47〕 事實上，佛教傳入中國的時間，學術界多數認爲是在晚於秦始皇兩百多年的漢明帝時期（西元67年）。皇帝詔書、佛典東傳與佛寺建立，是學者們判定佛教在漢明帝時傳入中國的主要依據。又馬非百認爲：「燕人高誓與最後二人，不僅出了家，而且還成爲當時中國有名的和尚。甚至秦始皇也兩次三番地派遣專人去尋找他們哩。足證當時中國本國中已有極著名之土著和尚。」惟《歷代三寶記》卷三表中魏甘露五年條注，則記載魏末朱士行爲中國人出家爲僧之始。同註438，頁360～361。但根據中國新華網2009年5月9日一篇名爲「專家認爲：佛教傳入中國内地最遲應在秦始皇時代」的報導，呼應了馬非百的論點。該篇報導指出：「在剛剛發表的〈佛教傳入中國應在秦始皇時代〉一文中，曾參與世界唯一佛指舍利考古發掘的陝西省考古研究院研究員韓偉認爲：東方史聖司馬遷寫就的《史記》中有秦始皇『禁不得祠』的明確記載，它與『明星出西方』等國家大事相提並論。從語言學上看，『不得』就是佛陀的音譯，『不得祠』就是佛寺。秦始皇下令禁止佛寺，足見佛教在當時社會的普及。因此，我們應把佛教傳入中國内地的時間修正爲秦始皇時代。」由於筆者尚未讀到這篇論文，因此馬非百認爲佛教傳入中國始於秦始皇的論點仍有待驗證，本文僅作爲傳說參考。參見新華網網站 http://news.xinhuanet.com/newscenter/2009-05/09/content_11342179.htm

〔註48〕 參見《前漢書·第三冊》卷二十七下之上《五行志》，頁19。臺北：中華書局，1981年初版。

> 二十六年有長人見於臨洮，故銷兵器，鑄而象之。謝承《後漢書》：
> 「銅人翁仲，翁仲其名也。」《三輔舊事》：「銅人十二，各重三十四
> 萬斤，漢代在長樂宮門前。董卓壞其十爲錢，餘二猶在。石季龍徙
> 之鄴，符堅又徙長安而銷之也。」〔註49〕

《史記正義》云：

> 《漢書・五行志》云：「二十六年，有大人長五丈，足履六尺，皆夷
> 狄服，凡十二人，見于臨洮，故銷兵器，鑄而象之。」謝承《後漢
> 書》云：「銅人，翁仲其名也。」《三輔舊事》云：「聚天下兵器，鑄
> 銅人十二，各重二十四萬斤。漢世在長樂宮門。」《魏志・董卓傳》
> 云：「椎破銅人十及鍾鐻，以鑄小錢。」《關中記》云：「董卓壞銅人，
> 餘二枚，徙清門裏。魏明帝欲將詣洛，載到霸城，重不可致。後石
> 季龍徙之鄴，符堅又徙入長安而銷之。」《英雄記》云：「昔大人見
> 臨洮而銅人鑄，至董卓而銅人毀也。」〔註50〕

就在秦始皇即將迎接統一到來之際，臨洮發生了有人目擊十二位五丈長人出
現的異象，從最初解讀爲上天示警到後來的「反喜爲瑞」，秦始皇心路歷程的
轉變全憑秦「初並天下」的事實已然發生，因此，他樂於接受這個已被他視
爲祥兆的現象，他自無不敬之理，甚至爲此鑄十二銅人作爲宣揚上天降福。
歷來對於這十二長人的傳說也有不同解釋，辛玉璞認爲：

> 金人是神不是人……況且，只有神才能代天告誡，即「天戒」秦始
> 皇；只有善祥之神秦始皇才能「喜以爲瑞」。再者，秦始皇自認爲「大
> 人」顯現是祥瑞，用封建時代的話來說就是天神下凡。天神下凡自
> 然包含著「祝賀」、「降福」和保佑秦朝一統江山萬世不移的美意，
> 或者說，天意已經暗示繼華夏內部六國之後，與秦爲敵的夷狄族也
> 將與秦和解，或臣服於秦，從此天下太平〔註51〕。

且不論這金人到底是神也不是，至少辛玉璞提到很重要的一點，即「只有善
祥之神秦始皇才能『喜以爲瑞』」，這或許能解釋爲何屢屢不敬神靈而受到懲
罰，因爲只有對他示好、充滿善意甚至讓他感到能帶來好運，他才能欣然接
受這樣的結果，可見其爲「有選擇性」的信仰。而王雙懷的論點同樣證明這

〔註49〕 參見《史記・秦始皇本紀》，頁240。北京：中華書局，1997年北京第一版。
〔註50〕 同註461。
〔註51〕 辛玉璞：〈十二金人形象辨析〉，《唐都學刊》，1999年4月，頁81。

一點，他說：

> 據《說苑》、《淮南子》、《三輔舊事》、《永樂大典》等書的記載，這
> 些「大人」很可能是臨洮地方官編造出來的（事實上，在封建時代，
> 所有「符瑞」都是編造出來的東西），但秦始皇對此深信不疑，認爲
> 這是千載難逢的「符瑞」，是天下統一的象徵，應該予以宣傳、紀念。
> 　　如何宣傳、紀念臨洮大人，也是擺在秦始皇面前的一個問題〔註52〕。

正所謂「上有好者，下必甚焉。」看來秦始皇很樂意接受臣下的「報喜不報
憂」，並唯恐宣傳不力。此外，馬非百則延續釋利門與金剛的傳說而提出：「此
爲外國佛教徒前來中國之最早記載」的說法〔註53〕，馬氏從不同角度切入問
題固然可供研究者參考，然此說法尚無資料佐證，仍有待商榷。最後，我們
從《索隱》也不難發現過去學者已將始皇所鑄十二銅人與將軍翁仲混爲一談。
事實上，秦始皇一統天下後，令翁仲將兵守臨洮，威震匈奴。翁仲死後，秦
始皇爲其鑄銅像，置於咸陽宮司馬門外。匈奴人來咸陽，遠見該銅像，還以
爲是眞的翁仲，不敢靠近〔註54〕。而韋紅萍就中越兩國歷史上同時出現翁仲
的現象提出看法：

> 翁仲對後人已不僅僅是個歷史人物，他已經是成爲人們心目中的「守
> 護神」。自秦始皇爲翁仲鑄銅像後，凡宮府、廟觀、陵墓等門前鑄造
> 的銅像或刻制的石像，也通稱爲翁仲。後人因其有神威之力，又用
> 石雕成翁仲像，守護墳墓，所謂「稼間石人曰翁仲」。今天我們看到
> 的陵墓前的石人石馬，其石人就叫翁仲。……此後，翁仲不再具有
> 生命個體意義和人格意義，而只是用於指稱某種功能〔註55〕。

換言之，十二金人設立的地點根本和司馬門的翁仲像相去甚遠，只要稍作分

〔註52〕 王雙懷：〈「十二金人」考〉，《陝西師範大學學報（哲學社會科學版）》，1996
　　　　年9月，頁123。

〔註53〕 參見馬非百：《秦集史・宗教志》，頁715。北京：中華書局，1982年8月初
　　　　版。

〔註54〕 韋紅萍〈中越兩國歷史文化中的特殊人物：翁仲〉提到：「關於阮翁仲最早的
　　　　記載，則見於明天順五年成書的《明一統志》：秦阮翁仲，身長二丈三尺，
　　　　氣質端勇，異於常人，少爲縣吏，爲督郵所笞，歎曰：『人當如是耶？』遂
　　　　入學，究書史。始皇並天下，使翁仲將兵守臨洮，聲震匈奴，秦以爲瑞。翁
　　　　仲死，遂鑄銅爲其像，置咸陽宮司馬門外。匈奴至，有見之者，猶以爲生。」
　　　　參見韋紅萍：〈中越兩國歷史文化中的特殊人物：翁仲〉，《廣西民族大學學報
　　　　（哲學社會科學版）》，2007年6月，頁50。

〔註55〕 同上註，頁52。

辨即可釐清。單就翁仲從人格逐漸轉化爲守護神的例子也可看出，即便是普通人，只要有功於秦，仍舊會被高高捧起、大大表揚一番，那怕是將人神格化。相反地，倘若損及帝王利益時，就算是神，其地位也將備受挑戰。

《禮記·郊特牲》有云：「祭有祈焉，有報焉，有由辟焉。」〔註56〕或有所祈求，或感恩報德，或希冀避免災禍，這是人們祭祀的目的，對於信仰也一語道破。信仰到迷惑不解，分辨不清，甚至神態失常，這就是迷信。秦始皇的伐樹赭山何嘗不是如此？

第三節　秦始皇趕山與封山印

上一節談到秦始皇對於鬼神的態度是既承認卻又藐視，這在「秦始皇趕山」故事中也有跡可循。丁慧倩〈萬里長城：解密孟姜女的傳說〉論述孟姜女故事時，亦談及：

> 此外，還有秦始皇用趕山鞭，驅石填海，砸孟姜女等說法，使這個
> 故事增加了很多幻想成分和傳奇色彩〔註57〕。

意味秦始皇趕山傳說和孟姜女故事的發展關係。以下分別就秦始皇趕山與封山故事作討論。

《中國傳奇·秦始皇趕山》：

> 相傳秦始皇時代，中國境內到處都是大山。一座座高山阻塞了河流，
> 擋住了道路，可耕的土地很少很少。秦始皇爲了讓老百姓都能有地
> 種，就從玉皇大帝那兒借來了一條趕山鞭。趕山鞭靈光極啦，一抽，
> 山就乖乖地走啦。抽到那，山就走到那。秦始皇拿了趕山鞭到處去
> 趕山，東一鞭，西一鞭把三山五嶽分布到全國各地。這樣一來，中
> 間就出現一大片平地，老百姓男耕女織，過上歡樂的日子〔註58〕。

故事首段描述秦始皇濟世愛民的形象，反映了當時「墮壞城郭，決通川防，夷去險阻。地勢既定，黎庶無繇，天下咸撫。男樂其疇，女修其業，事各有序。惠被諸產，久並來田，莫不安所。」〔註59〕、「重視土地利用」〔註60〕的

〔註56〕 參見楊天宇：《禮記譯注》（上海：上海古籍出版社，2007年4月新一版），頁325。
〔註57〕 丁慧倩：〈萬里長城：解密孟姜女的傳說〉，《三月風》，2006年3月，頁57。
〔註58〕 《中國傳奇：歷史傳說故事》第三十四冊，頁148。臺南：莊嚴出版社，1990年7月二版。
〔註59〕 詳見吳福助：《秦始皇刻石考·碣石刻石》，頁52。臺北：文史哲出版社，1994年7月初版。

實際狀況。然而這樣的情形維持不了多久，故事有所轉變，秦始皇爲了得到
更多的土地，便將山全趕進大海裡，與秦始皇相抗衡的勢力於焉產生：

> 這一下，東海龍王可急壞了：這麼多的山趕到海裡，豈不要把我的
> 龍宮壓坍了嗎？東海龍王召集蝦兵蟹將一起來想法子。可是，誰不
> 知道趕山鞭的屬害！〔註61〕

正當兩方勢力瀕臨失衡的情況下，有人挺身而出打破了僵局，使得情勢逆轉：

> 龍王的小女兒三公主笑咪咪地站出來説：「父王，女兒有辦法，教他
> 趕不了山。」〔註62〕

故事緊接著三公主運用策略而展開：

> 三公主來到皇宮前，就地一滾，變成一頭雪白雪白的玉狸貓，……
> 輕輕爬到床邊，靜靜蹲著，動也不動。等了好久好久，秦始皇翻了
> 一個身，玉狸貓輕輕一跳，就把趕山鞭抽出來，卻把根假鞭子塞在
> 枕頭下，這才翻出御牆，連夜奔回龍宮〔註63〕。

事實上，故事中率先破壞雙方勢均局面的一方（秦始皇從原先趕山廣地到將
山趕入海中），促使另一方勢力爲維護這平等狀態，遂提出反制動作（龍王及
三公主設計奪走改變狀態的關鍵物），這是秦始皇「與海神戰」的又一模式。
類似情節還可見於《藝文類聚》卷七十九《靈異部下・神》引《三齊略記》：

> 始皇作石橋，欲過海觀日出處。于時有神人，能驅石下海，城陽一
> 山石，盡起立，嶷嶷東傾，狀似相隨而去。云石去不速，神人輒鞭
> 之，盡流血，石莫不悉赤，至今猶耳〔註64〕。

此處秦始皇與海神構成的關係是一種幫助或互惠關係，惟趕山成了「鞭石」。
《初學記》卷一百五十六引《齊地記》：

> 秦始皇作石橋，欲渡海觀日出處。舊説始皇以術召石，石自行，至
> 今皆東首，隱軫似鞭撻瘢，勢似馳逐。

〔註60〕張洪水提到：「（秦始皇）十三歲繼位後，呂不韋爲相，以『仲父』身份行政。
　　　　呂不韋爲了長久代王行政，編纂《呂氏春秋》，抓緊對年輕的秦始皇施教，系
　　　　統影響其思想，『統一土地』、『重視土地利用』是其中重要的部分。」參閱張
　　　　洪水：《帝王與土地》（南京：江蘇古籍出版社，1993年12月初版），頁53。

〔註61〕《中國傳奇：歷史傳説故事》第三十四册，頁148。臺南：莊嚴出版社，1990
　　　　年7月二版。

〔註62〕同上註，頁149。

〔註63〕同註474。

〔註64〕參見唐・歐陽詢撰，汪紹楹校：《藝文類聚》（上海：上海古籍出版社，1999
　　　　年5月新二版），頁1347。

此處記載和《三齊略記》不同點即在於將秦始皇神化成能施法術召石。此外許多文人也將類似情節入詩。庾信《哀江南賦》中有「東門則鞭石成橋。」〔註65〕楊億《始皇》則說:「橫石量書夜漏深,咸陽宮闕杳沉沉。滄波沃日虛鞭石,白刃凝霜枉鑄金。」〔註66〕劉筠《始皇》:「前殿建旗淩紫極,東門立石見扶桑。」〔註67〕這類詩文都是受到秦始皇趕山傳說的影響。

另外一個傳說則記載秦始皇封山,《中國傳奇・秦始皇封山印》:

> 在君山龍口東側的石壁上,有兩顆陰刻的大印,有一公尺多長,不足一公尺寬。字跡明顯,但是很難辨認。有人說是「封山」兩字,有人說是「永封」兩字。那兩顆封山印,據說是秦始皇叫人刻在石壁上的。秦始皇統一天下以後,為了顯示皇帝的權威,便帶著大隊臣僕到處巡視,他以為自己是「受命於天」的真命天子,一定百靈輔佐,萬眾歸心。誰知在泰山遇了一場大雷雨,淋得像隻落湯雞。本來想在山頂上立個記功碑,碑石都豎好了,卻來不及刻碑文,這且不說,在博浪沙又遇見刺客,幾乎送掉性命。後來到了湖南,本想過洞庭湖,又遇見大風大浪,他坐的船也險些翻在湖裡。這個暴君打聽到湖神是娥皇、女英,她們倆的神廟就在君山上面,他為水神沒有買他這位大皇帝的賬而惱羞成怒,便叫人在山上到處放火,把山上的樹木、神廟、老百姓的茅屋統統燒了精光。這還不解恨,又叫人在山崖上刻下封山大印,以示永遠不許人在山上種樹建廟。所以秦始皇到二世就亡了〔註68〕。

這故事顯然是延續秦始皇伐湘山樹而來,不僅遷怒於湘君,更封山以樹威。張芬等人從制度面分析道:

> 秦朝的「封山禁林」政策,從實質上講推行的是完全的國家所有制,
> 封建國家牢牢地控制了山林的所有、經營權和使用權〔註69〕。

不論是趕山或者封山,其發源背景都在秦統一天下後、始皇東巡的過程中。

〔註65〕商務印書館四庫全書出版工作委員會:《文津閣四庫全書・集部・楚辭類・第三五四冊》,頁714。

〔註66〕《西崑酬唱集注》卷上,頁162~163。

〔註67〕同註478,頁163~164。

〔註68〕《中國傳奇:歷史傳說故事》第三十四冊,頁150。臺南:莊嚴出版社,1990年7月二版。

〔註69〕張芬、楊乙丹、王鵬偉:〈解讀秦之「封山禁林」策〉,《安徽農業科學》,2005年,頁1561。

杜靖認為：

> 秦始皇的東巡，在客觀上改進了環渤海地區的交通狀況，遇山開道，
> 逢水架橋。這就為移山故事的產生及流傳創造了現實基礎。另外，
> 秦始皇在這一地區大量開山採石以築修長城，也為這類故事的創造
> 與傳承奠定了現實基礎〔註70〕。

或許故事就是在主觀上秦始皇「親巡遠方黎民，登茲泰山，周覽東極」〔註71〕，兼以客觀環境上發生「壞城郭，決通隄防」〔註72〕、「塹山堙谷」〔註73〕及「陵水經地」〔註74〕等情勢使然的環境下，醞釀形成的〔註75〕。

　　從〈孟姜女哭倒長城〉中可見民眾對於秦始皇築長城的政策呈現一片撻伐。人民在無力改變「一意孤行」的秦始皇築長程的事實，便只能透過「哭」來發洩怨恨，期望「哭」能上達天聽，由天來懲罰這個無視百姓疾苦的人間帝王，反秦暴政便成了「哭倒長城」的最佳註解，一種在意志上戰勝獨夫的精神勝利。不論是〈孟姜女哭倒長城〉，或是〈驪山神女〉、〈趕山〉傳說，都具有相當豐富、可供發揮的空間。然因《秦併六國平話》較忠於《史記》原始史料，樸實的文字和〈孟姜女故事〉這類精采而饒富趣味的民間故事比較起來，相形失色。在讀者反應不如預期熱烈的情況下，《秦併六國平話》的發展前景自然是逐漸萎縮。這是繼第二章談論平話敘述方式落於俗套之後，又一不利《秦併六國平話》發展的重要因素。

　　綜觀上述關於秦始皇的民間傳說，為數眾多，且情節相當分歧。筆者就共同情節，來源，並參考丁乃通《中國民間故事類型索引》、德‧艾伯華《中國民間故事類型》及劉守華《中國民間故事類型研究》等書，擇要整理如下：

〔註70〕 杜靖：〈『二郎擔山趕太陽』神話的由來與內涵〉，《民族文學研究》，2008 年，頁 45。

〔註71〕 詳見《秦始皇刻石考‧泰山刻石》，頁 27。臺北：文史哲出版社，1994 年 7 月初版。

〔註72〕 《史記》卷六《秦始皇本紀》，頁 251。北京：中華書局，1997 年北京第一版。

〔註73〕 同註485，頁 256。

〔註74〕 詳見《秦始皇刻石考‧琅邪臺刻石》，頁 37。臺北：文史哲出版社，1994 年 7 月初版。

〔註75〕 陳玉芳〈移山神話研究〉一文將〈秦始皇趕山〉故事析論出四個主要母題，其中之一便是「秦始皇奴役百姓」。又陳玉芳認為〈秦始皇趕山〉中塑造的秦始皇形象是「奢華好功的狂妄暴君」。詳閱陳玉芳：《移山神話研究》（彰化：國立彰化師範大學國文研究所碩士論文，2003 年），頁 160～168。

對應母題　　秦始皇傳說來源	丁乃通《中國民間故事類型索引》	德・艾伯華《中國民間故事類型》	劉守華《中國民間故事類型研究》	異同處
《中國傳奇：歷史傳說故事》秦始皇趕山（王寶玲、黃曉明《秦陵傳說軼事》稱作「龍鬚公主」〔註76〕）	592A1 煮海寶	39. 海龍王滿足願望	制服大海的寶物——「煮海寶」	相同： 1. 寶物同爲鞭子。 2. 主角使用寶物威脅到龍王。 3. 龍女巧奪趕山鞭的情節符合「煮海寶失靈型」故事。 相異： 1.「煮海寶」與「海龍王滿足願望」的主角皆向龍王索求一件禮物或要求成婚。而「秦始皇趕山」則無此情節。 2. 龍女用計奪回寶物的方法，在「煮海寶」故事類型中多半在與主角成婚後。而秦始皇趕山鞭則是幻化成狸貓，伺機奪回寶物。
唐・歐陽詢《藝文類聚》北魏・酈道元《水經注》「海神造橋」		101. 造橋		相同：神仙隱姓埋名前來，打好基礎。 變異：秦始皇觸怒海神而橋毀的結局，可視爲傳統「造橋」故事中「樹只給逃難的皇帝當橋用。用過之後它又豎立起來」一類的變形。
《中國民間故事選》〔註77〕「水推長城」	513. 超凡的好漢兄弟	208. 十個兄弟	各顯奇能的群體——「十兄弟」	相同： 1. 兄弟們向皇帝挑戰。

〔註76〕 王寶玲、黃曉明：《秦陵傳說佚事》（西安：陝西人民教育出版社，1993年11月初版），頁135。

〔註77〕 《水推長城》，束爲記，流傳於山西。參見《中國民間故事選》第一集，北京：作家出版社，1958年初版，頁75。

				2. 在抵抗國王的迫害中，每一個英雄運用他特殊的技能。 3.殺死暴君。 增添：秦始皇、長城。
《中國傳奇：歷史傳說故事》「孟姜女哭倒萬里長城」	888C 貞妻爲丈夫復仇	99. 建築犧牲者 210. 孟姜女		皆包含「失去丈夫」、「尋找丈夫的屍骨」、「復仇」等情節。
晉・干寶《搜神記》「由拳縣傳說」（始皇時，童謠曰：「城門有血，城當陷沒爲湖。」）	825A 懷疑的人促使預言中的洪水到來	47.洪水 1		相同： 1. 一人行善。 2. 作爲報答，他獲知洪水爆發的徵兆。 3. 其他的人開玩笑，仿制出這些徵兆。 4. 洪水果然爆發。 5. 只有這個人（和他的家屬）倖免於難。
清・楊廷烈《房縣志》「房縣毛人傳說」（王寶玲、黃曉明《秦陵傳說軼事》稱爲「毛女仙姑」〔註78〕）		130. 毛衣女		相同： 1. 一個人爲了免受虐待而逃跑。 2. 他在森林中生活，全身長滿了毛。 相異： 1. 房縣毛人不具有飛的能力。 2.「免受虐待」演變成逃避築長城、恐懼秦始皇酷役等情節。

從上述故事分析可得出兩個重點：

第一是「大多影射或直寫秦始皇的殘暴」。秦始皇因爲威脅到龍王，遂導致寶物消失。「水推長城」、「孟姜女哭倒長城」和「毛人傳說」都直接點明秦始皇暴虐不已，人民受不了而產生不同形式的反抗行動，或殺死皇帝，或以死明志，或逃避現狀。這類故事的共通性是都有個暴君，提到中國歷史上有名的暴君，人民自然而然會聯想到秦始皇，於是秦始皇就被套入這類模式的故事中。

〔註78〕 王寶玲、黃曉明：《秦陵傳說佚事》（西安：陝西人民教育出版社，1993 年 11 月初版），頁 46。

第二是「因犯錯而使得天怒人怨」。如「海神造橋」，秦始皇觸怒神靈而導致橋毀人亡。又如「孟姜女哭倒萬里長城」，因修築長城而導致家庭破碎，虐待役夫致死，使得孟姜女心生怨恨而作出反擊。

第四節　小　結

據筆者統計，整部《秦併六國平話》約四萬零四百餘字，而戰爭描寫的場景就有二萬四千餘字，包含六國會師函谷關、滅韓、滅趙（包含趙將李牧征伐匈奴）、滅燕（前後二次）、滅魏、滅楚及滅齊等戰役，約佔總書的 61％。《秦併六國平話》卷上約一萬五千六百餘字，戰爭描寫部分約一萬兩千五百餘字，即佔 80.09％。卷中約一萬一千六百餘字，戰爭描寫部分約八千九百字，也佔了 76.34％。而卷下約一萬三千餘字，戰爭描寫部分約有三千餘字，僅佔 23.13％。從統計數據也可發現，隨著秦始皇統一大勢的發展，戰爭描寫的比例亦隨之下降。蓋因秦併六國的過程多集中於卷上、卷中。故事發展至卷下，僅剩楚、齊兩國，至於統一後的零星戰役，包含秦末陳勝吳廣、劉邦項羽起義等僅略微提過。由此可知《秦併六國平話》偏重在描述戰爭。既然這麼大篇幅地描寫戰爭，則表現手法非得推陳出新、別具巧思不可，否則類似的戰爭場景一再出現，卻仍舊使用一貫的敘述套路，必然使讀者感到厭倦，因此我們可以說作者極少在營造劇情部份下工夫。這可從本章《秦併六國平話》未收入的民間傳說一探究竟。對於統一後的秦始皇描寫集中於卷下，扣除戰爭描寫僅剩不到一萬字，這還不包括對秦二世及秦末農民起義的敘寫，在這寥寥數千字中企圖面面俱到，恐怕有極高的困難度。也因此作者在民間傳說取捨的判斷就顯得非常重要。單就孟姜女故事而言，孟姜女哭倒長城實際上是反映自漢代以來，世人及帝王對秦始皇的指責和攻訐〔註 79〕，誠如郭志坤所說：

> 千百年來在這種輿論下（指漢代的統治者以及漢代思想家對秦始皇暴
> 行的指責），一提到秦始皇，好像一個凶神惡煞立刻出現在面前〔註80〕。

〔註79〕郭志坤列舉漢代人對秦始皇的十大指控，其中一條便是「徭役繁重」。而漢代統治者所以如此強烈地指控秦始皇，係作為漢代統治者貫徹「與民休息」政策的需要。詳見郭志坤《秦始皇大傳》，第二十四章〈千秋功過誰評說〉，上海：三聯書店，1989 年 3 月，頁 368〜373。

〔註80〕同註491，頁 368。

安插孟姜女傳說進入平話中，正可藉由它的歷史象徵來佐證秦始皇築長城實為弊多於利、勞民傷財之舉，一來更增添內容的深度，二來與《秦併六國平話》忠於史料的原則並無牴觸。事實上，驪山神女和趕山傳說亦有其歷史意義，作者未加以採納。如此看來，《秦併六國平話》作者在引用史料上相當積極，相對地在運用民間傳說部分卻顯得消沉。惟作者選擇採用正史，或因客觀上寫作素材取得不易，或因主觀上忠於史實而不願採納野史佚聞。礙於《秦併六國平話》作者早已亡佚，筆者無法考證。而後人在試圖演義《秦併六國平話》時，或許因其缺乏趣味性而紛紛作罷，這使得《秦併六國平話》在往後的發展中（特別是小說、演義）未能以嶄新面貌呈現世人，終歸無疾而沒。

第六章　結　論

第一節　秦始皇統一前後的形象差異

　　儘管《秦併六國平話》未能演義出更精采的小說，但我們仍不能忽略作者秉持的寫作觀點。整部《秦併六國平話》用了四分之三的篇幅來描寫秦併六國前的事件，雖然仍以戰爭主題，但透過調兵遣將與宮廷鬥爭的描述，我們依舊能夠看出統一前的秦始皇形象是「勤政」、「重視人才」、「善用謀略」、「廣納建言」。但〈荊軻刺秦王〉的故事卻反映出六國人民對於他兼併天下而無所不用其極的手段表達強烈不滿，作者同樣賦予他「暴戾無常」、「心狠手辣」的負面形象。方士口中的「天下之事無小大，皆決於上。日夜有呈。不中呈不得休息。」即秦始皇事必躬親，勤於政務的最佳寫照。他重視人才，鄭國造渠，「三百餘里以溉田」〔註1〕。尉繚獻計，始皇「見尉繚亢禮，衣服食飲，與繚同。」尉繚去秦，始皇「固止，以爲秦國尉。」廷議論伐楚，始皇輕信李信，大敗而歸，於是「自馳如頻陽，見謝王翦」始皇勇於悔悟，再次重用王翦，則荊地爲郡縣。秦始皇得天下除秦軍驍勇，兵臨城下、威加於敵之外，更善用尉繚、弱頓的謀略，使出收買、暗殺手段。離間計奏效，李牧之死與齊相后勝等事歷歷在目。只是這樣的「勤政」形象在燕丹、荊卿眼中卻是「心狠手辣」、「暴戾無常」，荊軻對樊於期一家受秦王族戮深感同情，燕丹對於秦始皇不顧「同爲質於趙」的情誼而苦苦相逼，頓生報復仇恨，於焉刺秦故事就這麼展開。張文立〈論秦始皇帝與呂不韋、嫪毒的關係〉指出：

〔註1〕參見《史記・李斯列傳》引唐・張守節《正義》，頁2541。北京：中華書局，1997年北京第一版。

　　　　秦始皇帝以父執名者有三個人：一爲其父莊襄王異人（後爲子楚），
　　　一爲他稱作仲父的相邦呂不韋，一爲自稱是他的假父的長信侯嫪
　　　毒。秦始皇帝與其仲父、假父的關係充滿了神秘、荒誕與微妙，給
　　　歷史留下了一些謎團；同時也影響著始皇帝的性格發展及行爲模式
　　　〔註2〕。

秦始皇生理缺陷的形象，並不是那麼重要〔註3〕，重點在於他心理上的缺陷（或
稱悲劇的性格）確實給自己和國家帶來許多災難。即在漢代的壁畫中，秦始
皇的形象更是遭到貶抑而顯出「狼狽」、「落難」姿態，實際上這是反映了西
漢一代對於秦始皇全面性的指責與批判。〈荊軻刺秦王〉故事最早出自《戰國
策》，因此，理當視爲漢代這一股指控的力量之一。亦即《秦併六國平話》在
秦統一前的描寫上，採取的觀點是有褒有貶。

　　　不過這樣「勤政」、「重視人才」的形象到了統一六國後，就再也看不見。
《秦併六國平話》描寫統一後的秦始皇躊躇滿志，左右盡是佞臣。他耽溺於
求仙長生，導致徐福與三千童男女盡喪，此時的他卻已聽不進逆耳忠言，坑
殺了批評他的諸生。誤信方士卻又不肯承認錯誤，熱衷成仙的同時又從成不
了仙的失落感中尋求解脫，以平衡自己的心理，於是他伐山赭樹、與海神戰
〔註4〕，反而招致湘君降罪。信仰對於他不過是種工具，登基後作爲自己神
權統治、秦代周德的理論〔註5〕。得天下後卻信仰到迷惑不解，分辨不清，

〔註2〕 張文立：〈論秦始皇帝與呂不韋、嫪毒的關係〉，《咸陽師範學院學報》，2008
　　　年1月，頁9。

〔註3〕 張衡《東京賦》：「周姬之末，政用多僻。嬴氏搏翼，擇肉西邑。是時也，七
　　　雄並爭，秦政利觜長距，終得擅場。」 劉筠《始皇》詩開頭也寫道：「利觜
　　　由來得擅場。」參見王仲犖：《西崑酬唱集注》（北京：中華書局，2007年11
　　　月初版），頁163。

〔註4〕 郭沫若說：「秦始皇和湘君鬥，和海神鬥，事實上是承認著有這樣的神。其所
　　　以敢於和它們鬥，是因爲他自信就是上帝的化身，在權威上還要高一等或數
　　　等。」參見《十批判書・呂不韋與秦王政的批判》，頁430。

〔註5〕 王紹東等人認爲秦始皇運用五德終始學說的目的主要卻是爲了說明秦朝代周
　　　而起的合理性，並指出：「在戰國時期，五德終始學說的影響遍及社會各個
　　　階層，人們在社會生活的方方面面都廣泛運用這一學說，現在把它用在說明
　　　秦滅六國代周而統治天下上，這無疑有利於人們對秦朝政權合法性的認同，
　　　有利於秦始皇皇帝地位的鞏固和君主權力的加強。至於五德運行對君主道德
　　　上的要求，特別是在『仁義節儉』上的要求，秦始皇則避而不談，因爲他追
　　　求的是盡可能大的權力，希望獨斷獨裁，滿足個人的野心和欲望，絕不情願
　　　給自己的行爲加上道德的約束。」參見王紹東、白音查幹：〈論秦始皇對五德
　　　終始學說的改造〉，《人文雜志》，2003年，頁127。

甚至神態失常，可說是「迷信」。因為「迷信」而耽誤了政務，關閉察納雅言
的大門，企圖透過暴力手段箝制思想〔註6〕，遂致使國家步入衰亡一途，這就
是「誤國」。因為一紙讖緯圖書而妄動干戈，移民實邊，徭役築城，未蒙其利
反先受其害，這就是「擾民」。因此，歸納《秦併六國平話》描寫秦始皇統一
後的形象不外乎「迷信」、「誤國」、「擾民」。許多的民間傳說正是此一脈絡逐
漸發展、擴大而來，例如侯生當面咒罵秦始皇迷信誤國的傳說，便深刻描繪
出秦始皇對神仙之說執迷不悟的愚昧形象。

第二節　《秦併六國平話》特色

　　《秦併六國平話》又名《秦始皇傳》，以秦始皇帝業的興衰為敘述主軸，
其中八成以上的內容主要是根據《史記‧秦始皇本紀》敷演。而作為民間文
學創作——講史平話文體的《秦併六國平話》，係由「說話」技藝轉化而來的
書面通俗文學讀物，如同一般通俗化史著，在「敘事方式」和「語言文字」
兩項通俗化特徵上別具特色。在敘事上採用了廣受民眾好評的通俗詩歌來作
開場，經統計尤以七言詩四十二首佔最大宗，其功能或總結上文，預示下文。
或者對於人物事件提出評論。評議褒貶則莫過於引經據典，於是大量引用詠
史詩便成為評論時的重頭戲。而根據《秦併六國平話》與《史記》比較分析
後，可歸納出三點特色。其一是「忠於史實」。整部平話超過95%是源自《史
記》，獨〈始皇出詔併六國〉和「徐福渡海求仙」〔註7〕二處屬於文學創作。《秦
併六國平話》雖倚重正史，卻仍有諸多敘述與史不符，但還稱得上是「八九
分真實」。其二是「以傳奇故事補史之不足」。《秦併六國平話》擴寫敷衍較成
功處有二。其一是〈始皇出詔併六國〉。其二是徐福渡海求仙。作為頭回〔註8〕
之後進入正題的第一篇，即擬出秦王賫降書而招致六國攻秦的情節，作為秦
併六國合理化的基礎，達到承接上文、串聯後事的功能。又徐福渡海求仙至

〔註6〕對於秦始皇欲定思想於一尊的做法，錢穆認為：「政治家過於自信，欲以一
　　　　己之意見，強天下以必從，而不知其流弊之深，為禍之烈也。」參見錢穆：《秦
　　　　漢史》（臺北：東大，2007年6月二版），頁19。
〔註7〕該故事附於〈始皇封大夫松〉。由於該篇其他記述內容如「封五大夫」、「伐〔湘〕
　　　　山赭樹」之事皆見於《史記‧秦始皇本紀》，固不能一概而論。是以僅將該故
　　　　事提出說明，而不以篇名論之。
〔註8〕《秦併六國平話》卷上第一篇〈周平王下堂見諸侯〉雖無頭回之名，實有得
　　　　勝頭回之功能，是以本文將〈周平王下堂見諸侯〉視為頭回。

「三神仙之祠」的處理可謂別出心裁，可惜類似的佳作僅佔《秦併六國平話》不到 5%。其三是「戰爭描寫多」。由於《秦併六國平話》描寫側重於兼併六國的過程，因此對於秦的統一戰爭多所著墨。惟描寫戰爭時不離「講布陣、說人物裝扮，打話、大戰、詐敗、掩殺（喊殺）、分出勝敗。」，反復使用套路，情節敘述上稍嫌僵滯，是一敗筆。惟套路運用在人物描寫上，人物的相像反倒使得故事線索簡單化，容易理解、記憶，造成正面的效果。

　　《秦併六國平話》儘管用語通俗，貼近民眾。以演義元刊《全相平話五種》作爲歷史小說發展平臺的明、清時期，卻未見其蹤跡。筆者認爲原因有二。其一是「過多地使用套路」。正因爲《秦併六國平話》反復再三地使用套路來描寫戰爭故事，情節單調枯燥遂成爲不可避免的結果，這足以說明《秦併六國平話》缺乏應有的傳奇特色，因而也缺乏對讀者的吸引力。其二是「未能善用民間傳說」。正如第五章所論述，《秦併六國平話》作者在引用史料上相當積極，相對地在運用民間傳說部分相對保守。諸如〈孟姜女哭倒長城〉、〈驪山神女〉及〈秦始皇趕山〉等民間傳說從內容上看，或實或虛，然皆與其時的社會生活、政治變化有密切關聯，甚至是當時某些重大歷史事件的直接反應。正由於它具時代性，反映社會，褒貶贊抑，本身也帶有史學的意義和價值，在引用上並不違背「忠於史實」的原則，實際上反倒能彌補史實的不足。《秦併六國平話》作者取捨材料時顯然偏重歷史，但在謹依史實而缺乏鋪陳與趣味的情形下，使得《秦併六國平話》在明、清演義和小說盛極一時的潮流下，面臨發展的瓶頸而逐漸萎縮。

　　明、清時代諸多歷史、神怪小說的寫作素材都汲取自元刊《全相平話五種》中的講史平話〔註9〕，獨缺《秦併六國平話》未出現更精采的改寫。民間所流傳關於秦始皇的描寫包羅萬象，本研究僅針對《秦併六國平話》相關的傳說、童謠與詩歌類作分析。事實上，礙於篇幅尚有許多民間文學作品未能一一探討，諸如傳奇、戲曲、小說，甚至是其它藝術作品如石刻、壁畫等，有待另行撰文探究。畢竟秦始皇的事蹟與形象如同萬里長城一樣，已在人民心裡深深的打上了個烙印，而有關秦始皇的文學題材也總是聽不盡、說不完的。

〔註9〕《武王伐紂平話》孕育了明代許仲琳《封神演義》。《三國志平話》成爲明羅貫中《三國演義》的創作母題。

第三節 秦始皇意象的寫作策略

　　自從秦始皇帝陵重見天日以來，有關秦始皇、兵馬俑的文學創作便陸續問世。如本文在研究背景所提李碧華《秦俑》、倪匡《活俑》、《異寶》、黃易《尋秦記》等小說，都能將秦始皇與兵馬俑等議題發揮地淋漓盡致，再現二千年前泱泱大秦的風采。本研究對《秦併六國平話》作者求全責備的目的，是爲今日秦始皇傳記的書寫，提出寫作策略的參考。以下謹就寫作策略提出三點建議：

　　第一是「以不違背歷史爲原則」。前提是創作者本身需熟悉歷史，對典故瞭如指掌。以《秦併六國平話》來說，超過 95% 是來自《史記》，是一部純粹的歷史小說，但並非謹按歷史就難以有所發揮。歷代成功的歷史小說不勝枚舉，如清・蔡元放《東周列國志》就是最佳例證。唯內容必須相當精粹，《秦併六國平話》大量描寫殘酷的戰爭，卻屢屢使用重覆套語，看前段便猜得到往後的發展，如此容易使讀者倦怠。最佳的情節安排是能層次多變，引人入勝，深深吸引讀者一探究竟。此外，運用考古資料是今人優勢，但前代學者所提意見亦應嚴格加以選擇，以力求科學實證。

　　第二是「配合歷史事件的相關背景知識」。舉例來說，《秦併六國平話》既以秦始皇統一六國的過程爲故事中心，則呂不韋、李斯等股肱重臣理應佔有相當篇幅才是。事實上，《秦併六國平話》的呂不韋僅在「奇貨可居」一段大顯身手，之後的出場便是嫪毐叛亂後的不堪，最終畏罪自盡，何其悽涼。至於李斯，則侷限於《諫逐客書》和矯詔立君兩段，同樣落得「悲犬咸陽」的悽涼晚景。梁啓超《中國歷史研究法》爲李斯的歷史處理發出不平之鳴，他說：

> 秦代的開國功臣李斯，爲二世所殺，斯死不久，秦國亦亡。漢人對於秦人，因爲有取而代之的關係，當然不會說他好。《史記》的《李斯傳》，令人讀之不生好感。李斯旁的文章很多，一概不登：只登他的《諫逐客書》及《對二世書》，總不免有點史家上下其手的色彩。……李斯是一個大學者，又是頭一個統一時代的宰相，憑他的學問和事功，都算得歷史上的偉大人物，很值得表彰一下。不過遲至現在，史料大多湮沒，祇好將舊有資料補充補充。看漢人引用秦人制度的地方有多少。也許可以看出李斯的遺型。總之李斯的價值要從新規定一番，是無疑的〔註10〕。

〔註10〕 參見梁啓超：《中國歷史研究法》（臺北：里仁書局，1994 年 12 月初版），頁231～232。

其他像是配合山水、歷史、地理等背景知識，詳細考證後再呈現給讀者，除展現創作者個人史學考究功力外，更能提供讀者一個更貼近史實面貌的作品。

第三是「適當地運用歷史空白處」。所謂「運用歷史空白處」即杜維運所說的「歷史想像」。〔註11〕小說創作需要的並非完全的真實，而是巧妙地、適當地填補真實的空白處。運用歷史想像，將自己放入歷史之中，進入歷史的情況，進入歷史的時間，進入歷史的空間，然後由此想像當時可能發生的一切。如此易於得到歷史真理，而除去一些後代的附會。〔註12〕例如燕丹質留秦國時，過的是何種生活？究竟發生了哪些大事？又與秦始皇間有什麼對話？這都是歷史的空白，但《西京雜記》卻安排「烏白頭，馬生角」、「機發之橋」等情節，並且聯繫起燕丹怨秦始皇的事實，賦予讀者歷史的完整性與合理性，且饒富趣味，這樣便算是成功的小說寫作。又如琴女彈琴的情節，可說是由侍醫夏無且擲藥箱演變而來，雖然文字稍遜於《西京雜記》，卻也不失為成功的敷衍故事。

總言之，未來對於秦始皇傳記的創作將朝向「能否寫作純史學而又趣味盎然的傳記」的目標。事實上這是絕對可能的。馬先醒〈國史「細說體」的創立及其特色〉便大力推崇黎東方新創的「細說體」，馬先醒指出：「於當世新創三種史體中（另兩種為口述歷史和傳記文學），唯有『細說體』可大可久，細說古代時，文彩斐然，引人入勝，兼又發揮『釋史』作用，以深入淺出的筆法，闡述令人望而生畏的史籍。」〔註13〕談到「細說體」的特色又說：「『細說體』最大的特色，尤在於其可讀性高。……另一特色則是除了使歷史人物立足於正確顯明的地點上之外，更使讀者眼前展現出一個清晰的歷史舞臺。」〔註14〕是以這樣一部「狀人，栩栩如生；記事，委婉確切；議論，鞭辟入裡；述學，更慧眼獨具，超卓不群」〔註15〕的史學體例確實達到「純史學而又趣味盎然」的目標，無怪乎黎東方《新三國》、《細說清朝》等作品能夠成為抗戰時期風靡一時的讀物。秦始皇的形象可分為歷史的真貌與根據民間傳說的

〔註11〕 杜維運指出：「歷史上很多地方是割裂的，是不連貫的。資料的殘缺不全，促使這種情勢出現。所以一部上下數千年綿延發展不絕的連貫性的歷史，實際上不存在，其連貫是出於史學家的想像。」參見杜維運：《史學方法論》（北京：北京大學出版社，2006年5月初版），頁149。

〔註12〕 同註503，頁150。

〔註13〕 馬先醒：〈國史「細說體」的創立及其特色〉，《簡牘學報》，1986年，頁109。

〔註14〕 同註505，頁110～111。

〔註15〕 同註505，頁109～110。

想像兩種，由黎東方「細說體」的例子看來，《秦併六國平話》不一定非得加上民間傳說才能生動有趣。相反地，作者忠於史實的筆法還原了歷史眞相，引導讀者認識眞實可靠的秦始皇形象。黎東方以學者身分講史，配合地下新出土資料，一樣可以將純史學講述得精采絕倫，斷不能因爲作者未採用傳說佚聞便否定其價值。「細說體」的例子給予吾人非常好的啓示，即史實與趣味性並非矛盾，仍可兩全其美。

　　秦始皇意象作爲中國文學創作永恆的創作題材，今後仍將源源不絕、繼續不斷地有創作作品出版。以上三點是筆者針對《秦併六國平話》所提出的寫作建議，期望能提供今人在秦始皇文學創作上一點幫助。

參考書目

一、專書

（一）平話

1. 丁錫根點校：《宋元平話集》，上海：上海古籍出版社，1990 年初版。

2. 鍾兆華著：《元刊全相平話五種校注》，成都：巴蜀書社，1990 年 2 月初版一刷。

3. 陳汝衡著：《說書史話》，北京：作家出版社，1958 年初版。

4. 胡懷琛著：《中國小說論》，臺北：清流出版社，1971 年初版。

5. 胡士瑩著：《話本小說概論》，北京：中華書局，1980 年 5 月初版一刷。

6. 鄭振鐸著：《鄭振鐸古典文學論文集》，上海：上海古籍出版社，1984 年 1 月初版一刷。

7. 龍潛庵編著：《宋元語言詞典》，上海：上海辭書出版社，1985 年。

8. 譚達先：《中國評書（評話）研究》，臺北：臺灣商務印書館，1992 年初版二刷。

9. 潘樹廣主編：《中國文學史料學》，合肥：黃山書社，1992 年 8 月初版一刷。

10. 寧宗一：《中國小說學通論》，合肥：安徽教育出版社，1995 年 12 月初版一刷。

11. 蕭相愷：《宋元小說史》，杭州：浙江古籍出版社，1997 年 6 月初版。

12. 黃徵、張湧泉：《敦煌變文校注》，北京：中華書局，1997 年 5 月初版一刷。

13. 許鋼著：《詠史詩與中國泛歷史主義》，臺北：水牛出版社，1997 年 8 月初版。

14. 程毅中：《宋元小說研究》，南京：江蘇古籍出版社，1998 年 2 月初版。

15. 魯迅撰，郭豫適導讀：《中國小說史略》，上海：上海古籍出版社，2001年12月六刷。

16. 莊濤、胡敦驊、梁冠群著：《新版寫作大辭典》，上海：漢語大辭典出版社，2003年8月初版一刷。

17. 范伯群、孔慶東主編：《通俗文學十五講》，北京：北京大學出版社，2004年6月初版三刷。

18. 鄭振鐸著：《插圖本中國文學史》，上海：上海人民出版社，2006年5月初版二刷。

19. 胡萬川著：《民間文學的理論與實際》，新竹：清華大學出版社，2005年6月初版二刷。

20. 王慶華：《話本小說文體研究》，上海：華東師範大學出版社，2006年初版一刷。

（二）秦始皇傳記

1. 馬非百編著：《秦始皇帝傳》，南京：江蘇古籍出版社，1985年6月初版一刷。

2. 日‧吉川忠夫著，紀太平、韓昇譯：《秦始皇》，西安：三秦出版社，1989年2月初版一刷。

3. 郭志坤著：《秦始皇大傳》，上海：三聯書店，1989年3月初版一刷。

4. 趙山虎、陸升武、張天傑、周培芳編著：《秦皇父子——始皇帝與秦二世》，西安：陝西旅遊出版社，1992年1月初版一刷。

5. 陳靜著：《秦始皇評傳——偉大的暴君》，南寧：廣西教育出版社，1997年7月初版一刷。

6. 黃中業著：《秦始皇嬴政傳》，吉林：吉林人民出版社，1997年7月初版一刷。

7. 張文立著：《秦始皇評傳》，臺北：里仁書局，2000年11月初版一刷。

8. 馮國超主編：《中國皇帝大傳：秦始皇傳》，北京：中國戲劇出版社，2001年3月初版一刷。

（三）秦漢史專書

1. 馬非百編著：《秦集史》，北京：中華書局，1982年8月初版一刷。

2. 王明閣編著：《先秦史》，哈爾濱：黑龍江人民出版社，1983年3月初版一刷。

3. 栗勁著：《秦律通論》，濟南：山東人民出版社，1985年5月初版一刷。

4. 陝西省考古研究所、始皇陵秦俑坑考古發掘隊：《秦始皇陵兵馬俑坑1號坑發掘報告（1974—1984）》，北京：文物出版社，1988年初版。

5. 張占民著:《秦俑縱橫談》,西安:西安大學出版社,1990 年 3 月初版一刷。

6. 林劍鳴著:《秦史》,臺北:五南圖書出版公司,1992 年 12 月初版。

7. 黃新亞著:《三秦文化》,瀋陽:遼寧教育出版社,1993 年 5 月初版一刷。

8. 徐富昌著:《睡虎地秦簡研究》,臺北:文史哲出版社,1993 年 5 月初版一刷。

9. 王學理、尚志儒、呼林貴等著:《秦物質文化史》,西安:三秦出版社,1994 年 6 月初版一刷。

10. 吳福助著:《秦始皇刻石考》,臺北:文史哲出版社,1994 年 7 月初版。

11. 吳福助著:《睡虎地秦簡論考》,臺北:文津出版社,1994 年 7 月初版。

12. 王學理著:《秦始皇陵研究》,上海:上海人民出版社,1994 年 12 月初版一刷。

13. 秦始皇兵馬俑博物館著:《秦皇陵地下兵團:陝西臨潼兵馬俑》,北京:文物出版社,1994 年 12 月初版一刷。

14. 李學勤著:《簡帛佚籍與學術史》,臺北:時報文化出版公司,1994 年 12 月初版。

15. 徐衛民、賀潤坤著:《秦政治思想述略》,西安:陝西人民教育出版社,1995 年 7 月初版一刷。

16. 谷方著:《韓非與中國文化》,貴陽:貴州人民出版社,1996 年 1 月初版一刷。

17. 繆文遠著:《戰國史繫年輯證》,成都:巴蜀書社,1997 年 1 月初版一刷。

18. 繆文遠著:《戰國制度通考》,成都:巴蜀書社,1998 年 9 月初版一刷。

19. 熊鐵基撰:《秦漢文化志》,上海:上海人民出版社,1998 年 10 月初版一刷。

20. 田靜編:《秦史研究論著目錄》,西安:陝西人民教育出版社,1999 年 7 月初版一刷。

21. 徐衛民著:《秦都城研究》,西安:陝西人民教育出版社,1999 年 12 月初版一刷。

22. 王關成、郭淑珍著:《秦軍事史》,西安:陝西人民教育出版社,2000 年 10 月初版一刷。

23. 國立歷史博物館編輯委員會編輯:《兵馬俑——秦文化特展》,臺北:史博館,2000 年 12 月初版。

24. 晁福林著:《先秦民俗史》,上海:上海人民出版社,2001 年 1 月初版一刷。

25. 翦伯贊著:《秦漢史》,臺北:雲龍出版社,2003 年 4 月初版一刷。

26. 李玉福著：《秦漢制度史論》，濟南：山東大學出版社，2004 年 3 月初版三刷。

27. 程世和著：《漢初士風與漢初文學》，北京：中國社會科學出版社，2004 年 6 月初版一刷。

28. 徐衛民著：《秦漢歷史地理研究》，西安：三秦出版社，2005 年 2 月初版一刷。

29. 呂思勉著：《先秦史》，上海：上海古籍出版社，2005 年 7 月初版一刷。

30. 楊寬著：《戰國史》，臺北：臺灣商務印書館，2005 年 7 月初版九刷。

31. 金鐵木著：《帝國軍團——秦軍祕史》，北京：中華書局，2005 年 8 月初版三刷。

32. 田餘慶著：《秦漢魏晉史探微》，北京：中華書局，2006 年 1 月新一版二刷。

33. 傅武光、賴炎元注譯：《新譯韓非子》，臺北：三民書局，2006 年 1 月初版四刷。

34. 王子今著：《秦漢社會史論考》，北京：商務印書館，2006 年 12 月初版一刷。

35. 韓復智、葉達雄、邵台新、陳文豪等編著：《秦漢史》，臺北：里仁，2007 年 1 月增訂一版。

36. 熊鐵基著：《秦漢文化史》，上海：東方出版中心，2007 年 5 月初版一刷。

37. 英·崔瑞德、魯惟一編，楊品泉等譯：《劍橋中國秦漢史（公元前 221～公元 220 年）》，北京：中國社會科學出版社，2007 年 6 月初版三刷。

38. 錢穆著：《秦漢史》，臺北：東大，2007 年 6 月二版一刷。

39. 李學勤著：《東周與秦代文明》，上海：上海人民出版社，2007 年 11 月初版一刷。

40. 李山著：《先秦文化史講義》，北京：中華書局，2008 年 2 月初版一刷。

（四）古代文獻

1. 漢·司馬遷撰，宋·裴駰集解，唐·司馬貞索隱，唐·張守節正義：《史記》，北京：中華書局，1997 年北京第一版。

2. 張大可編著：《史記全本新注》，西安：三秦出版社，1990 年初版。

3. 漢·賈誼撰，閻振益、鍾夏校注：《新書校注》，北京：中華書局，2007 年 7 月初版二刷。

4. 漢·劉向著，王鍈、王天海譯注：《說苑》，臺北：臺灣古籍出版社，1996 年 7 月初版一刷。

5. 漢·王褒等撰，陳曉捷輯注：《關中佚志輯注》，西安：三秦出版社，2006 年 1 月初版一刷。

6. 漢・班固撰：《前漢書》，臺北：中華書局，1981 年初版。

7. 漢・劉向撰：《列女傳》，臺北：中華書局，1981 年初版。

8. 晉・王嘉撰：《拾遺記》，臺北：木鐸出版社，1982 年 2 月初版。

9. 晉・葛洪著：《西京雜記》，北京：中華書局，1985 年初版。

10. 晉・干寶著，黃鈞注譯：《新譯搜神記》，臺北：三民，2006 年 3 月初版三刷。

11. 北魏・酈道元著，陳橋驛、葉光亭、葉揚譯注：《水經注全譯》，貴陽：貴州人民出版社，2008 年 9 月初版一刷。

12. 北周・庾信著：《庾子山集注》，台北：中華書局，1981 年初版。

13. 唐・歐陽詢撰，汪紹楹校：《藝文類聚》，上海：上海古籍出版社，1999 年 5 月新二版一刷。

14. 唐・房玄齡等撰：《晉書》，北京：中華書局，1998 年版。

15. 唐・劉知幾撰，清・浦起龍釋：《史通通釋》，臺北：九思出版有限公司，1978 年臺一版。

16. 唐・李吉甫撰，賀次君點校：《元和郡縣圖志》，北京：中華書局，2005 年 1 月初版二刷。

17. 唐・柳宗元等著：《論秦始皇》，上海：上海人民出版社，1974 年 6 月初版一刷。

18. 唐・胡曾撰，陳蓋注詩、米崇吉評注：《新彫注胡曾詠史詩》，臺北：臺灣商務印書館，1981 年。

19. 宋・楊億編，王仲犖著：《西崑酬唱集注》，北京：中華書局，2007 年 11 月初版二刷。

20. 宋・司馬光編著、元・胡三省音注：《資治通鑑》，北京：中華書局，2005 年 4 月初版七刷。

21. 宋・郭茂倩編：《樂府詩集》，北京：中華書局，2007 年 6 月初版七刷。

22. 宋・孟元老撰，鄧之誠注：《東京夢華錄注》，北京：中華書局，2008 年 6 月初版三刷。

23. 元・辛文房著，李立朴譯注：《唐才子傳》，臺北：臺灣古籍出版社，1997 年初版。

24. 清・楊廷烈纂修：《中國方志叢書・華中地方・第三二九號・湖北省房縣志》，臺北：成文出版社，1989 年初版。

25. 清・梁玉繩撰，賀次君點校：《史記志疑》，北京：中華書局，2006 年 7 月初版二刷。

26. 清・孫星衍撰：《尚書今古文注疏》，臺北：中華書局，1981 年初版。

27. 不著撰人：《燕丹子》，臺北：中華書局，1972 年初版。

28. 黃紹筠著：《中國第一部經濟史——漢書食貨志》，北京：中國經濟出版社，1991 年 8 月初版一刷。

29. 李零譯注：《孫子兵法注譯》，成都：巴蜀書社，1991 年 10 月初版一刷。

30. 王利器校注：《鹽鐵論校注》，北京：中華書局，1996 年 9 月初版二刷。

31. 四庫全書存目叢書編纂委員會編纂：《四庫全書存目叢書·集部二五五》，臺南：莊嚴文化，1997 年 6 月初版一刷。

32. 陳奇猷校譯：《呂氏春秋新校譯》，上海：上海古籍出版社，2002 年 4 月初版一刷。

33. 商務印書館四庫全書出版工作委員會編：《文津閣四庫全書·子部·雜家類·第二八〇冊》，北京：商務印書館，2005 年初版。

34. 商務印書館四庫全書出版工作委員會編：《文津閣四庫全書·子部·雜家類·第二九六冊》，北京：商務印書館，2005 年初版。

35. 商務印書館四庫全書出版工作委員會編：《文津閣四庫全書·子部·雜家類·第二九八冊》，北京：商務印書館，2005 年初版。

36. 商務印書館四庫全書出版工作委員會編：《文津閣四庫全書·子部·小說家類·第三四七冊》，北京：商務印書館，2005 年初版。

37. 商務印書館四庫全書出版工作委員會編：《文津閣四庫全書·子部·小說家類·第三四八冊》，北京：商務印書館，2005 年初版。

38. 商務印書館四庫全書出版工作委員會編：《文津閣四庫全書·集部·楚辭類·第三五四冊》，北京：商務印書館，2005 年初版。

39. 劉慶柱輯注：《三秦記輯注·關中記輯注》，西安：三秦出版社，2006 年 1 月初版一刷。

40. 何清谷校注：《三輔黃圖校注》，西安：三秦出版社，2006 年 1 月二版一刷。

41. 王紅旗解說，孫曉琴繪圖：《圖說山海經》，臺北：尖端出版，2006 年 7 月初版三刷。

42. 楊天宇撰：《禮記譯注》，上海：上海古籍出版社，2007 年 4 月新一版五刷。

43. 諸祖耿編撰：《戰國策集注匯考：增補本》，南京：鳳凰出版社，2008 年 12 月初版一刷。

（五）民間故事

1. 天鷹著：《中國民間故事初探》，上海：上海文藝出版社，1981 年初版。

2. 姜濤主編：《中國傳奇：歷史傳說故事》，臺南：莊嚴出版社，1990 年 7 月二版一刷。

3. 王寶玲、黃曉明編著：《秦陵傳說佚事》，西安：陝西人民教育出版社，1993 年 11 月初版一刷。

4. 德‧艾伯華著，王燕生、周祖生譯：《中國民間故事類型》，北京：商務印書館，1999 年 2 月初版一刷。

5. 劉守華主編：《中國民間故事類型研究》，武漢：華中師範大學出版社，2002 年 10 月初版一刷。

6. 美‧丁乃通編著：《中國民間故事類型索引》，武漢：華中師範大學出版社，2008 年 4 月初版一刷。

7. 顧頡剛等著：《名家談孟姜女哭長城》，北京：文化藝術出版社，2006 年 1 月初版一刷。

（六）其他

1. 張傳璽主編：《戰國秦漢史論著索引、續編、三編》，北京：北京大學出版社，1983、1992、2002 年。

2. 黃仁宇著：《赫遜河畔談中國歷史》，臺北：時報文化，1985 年 6 月初版。

3. 郭沫若著：《十批判書》，臺北：古楓出版社，1986 年初版。

4. 趙吉惠著：《歷史學方法論》，成都：四川人民出版社，1987 年 9 月初版一刷。

5. 丁仲祜著：《陶淵明詩箋注》，臺北：藝文印書館，1989 年 1 月六版。

6. 李解民著：《古代禮治風俗漫談》，北京：中華書局，1992 年初版。

7. 李治安、杜家驥著：《中國古代官僚政治——中國古代行政管理及官僚病剖析》，北京：書目文獻出版社，1993 年 11 月初版。

8. 張洪水著：《帝王與土地》，南京：江蘇古籍出版社，1993 年 12 月初版一刷。

9. 謝貴安：《中國謠諺與古代社會——謠諺與古代社會》，武漢：華中理工大學出版社，1994 年 10 月初版。

10. 梁啓超著：《中國歷史研究法》，臺北：里仁書局，1994 年 12 月初版。

11. 周良霄著：《皇帝與皇權》，上海：上海古籍出版社，1999 年 4 月初版一刷。

12. 黃益庸編著：《歷代詠史詩》，北京：大眾文藝出版社，2000 年 1 月初版一刷。

13. 王先霈主編：《文學批評原理》，武漢：華中師範大學出版社，2002 年 2 月初版三刷。

14. 黃堅厚著：《人格心理學》，臺北：心理出版社，2002 年 3 月初版三刷。

15. 陳俊強著：《皇恩浩蕩——皇帝統治的另一面》，臺北：五南出版社，2005 年 7 月初版一刷。

16. 杜維運著：《史學方法論》，北京：北京大學出版社，2006 年 5 月初版一刷。

17. 呂肖奐著：《中國古代民謠研究》，成都：巴蜀書社，2006 年 11 月初版。

二、期刊論文

（一）平話文體

1. 馬先醒：〈國史「細說體」的創立及其特色〉，《簡牘學報》，1986 年 9 月，十二期。

2. 章培恒：〈關於現存的所謂「宋話本」〉，《上海大學學報》，1996 年，第一期。

3. 高思嘉：〈唐宋「說話」的演變〉，《四川師範大學學報〈社會科學版〉》，1996 年 4 月，二三卷二期。

4. 楊建國、項朝暉：〈宋元講史話本的通俗化特徵初探〉，《中國文化研究》，2000 年 1 月，第一期（總第 27 期）。

5. 羅書華：〈史傳與章回小說間的重要一環──講史的角色創造論〉，《西南民族學院學報〈哲學社會科學版〉》，2000 年 1 月，總二一卷一期。

6. 樓含松：〈史學新變和講史的興盛〉，《浙江大學學報〈人文社會科學版〉》，2000 年 2 月，三十卷一期。

7. 樓含松：〈講史平話的體制與款式〉，《浙江大學學報〈人文社會科學版〉》，2004 年 9 月，三四卷五期。

8. 樓含松：〈擬史：宋元講史平話的敘事策略〉，《浙江大學學報〈人文社會科學版〉》，2006 年 9 月，三六卷五期。

9. 盧世華：〈早期歷史小說的傳奇審美─元代平話中的人物故事〉，《阜陽師範學院學報〈社會科學版〉》，2008 年，第三期（總 123 期）。

10. 鄭銳：〈宋元講史平話的史學史研究價值〉，《江淮論壇》，2008 年，第四期。

（二）詠史詩

1. 施之愉：〈唐代科舉制度與五言詩的關係〉，《東方雜誌》，1943 年，卷四十。

2. 吳代芳：〈評胡曾詠史詩的得失〉，《邵陽師專學報》，1994 年，第三期。

3. 王慶堂：〈胡曾詠史詩的思想內容和藝術特色〉，《邵陽師專學報》，1994 年，第三期。

4. 蔡鎮楚：〈論胡增的詠史詩〉，《邵陽師專學報》，1994 年，第三期。

5. 田耕宇：〈詩心‧哲理‧史論──論晚唐詠史詩的現實關懷及藝術表現〉，《西南民族學院學報〈哲學社會科學版〉》，2000 年 12 月，二一卷一二期。

6. 高建新、張映夢：〈詠史詩：閱盡興亡千古事〉，《零陵師範高等專科學校學報》，2001 年，二二卷五期。

7. 黃秀坤、楊桂平：〈唐末周曇、胡曾詩的《史記》淵源解析〉，《北華大學學報〈社會科學版〉》，2002 年，三卷三期。

8. 李小菊：〈敘述者與吟詠者——論歷史演義與詠史詩〉，《洛陽師範學院學報》，2005 年，第四期。

9. 章建文：〈詠史詩成因的文化分析〉，《安徽教育學院學報》，2006 年，二四卷五期。

10. 聞克：〈全項平話五種〉，《曲藝》，2007 年，第三期。

（三）秦始皇研究

1. 趙立新、翟艷芳：〈秦始皇的用人藝術〉，《思維與智慧》（1997 年），第一期。

2. 陳相靈、陳效衛：〈秦在統一六國中遏制與反遏制策略的運用〉，《西安外國語學院學報〈哲學社會科學版〉》，1997 年，第二期。

3. 奚椿年：〈秦始皇的神仙思想與秦之速亡〉，《江海學刊》，2000 年，第二期。

4. 張占民：〈秦始皇生平考略〉，《西安電子科技大學學報〈社會科學版〉》，2001 年 6 月，十一卷二期。

5. 劉心長：〈秦始皇出生地考證〉，《邯鄲師專學報》，2002 年 3 月，十二卷一期。

6. 周新芳：〈秦始皇帝的東方情結〉，《管子學刊》，2003 年，第二期。

7. 王紹東、白音查幹：〈論秦始皇對五德終始學說的改造〉，《人文雜志》，2003 年，第六期。

8. 張華松：〈秦始皇伐赭湘山發微〉，《東嶽論叢》，2004 年 3 月，二五卷二期。

9. 周詩高：〈《燕丹子》與《荊軻列傳》人物塑造之比較〉，《語文學刊〈高教版〉》，2006 年，第三期。

10. 庾晉：〈秦始皇的容人之道〉，《文史天地》（2007 年），第二期。

11. 汪逸：〈徐福的傳說與秦民東渡〉，《安徽教育學院學報》，2007 年 7 月，二五卷四期。

12. 張文立：〈論秦始皇帝與呂不韋、嫪毐的關係〉，《咸陽師範學院學報》，2008 年 1 月，二三卷一期。

13. 石宇：〈秦始皇生身問題初探〉，《遼寧廣播電視大學學報》，2008 年，第三期。

14. 楊小鳳：〈英雄的悲劇——論《戰國策》之刺客的悲劇命運〉，《現代語文〈文學研究版〉》，2008 年 6 月。

15. 李澤需：〈《史記·荊軻傳》與《燕丹子》之比較〉，《語文學刊》，2008 年 7 月。

（四）秦社會文化研究

1. 黃留珠：〈重新認識秦文化〉，《西北大學學報〈哲學社會科學版〉》，1996年，二六卷二期。

2. 王紹東：〈論神仙學說對秦始皇及其統治政策的影響〉，《內蒙古大學學報〈人文社會科學版〉》，2000年1月，三二卷一期。

3. 高梅：〈秦漢時期沂蒙人民反抗鬥爭評述〉，《臨沂師範學院學報》，2002年4月，二四卷二期。

4. 梁中效：〈秦文化與西部時代〉，《西南師範大學學報〈人文社會科學版〉》，2002年9月，二八卷五期。

5. 劉仲宇：〈劉晨阮肇入桃源故事的文化透視〉，《中國道教》，2002年，第六期。

6. 陳智勇：〈試析春秋戰國時期的海洋文化〉，《鄭州大學學報〈哲學社會科學版〉》，2003年9月，三六卷五期。

7. 王世榮：〈秦人政治文化的特色〉，《西北大學學報〈哲學社會科學版〉》，2004年3月，三四卷二期。

8. 李笑野：〈秦民族精神文化略論〉，《民族文學研究》，2004年，第一期。

9. 李禹階：〈秦始皇「焚書坑儒」新論——論秦王朝文化政策的矛盾衝突與演變〉，《重慶師範大學學報〈哲學社會科學版〉》，2004年，第六期。

10. 王賽時：〈古代山東的海神崇拜與海神祭祀〉，《中華文化論壇》，2005年，第三期。

（五）秦宗教信仰研究

1. 張乃鑒：〈《史記》中的格言、民謠與諺語〉，《天津職業技術師範學院學報》，1996年，第二期。

2. 倪芳芳：〈童謠析論：以《古謠諺》為範疇〉，《元培學報》，1996年12月，第三期。

3. 王仲修、萬昌華：〈秦漢政治與讖緯〉，《泰安師專學報》，1998年3月，十一卷一期。

4. 田博元、郭瓊瑜：〈史記謠諺管窺〉，《元智大學人文社會學報》，1999年7月，一卷二期。

5. 倪潤安：〈秦漢之際仙人思想的整合與定位〉，《中原文物》，2003年，第六期。

6. 王玉德：〈試論歷史上的社會動盪與迷信〉，《華中師範大學學報〈人文社會科學版〉》，2003年11月，四二卷六期。

7. 吳靜：〈謠諺考辨〉，《南陽師範學院學報〈社會科學版〉》，2008年5月，七卷五期。

8. 劉敏：〈秦漢時期編戶民對皇權的崇拜和依附〉，《歷史教學》，2008 年，第十六期。

（六）長城傳說

1. 高思嘉：〈孟姜女故事探索〉，《四川師範大學學報〈社會科學版〉》，1997 年 10 月，二四卷四期。

2. 李逸友：〈中國北方長城考述〉，《內蒙古文物考古》，2001 年第 1 期，總第 24 期。

3. 李文龍：〈中國古代長城的四個歷史發展階段〉，《文物春秋》，2001 年第 2 期。

4. 王寅、夏榆、程亞婷：〈長城之毀〉，《文明與宣傳》，2003 年第 1 期。

5. 項曉靜：〈長城──農耕文明的防衛線〉，《安康師專學報》，2003 年 3 月，十五卷。

6. 丁慧倩：〈萬里長城：解密孟姜女的傳說〉，《三月風》，2006 年 3 月，第一期。

7. 趙崇福：〈長城沿線環境破壞與長城位置移動〉，《合肥學院學報〈社會科學版〉》，2006 年 11 月，二三卷四期。

8. 張永廷、張馨文：〈秦始皇為何要修萬里長城〉，《文史天地》，2007 年第 10 期。

9. 李喬：〈哭倒長城罵倒秦──從孟姜女故事看中國老百姓眼里的秦始皇〉，《炎黃春秋》，2008 年，第三期。

10. 倪迅：〈勞動人民的樸素智慧──淺談民間傳說《水推長城》的現實意義〉，《法制與社會》，2008 年，第二七期。

（七）秦陵研究

1. 徐衛民：〈秦公帝王陵園考論〉，《文博》，1999 年，第二期。

2. 黃今言：〈論秦始皇兵馬俑的主體精神及相關問題〉，《江西師範大學學報〈哲學社會科學版〉》，2002 年 2 月，三五卷一期。

3. 袁仲一：〈秦始皇陵與兵馬俑〉，《尋根》，2002 年 4 月，二三卷二期。

4. 徐衛民：〈秦東陵考論〉，《咸陽師範學院學報》，2002 年 10 月，十七卷五期。

5. 李毓芳：〈秦阿房宮遺址考古新發現與新思索──意料之外考古發現的科學啟迪〉，《東海大學文學院學報》，2008 年 7 月，第四九卷。

6. 王彬：〈陳景元：兵馬俑跟秦始皇無關〉，《今日科苑》，2008 年，第十九期。

（八）秦政策制度研究

1. 高煥祥：〈秦漢廷議制度試析〉，《佛山科學技術學院學報〈社會科學版〉》，1994 年，第三期。

2. 王中華：〈秦朝禁儒運動質疑〉，《雲南社會科學》，2005 年，第四期。

3. 張芬、楊乙丹、王鵬偉：〈解讀秦之「封山禁林」策〉，《安徽農業科學》，2005 年，三三卷八期。

4. 吳濤、李智勇：〈秦始皇與「焚書坑儒」——淺論儒學在秦代的發展〉，《華北水利水電學院學報〈社會科學版〉》，2006 年 11 月，二二卷四期。

（九）秦律研究

1. 吳福助：〈秦律文獻提要〉，《東海中文學報》，1990 年 7 月，第九期。

2. 王柏中、隋文家：〈秦朝利用法律手段對經濟行為的規範管理〉，《鞍山師範學院學報》，2000 年 6 月，第二期。

3. 吳福助：〈秦律「重刑主義」下的彈性法規探討〉，《東海中文學報》，2001 年 7 月，第十三期。

4. 白平：〈「坑（阬）」非「活埋」辨〉，《語文研究》，2008 年，第三期。

（十）研究回顧

1. 周天游、孫福喜：〈二十世紀的中國秦漢史研究〉，《歷史研究》，2003 年，第二期。

2. 沈長雲：〈先秦史研究的百年回顧與前瞻〉，《中國社會科學》，2004 年，第四期。

3. 謝鶯興：〈吳福助先生著作目錄〉，《東海大學圖書館館訊》，2008 年 6 月，新八十一期。

4. 田靜：〈十年來秦始皇陵考古與秦文化研究評述〉，《西安財經學院學報》，2009 年 1 月，二二卷一期。

（十一）其他研究

1. 吳昌廉：〈《戰國縱橫家書》與相關古籍之關係〉，《文史學報》，1989 年 3 月，第十九期。

2. 王雙懷：〈「十二金人」考〉，《陝西師範大學學報〈哲學社會科學版〉》，1996 年 9 月，二五卷三期。

3. 宋傑：〈秦對六國戰爭中的函谷關和豫西通道〉，《首都師範大學學報〈社會科學版〉》，1997 年，第三期。

4. 關治中：〈函谷關考證——關中要塞研究之二〉，《渭南師專學報〈社會科學版〉》，1998 年，第六期。

5. 徐衛民：〈秦立關中的歷史地理研究〉，《西北史地》，1998 年，第四期。

6. 韓復智：〈從新出土資料看秦的統一天下〉，《中華民國史專題論文集第四屆討論會》，臺北：國史館，1998 年初版。

7. 辛玉璞：〈十二金人形象辨析〉，《唐都學刊》，1999 年 4 月，十五卷二期。

8. 錢玉趾：〈湘君、湘夫人身份考〉，《西南民族學院學報〈哲學社會科學版〉》，2000 年 5 月，二一卷五期。

9. 水田月：〈車戰時代的天險——函谷關〉，《西安教育學院學報》，2001 年 12 月，十六卷四期。

10. 田延峰：〈秦帝國的功業觀〉，《長安大學學報〈社會科學版〉》，2003 年 9 月，五卷三期。

11. 蔡坤倫：〈「古函谷關」地理位置新探〉，《中興史學》，2007 年 6 月，第十三期。

12. 韋紅萍：〈中越兩國歷史文化中的特殊人物：翁仲〉，《廣西民族大學學報〈哲學社會科學版〉》，2007 年 6 月，S1 期。

13. 杜靖：〈「二郎擔山趕太陽」神話的由來與內涵〉，《民族文學研究》，2008 年，第二期。

三、學位論文

1. 莊璟逸：〈秦漢市制探微〉，臺中：國立中興大學歷史學研究所碩士論文，2001 年。

2. 陳玉芳：《移山神話研究》，彰化：國立彰化師範大學國文研究所碩士論文，2003 年。

3. 黃瓊儀：〈漢畫中的秦始皇形象〉，臺北：國立臺灣大學歷史學研究所碩士論文，2005 年。

四、網站

1. 大陸新華網
http://news.xinhuanet.com/newscenter/2009-05/09/content_11342179.htm
瀏覽日期 2009/5/10

2. 教育部重編國語辭典修訂本
http://dict.revised.moe.edu.tw/cgi-bin/newDict/dict.sh?cond=%A6%7D&pieceLen=50&fld=1&cat=&ukey=-207764903&serial=1&recNo=8&op=f&imgFont=1　瀏覽日期 2009/6/5

3. 教育部重編國語辭典修訂本
http://dict.revised.moe.edu.tw/cgi-bin/newDict/dict.sh?idx=dict.idx&cond=%A4s%A9I&pieceLen=50&fld=1&cat=&imgFont=1　瀏覽日期 2009/6/5

附　錄　《秦併六國平話》參照《史記》關係表

參照史書處／《秦併六國平話》描述內容	《史記》	特　色
卷上〈楚王會五國大王〉、〈六國興兵伐秦〉、〈王翦敗張晃〉、〈周光刺王翦〉、〈鄒興射王翦〉、〈楚王會議退秦兵〉：「話說秦六年……楚王與諸王言道：『有秦王遣使賫書克俺諸國納□□。這事怎地？』春申公奏曰：『臣請大王助兵伐秦。』趙王御前李牧進奏諸王曰：『諸王助兵，望陛下依臣所奏。』楚王大悅，賞御酒犒設李牧：『將軍，您言是也。』各助兵三萬。楚令項梁為將，齊遣鄒閣為將，韓遣馮亭為將，燕遣孫虎為將。楚襄王親為招討。克日兵至函谷關，會合諸國人馬。諸國大王各歸本國，點集雄兵猛將，往路中函谷關相會。……王翦打扮耀日銀盔蓋頂，身穿蜀錦戰袍，肩担一百二十斤三尖刀，四十八環棹刀，跨一匹赤色馬出陣。……楚王不悅，連敗數陣，若不抵拒，恐秦兵侵城。楚王召諸將會議：『今來攻秦不下，難以退兵。恰似騎著虎頭，若不斃虎，虎有傷人之意。』……王翦殺出，奔走回營，折了二千餘兵。兩下收兵。楚王大悅，問諸將道：『自臨陣以來，未嘗有此大捷。今日秦兵退敗，諸國可以乘勝回邦。』」	《史記‧秦始皇本紀》：「六年，韓、魏、趙、燕、楚共擊秦取壽陵。秦出兵，五國兵罷。」 《史記‧趙世家》：「四年，龐煖將趙、楚、魏、燕之銳師攻秦蕞。不拔。移攻齊，取饒安。」 《史記‧春申君列傳》：「春申君相二十二年，諸侯患秦攻伐無已時，乃相與合縱，西伐秦。而楚王為從長，春申君用事。至函谷關，秦出兵攻諸侯兵，皆敗走。」	1. 正史中的一句話可以被講史平話依聽眾喜好而敷衍出大段文字。史書「諸侯患秦攻伐無已時」一條衍生出秦皇遣使賫降書，本段遂成設計六國會師攻秦的故事前提，進而大肆鋪陳秦與六國征戰殺伐的情節。 2. 《史記》中關於各國合力攻秦的記載不少，如秦惠王時：「七年，樂池相秦。韓、趙、魏、燕、齊帥匈奴共攻秦。」之後秦昭襄王時：「齊、韓、魏、趙、宋、中山五國共攻秦，至鹽氏而還。」規模生是較大的一次是在莊襄王時：「魏將無忌率五國兵擊秦，秦卻於河外。蒙驁敗，解而去。」秦始皇六年是關東諸國最後一次合縱攻秦。 3. 《秦併六國平話》中類似王翦這般披挂裝扮相當普遍，如秦將辛勝，燕將景耀龍、石愷、涿州太守應榮聖，東遼將卓成等出陣，均有一身好打扮

		〔註1〕。這顯示出作者在創作上使用較固定的人物形象套路。然而，講史平話是以講述故事為目的，並非著重於塑造人物，因此人物的相像反倒使得故事線索簡單化，容易理解、記憶，也便於講說。
卷上〈王翦回軍見帝〉：「話說昔日有呂不韋，陽翟大賈人也，家富，為商，往來興販買賣。秦昭王太子安國君中男名子楚，為秦質於趙國。子楚，秦諸庶子，車乘用不饒。呂不韋賈於邯鄲而憐之，曰：『此奇貨之物。』乃往見子楚，說曰：『安國君愛幸華陽夫人，夫人無子。能立嫡嗣者，獨華陽夫人耳。今子兄弟二十餘人，子又居中，不甚見幸。呂不韋請以千金為子西游，事安國君及華陽夫人，立子為嫡嗣。可乎？』子楚乃頓首曰：『必如君策，請得分秦國與子共之。』呂不韋乃以五百兩金與子楚，為進用，結賓客；而復以五百兩黃金求奇物玩好，西游秦，求見華陽夫人。以其物獻華陽夫人，因言子楚賢。華陽夫人承太子問，從容言：『子楚質於趙，妾願得子楚立以為嫡嗣，以托妾身。』安國君許之。呂不韋取邯鄲諸姬絕好善舞者，與之居。繾綣之娛，不覺有身孕。子楚飲宴，中巡酒酣，呂不韋言筵前無樂，令諸姬舞，歌謳，供應呈示。子楚累舉目觀之，此姬絕色傾城，但見歌喉清亮，舞態婆娑。調弦成合格新聲，品竹作出塵雅韻。……子楚見姬容貌而悅之，因起為壽，請之。呂不韋乃獻其姬。姬自匿有娠。至大期時，十二月也，果生子名政。子楚遂立姬為夫人。秦昭王五十年，圍邯鄲急，趙欲殺子楚。子楚與呂不韋謀，將金六百斤與守關吏，方自得脫歸秦。」	《史記・秦始皇本紀》：「莊襄王為秦質子於趙。見呂不韋姬，悅而取之。生始皇，以秦昭王四十八年正月生於邯鄲，及生名為政，姓趙氏。」 《史記・呂不韋列傳》：「呂不韋者，陽翟大賈人也。往來販賤賣貴，家累千金。秦昭王四十年，太子死。其四十二年，以其子安國君為太子。安國君有子二十餘人，安國君有所甚愛姬，立以為正夫人，號華陽夫人。華陽夫人無子。……子楚為秦質子於趙。秦數攻趙，趙不甚禮子楚。子楚，秦諸孽孫，質於諸侯，車乘進用不饒，居處困，不得意。呂不韋賈邯鄲，見而憐之曰：『此奇貨可居。』乃往見子楚……呂不韋曰：『秦王老矣，安國君得為太子。竊聞安國君愛幸華陽夫人，華陽夫人無子，能立適嗣者，獨華陽夫人耳。』……呂不韋曰：『子貧，客於此，非有以奉獻於親，及結賓客也。不韋雖貧，請以千金為子西游，事安國君及華陽夫人，立子為適嗣。』子楚乃頓首曰：『必如君策，請得分秦國與君共之。』……華陽夫人以為然，承太子間，從容言子楚質於趙者絕賢，來往者皆稱譽之。……乃與夫人刻玉符，約以為適嗣。……呂不韋取邯鄲諸姬絕好善舞者與居。知有身，子楚從不韋飲，見而悅之，因起為壽請之。呂不韋怒，念業已破家為子楚，欲以釣奇。乃遂獻其姬，姬自匿有身，至大期時生子政，子楚遂立姬為夫	1. 本段記述列於〈王翦回軍見帝〉下，屬於補述性質。 2. 這段呂不韋「奇貨可居」的故事歷來講唱不衰，比較後發現《秦併六國平話》的描寫大致仍遵循史實脈絡，只是同樣事件，《史記・秦始皇本紀》簡略記述。到了《史記・呂不韋列傳》中，卻反倒成了全篇的主軸，其記敘之詳更甚《秦併六國平話》。但也可看出平話中的故事係取材《呂不韋列傳》。 3.《秦併六國平話》寫秦始皇：「十二月也，果生子名政。」趙姬究竟是懷孕十個月還是十二個月，沒有人比趙姬心理更清楚，即便是異人。如此不起眼的小事，如何在幾百年之後變成司馬遷筆下的事實呢？作為受秦始皇暴政之苦的庶民百姓，編排出秦始皇是呂不韋兒子如此不堪的事，以發洩對秦始皇暴政的不滿，是可能的，也是可以理解的。或許正如梁玉繩所言：「祇緣秦犯眾怒，惡盡歸之，遂有呂政之譏。」

〔註1〕 羅書華認為：「對角色外貌裝扮的重視，或許是民間說書藝術的一個共同特點。」參閱羅書華：〈史傳與章回小說間的重要一環——講史的角色創造論〉，《西南民族學院學報（哲學社會科學版）》，2000年，頁71。

	人。秦昭王五十年，使王齮圍邯鄲，趙欲殺子楚。子楚與呂不韋謀，行金六百斤予守者吏，得脫亡赴秦軍，遂以得歸。」	
卷上〈王翦回軍見帝〉：「始皇益壯，太后淫不止。呂不韋恐事禍及己，乃私求大陰人嫪毒以爲舍人。太后聞，欲私得之，呂不韋乃進嫪毒，詐令人以腐罪告之，拔其鬚眉爲宦官，遂得侍太后。太后與私通。及至有孕，太后恐人知之，詐卜，當避，時徙宮居雍。毒嘗從，賞賜甚厚，事皆決於嫪毒。始皇九年，有告嫪毒實非宦者，常與私亂，生子二人，皆藏匿之。與太后謀曰：『王薨，以子爲後。』於是，秦王下吏治，具得情實，連及相國呂不韋。九月，夷嫪毒三族，殺太后所生二子，而遂遷太后於雍。是時，王欲並誅相國呂不韋，蓋爲奉先王功大，及賓客辯士爲呂不韋遊說者衆，故王不忍致法，免相國。齊人茅焦說秦王，迎太后，而出文信侯就國河南。歲餘，諸侯賓客使者相望於道，請文信侯。秦王恐其爲變，乃賜文信侯書：「與家屬徙處蜀。」呂不韋自度，恐秦誅之，乃飲酖酒而死。」	《史記・秦始皇本紀》：「嫪毒封爲長信侯，予之山陽地，令毒居之。宮室犬馬，衣服苑囿馳獵，恣毒。事無大小，皆決於毒。又以河西太原郡更爲毒國。……己酉，王冠帶劍。長信侯毒作亂而覺，矯王御璽及太后璽，以發縣卒，及衛卒、官騎、戎翟君公舍人，將欲攻蘄年宮爲亂。王知之，令相國昌平君、昌文君發卒攻毒。戰咸陽，斬首數百。皆拜爵。及宦者皆在戰中，亦拜爵一級。毒等敗走。即令國中，有生得毒賜錢百萬，殺之五十萬。盡得毒等衛尉竭、內史肆、佐弋竭、中大夫令齊等，二十人皆梟首，車裂以徇，滅其宗。及其舍人輕者爲鬼薪，及奪爵遷蜀四千餘家，家房陵。……相國呂不韋坐嫪毒免。桓齮爲將軍，齊、趙來置酒。齊人茅焦說秦王曰：『秦方以天下爲事，而大王有遷母太后之名，恐諸侯聞之，由此倍秦也。秦王乃迎太后於雍，而入咸陽，復居甘泉宮。』……十二年，文信侯不韋死，竊葬。」 《史記・呂不韋列傳》：「始皇帝益壯，太后淫不止。呂不韋恐事禍及己，乃私求大陰人嫪毒以爲舍人。時縱倡樂，使毒以其陰關桐輪而行，令太后聞之，以啗太后。太后聞，果欲私得之。呂不韋乃進嫪毒，詐令人以腐罪告之。不韋又陰謂太后曰：『可事詐腐，則得給事中。』太后乃陰厚賜主腐者吏，詐論之，拔其鬚眉爲宦者，遂得侍太后。太后私與通，絕愛之。有身，太后恐人知之，詐卜，當避時，徙宮居雍。嫪毒嘗從，賞賜甚厚，事皆決於嫪毒。嫪毒家僮數千人，諸客求宦，爲嫪毒舍人千餘人。……始皇九年，有告嫪毒實非宦者，常與太后私亂，生子二人，皆匿之。與太后謀曰：『王即薨，以子爲後。』於是秦王下	1. 對照三篇文字，《史記・秦始皇本紀》對於嫪毒起兵作亂後始有較詳敍述，其穢亂後宮之事則隻字未提。 2. 此篇故事明顯從《史記・呂不韋列傳》移植過來，但仍有明顯脫誤處。如《秦併六國平話》：「始皇九年，有告嫪毒實非宦者，常與私亂，生子二人。」而《史記・呂不韋列傳》則於「常與＿＿＿＿私亂」中加上「太后」二字，如此一來意思較爲明確。

	吏治，具得情實，事連相國呂不韋。九月，夷嫪毐三族，殺太后所生兩子，而遂遷太后於雍。諸嫪毐舍人，皆沒其家，而遷之蜀。王欲誅相國。爲其奉先王功大，及賓客辯士爲呂不韋爲游說者眾，王不忍致法。秦王十年十月，免相國呂不韋。及齊人茅焦說秦王，秦王乃迎太后於雍，歸復咸陽。而出文信侯就國河南，歲餘諸侯賓客使者，相望於道，請文信侯。秦王恐其爲變，乃賜文信侯書曰：『君何功於秦？秦封君河南，食十萬戶。君何親於秦？號稱仲父。其與家屬徙處蜀。』呂不韋自度稍侵，恐誅，乃飲酖而死。」	
卷上〈韓國惠王薨〉、〈秦王交兵與王翦〉、〈王翦攻城唬倒韓王〉、〈嚴仲子求救兵〉、〈王翦滅韓國〉：「始皇八年，韓威（應作桓）惠王卒，立子安爲韓王。九年，韓王爲元年。九年，楚考烈王卒，子悍立爲楚幽王。十一年，趙卓（應作悼）襄王卒，子遷立爲趙王。天下諸國平寧。十四年，韓邦納土爲藩臣。至十七年秋八月，始皇登殿排班……始皇依奏，賜王翦爲招討，攻韓邦。次早，演武殿交兵二十萬人馬。……韓邦正是晉州地面，小兵探得秦兵攻韓，忙告上大夫張車。張車奏上韓王曰：『秦邦王翦爲將，領兵二十萬攻於本國。』……王翦斬了馮亭上將，殺了韓兵並地如算子，地下鮮血似坑流。叢中聽得人叫遏□聲，趕殺入城，奔入韓王宮殿，先擒了韓王。……仍將韓王囚繫，改韓邦爲潁州。詩曰：『可笑韓王不自量，從它五國犯秦疆；不虞齊趙無兵援，將死城崩國已亡。』」	《史記‧秦始皇本紀》：「十四年，攻趙軍於平陽，取宜安破之，殺其將軍。桓齮定平陽、武城。韓非使秦，秦用李斯謀留非，非死雲陽。韓王請爲臣。……十七年，內史騰攻韓，得韓王安，盡納其地，以其地爲郡，命曰潁川。」 《史記‧韓世家》：「三十四年，桓惠王卒，子安立。王安五年，秦攻韓，韓急，使韓非使秦。秦留非，因殺之。九年，秦虜王安，盡入其地，爲潁川郡，韓遂亡。」	1. 秦滅韓是必然的結果，其劇情張力較六國大會師和呂不韋遜色，故文字讀來較爲平淡。因此戰爭場景便成爲說書人發揮的空間，如王翦與馮亭交戰、嚴仲子（註 2）和張車以身殉國等情節，能稍稍彌補欠缺故事性之憾。 2. 時間背景大致符合史實，惟攻韓者《史記》作「內史騰」，《秦併六國平話》作「王翦」（註 3）。此外，關於馮亭的敘述是在《史記‧白起王翦列傳》：「野王降秦，上黨絕道，其守馮亭與民謀曰：『鄭道已絕，韓必不可得爲民。秦兵日進，韓不能應，不如以上黨歸趙。趙若受我，秦怒必攻趙，趙被兵，必親韓。韓、趙爲一，則可以當秦。』從這段文字

〔註 2〕 據《史記‧刺客列傳》記載：「濮陽嚴仲子事韓哀侯，與韓相俠累有郤，嚴仲子恐誅，亡去游，求人可以報俠累者。」韓哀侯距韓王安一百多年，平話作者將情節誤植，筆者以爲有兩點可能：一、嚴仲子爲韓人。二、嚴仲子求人報仇一節與嚴仲子求救兵於趙有相似處，是以將其編入〈嚴仲子求救兵〉中。

〔註 3〕 楊寬認爲：「這個內史騰當即西元前二三一年投獻於秦的韓南陽假守騰，因得秦的重用而升爲內史。內史是掌京師之官。秦不派將軍王翦攻滅韓，而使內史騰攻滅韓，因爲騰原爲韓的郡守。熟悉韓的內情便於攻滅，這就是尉繚、李斯使用間諜，勾結諸侯『豪臣』，『離其君臣之計』的成功。」請參閱楊寬：《戰國史》（臺北：臺灣商務印書館，2005 年 7 月初版），頁 430～431。

		可知馮亭時爲上黨太守。而不論馮亭是上將或者上黨守，都顯示出韓國無可回天的頹勢。
卷上〈趙將殺匈奴〉〈馬亂吞秦郎主〉〈李牧退番兵〉：「話說趙王敕令李牧往代州雁門關鎮壓匈奴，以防寇盜。李牧每日在雁門關歌樂飲宴，能伎藝者重賞，朝歌暮樂，使匈奴不得入。……忽有一將，名曰黑答麻，告大王曰：『李牧貪飲無備，小將乞兵一萬，破關捉李牧，獻大王，是小臣之功。』大王不准其奏。大王曰：『李牧追歡宴樂，非有侵咱之心，不可攻也。』又有馬亂吞告大王曰：『既是李牧無心侵害，小臣每趕驢馬去雁門關牧養。』大王曰：『看養，怕甚的？休相惱著。』……匈奴牧養，相將兩月，無事。馬亂吞回奏郎主曰：『果是李牧居關。』李牧不用征戰，使匈奴自懼。李牧乃上將，鎮關無危。後有代州太守陸琦，常探李牧歌樂，不殺匈奴之卒，恐有反叛之心，修表差流星飛奏冀州趙國大王司馬尚府投下。……司馬尚奏曰：『臣舉嚴廣代李牧回朝。』趙王依奏。……嚴廣敗走回關，緊守關門。點兵折了二千餘人。嚴廣飛表令流星馬往冀州，奏上趙王。王大驚：『果應李牧之言！』急宣李牧至殿下……李牧奏曰：『王必用臣，乃敢奉命。』趙王依奏……單于聞之，率兵十萬來敵李牧。李牧多爲奇陣，張左右翼軍，繫破檐檻。……李牧因此平了匈奴，班回人馬歸趙。」	《史記·廉頗藺相如列傳》：「李牧者，趙之北邊良將也。常居代、雁門備匈奴，以便宜置吏，市租皆輸入莫府，爲士卒費。日擊數牛饗士，習騎射，謹烽火，多間諜，厚遇戰士。爲約曰：『匈奴即入盜，急入收保，有敢捕虜者斬。』匈奴每入烽火謹，輒入收保，不敢戰。如是數歲，亦不亡失。然匈奴以李牧爲怯，雖趙邊兵亦以爲吾將怯。趙王讓李牧，李牧如故。趙王怒召之，使他人代將。歲餘，匈奴每來，出戰，出戰數不利，失亡多，邊不得田畜。復請李牧，牧杜門不出，固稱疾。趙王乃復彊起使將兵，牧曰：『王必用臣，臣如前乃敢奉令。』王許之。李牧至，如故約。匈奴數歲無所得，終以爲怯，邊士日得賞賜而不用，皆願一戰。於是乃具選車得千三百乘、選騎得萬三千匹、百金之士五萬人，彀者十萬人。悉勒習戰，大縱畜牧，人民滿野。匈奴小入，詳北不勝，以數千人委之。單于聞之，大率眾來入，李牧多爲奇陣，張左右翼，擊之大破，殺匈奴十餘萬騎。滅檐襤、破東胡、降林胡，單于奔走。其後十餘歲，匈奴不敢近趙邊城。」	1. 平話情節依《史記》敷演，惟至「趙王怒召之，使他人代將。」一語便構出陸琦、嚴廣等角色，並有嚴廣兵敗馬亂吞一節，襯托出李牧的深謀遠慮、用心良苦，至此聽眾莫不爲李牧叫屈！確實產生感染聽眾之效果。《孫子兵法》有云：「是故百戰百勝，非善之善者也；不戰而屈人之兵，善之善者也。」或許正是李牧的寫照。 2. 文字移植過程中仍出現脫誤，如《秦併六國平話》將「檐襤」誤記爲「檐檻」。
卷上〈司馬尚奏李牧反〉〈趙王賜李牧死〉：「忽有司馬尚私說李牧曰：『城中無將堪征，不如擒趙王獻秦將招討王翦，個人得些功勞。』李牧不從。司馬尚恐李牧出首，預先來奏趙王曰：『李牧不肯出征，要反叛，望伐之。』趙王賜鴆酒，分付司馬尚爲使，取李牧首級。司馬尚不敢爲使，故推舉趙蔥爲使，來見李牧曰：『趙王賜鴆酒與將軍死也。』李牧曰：『咱無罪。前後累有邊功，因甚賜吾死罪？』使命曰：『吾不理會得。汝不得違敕命！』使命便斟下藥酒，分付與李牧飲。李牧接得在手，不敢怨望趙王，嗟呼嘆氣，謂使命曰：『吾死不爭，前日有司馬尚來說吾反趙王歸秦，得些功賞，吾不從伊，是致背大王賜吾死罪。敢煩托奏大王。』詔未畢，李牧服藥而死。使命就割首級來奏大王曰：『李牧未服藥	《史記·趙世家》：「七年，秦人攻趙，趙大將李牧、將軍司馬尚，將擊之。李牧誅，司馬尚免，趙忽及齊將顏聚代之。趙忽軍破，顏據亡去，以王遷降。八年十月，邯鄲爲秦。」 《史記·廉頗藺相如列傳》：「趙王遷七年，秦使王翦攻趙。趙使李牧司馬尚禦之，秦多與趙王寵臣郭開金爲反間，言李牧、司馬尚欲反。趙王乃使趙蔥及齊將顏聚代李牧。李牧不受命，趙使人微捕得李牧，斬之，廢司馬尚。後三月，王翦因急擊趙，大破，殺趙蔥，虜趙王遷及齊將顏聚，遂滅趙。」	李牧受讒而死確實是壓倒趙國的最後一根稻草。只是此處明顯和歷史不符，史載李牧和司馬尚共禦秦，兩人皆受郭開（《史記·趙世家》作春平君）所讒，一死一廢。對百姓而言，也許究竟是誰構陷李牧並不重要，重要的是這一類奸佞陷害忠良的情節在歷史上不斷重演，除讓人不勝欷歔，故事本身也提供了教育、警世的作用，使聽者知所戒鑑。

先，托微臣奏大王：有司馬尚說李牧反叛大王歸秦請賞，李牧不從，情赴朝典而死。』朝廷因此方知司馬尚背奏之言，枉害忠良。遂差趙蔥爲使，賷藥酒取司馬尚首級。……趙蔥取得首級，來見大王。大王見了，半悲半喜曰：『可憐枉害忠良將李牧，無將可退秦兵。半喜者，讒臣滅。』		
卷中〈太子送荊軻入秦〉：「二十年，有燕丹太子要令刺客刺秦始皇帝。荊軻者，衛人也，至燕，愛燕之狗屠及善擊筑者高漸離。荊軻嗜酒，日與狗屠及高漸離飲於燕市。燕之處士田光先生亦善待之，知其非庸人也。……田光乃造太子。田光曰：『光不敢以圖國事，所善荊卿可使也。』願因先生得結交於荊軻』太子送至門，戒曰：『願先生勿洩也！』田光見荊軻曰：『光竊不自外，言足下於太子也。願足下過太子。』荊軻曰：『謹奉教。』田光曰：『吾聞之：長者爲行，不使人疑之。』今太子告光：『勿洩！』是太子疑光也。欲自殺以激荊軻，曰：『願足下急過太子，言光已死，明不言也。』因遂自刎而死。荊軻遂見太子。……於是，丹太子尊荊軻爲上卿，舍上舍。……荊軻曰：『今行而無信，則秦未可親。夫樊將軍，秦王購之金千斤，邑萬家。誠得樊將軍首與燕督亢之地圖，奉獻秦王，秦王必說見臣，臣乃得有以報。』……於是，太子豫求天下鋒利匕首，得趙人徐夫人匕首，取之百金，使工以藥燒之，以試人，血濡縷，人無不立死者。乃裝爲遣荊軻。……乃令秦舞陽爲副將。軻有所待與俱，其人居遠，未來。太子遲之，疑其悔改，乃又請。荊軻怒叱太子：『且提一匕首入不測之強秦，僕所以留者，待吾客與俱。今太子遲之，請辭決矣！』遂發。太子及賓客知其事者，皆白衣冠以送之，至易水之上。」	《史記‧秦始皇本紀》：「二十年，燕太子丹患秦兵至國，恐使荊軻刺秦王。秦王覺之，體解軻以徇。而使王翦、辛勝攻燕。」 《史記‧刺客列傳》：「荊軻者，衛人也。……荊軻既至燕，愛燕之狗屠及善擊筑者高漸離，荊軻嗜酒，日與狗屠及高漸離飲於燕市。……然其爲人深沉好書，其所游諸侯，盡與其賢豪者相結。其之燕，燕之處士田光先生亦善待之，知其非庸人也。居頃之，會燕太子丹質秦，亡歸燕。……田光坐定，左右無人。太子避席而請曰：『燕、秦不兩立，願先生留意也。』田光曰：『臣聞騏驥盛壯之時，一日而馳千里。至其衰老，駑馬先之。今太子聞光盛壯之時，不知臣精已消亡矣。雖然光不敢以圖國事，所善荊卿可使也。』太子曰：『願因先生得結交於荊卿，可乎？』田光曰：『敬諾。』即起趨出，太子送至門，戒曰：『丹所報，先生所言者，國之大事也。願先生勿洩也。』……田光曰：『吾聞長者爲行，不使人疑之。』今太子告光曰：『所言者國之大事也。願先生勿洩，是太子疑光也。夫爲行而使人疑之，非節俠也。』欲自殺以激荊軻。曰：『願足下急過太子，言光已死，明不言也。』因遂自刎而死。荊軻遂見太子……太子丹恐懼，乃請荊軻曰：『秦兵且暮渡易水，雖則欲長侍足下，豈可得哉？』荊軻曰：『微太子言，臣願謁之。今行而毋信，則秦未可親也。夫樊將軍，秦王購之金千斤，邑萬家。誠得樊將軍首，與燕督亢之地圖，奉獻秦王，秦王必說見臣，臣乃得有以報。』……於是太子豫求天下利匕首，得趙人徐夫	〈太子送荊軻入秦〉與〈荊軻刺秦王〉皆是膾炙人口之作，而兩段故事都和史實相符，甚至悉引《史記》所載。從文字看來僅僅將部份文言修改爲簡單易懂的字眼，如《史記》：「田光曰：『臣聞騏驥盛壯之時，一日而馳千里。至其衰老，駑馬先之。今太子聞光盛壯之時，不知臣精已消亡矣。雖然光不敢以圖國事，所善荊卿可使也。』原文係刪簡爲「田光曰：『光不敢以圖國事，所善荊卿可使也。』」又《史記》：「即起趨出，太子送至門，戒曰：『丹所報，先生所言者，國之大事也。願先生勿洩也。』」一文改爲「太子送至門，戒曰：『願先生勿洩也！』」除此之外，情節上並無曲折離奇之處，敘述極爲平實。

	人匕首，取之百金，使工以藥 焠之，以試人，血濡縷，人無 不立死者。乃裝爲遣荊卿。…… 乃令秦舞陽爲副。荊軻有所 待，欲與俱，其人居遠未來。 而爲治行，頃之未發。太子遲 之，疑其悔改，乃復請曰：『日 已盡矣，荊卿豈有意哉？丹請 得先遣秦舞陽。』荊軻怒叱太 子曰：『何太子之遣？往而不返 者豎子也。且提一匕首，入不 測之強秦。僕所以留者，待吾 客與俱。今太子遲之，請辭決 矣。』遂發。太子及賓客知其 事者，皆白衣冠以送之，至易 水之上。既祖取道。高漸離擊 筑，荊軻和而歌，爲變徵之聲。 士皆垂淚涕泣。」	
卷中〈荊軻刺秦王〉：「荊軻攏車而去。至 秦，厚遺秦王寵臣，爲先言於秦王。王聞 之大悅。乃朝服，設九賓，見燕使者咸陽 宮。荊軻奉樊於期頭函，而秦舞陽奉地圖 匣以次奉至階下。秦舞陽色變震恐，群臣 怪之。荊軻顧笑舞陽，前叫曰：『北番蠻夷 之人，未嘗見天子，故震懾。願大王少假 借之，使得畢使於前。』秦王謂軻曰：『取 舞陽所提地圖。』軻既取圖奏之。秦王發 圖，圖窮而匕首現。因左手把秦王之袖， 右手提匕首揕之。未至身，秦王驚，自引 而起，袖絕，拔劍，劍長，操其室，時惶 急，劍豎，故不可立拔。荊軻逐秦王，王 環柱而走。秦法嚴，群臣侍殿上者，不得 持尺寸之兵刃；諸郎中執兵器皆陳殿下， 非有詔召，不得上殿。臨其方急時，不及 召下兵，以故荊軻乃逐秦王，而卒惶急無 以擊軻，以手共搏之。是時，侍醫夏無且 以其所奉藥囊提荊軻。秦王方環柱走，卒 左右曰：『王負劍！』遂拔劍以擊軻，斷其 左股。荊軻廢，乃引其匕首以擿秦王，不 中，乃中銅柱。秦王復擊荊軻，軻被八創。 軻自知事不就，倚柱而笑，箕倨以罵曰：『事 所以不成者，以欲生劫之，必得約契以報 太子也！』荊軻懷厲年之謀，而事不就者。 於是左右既前進，殺死荊軻。」	《史記・秦始皇本紀》：「二十 年，燕太子丹患秦兵至國，恐 使荊軻刺秦王。秦王覺之，體 解軻以徇。而使王翦、辛勝攻 燕。」 《史記・刺客列傳》：「於是荊 軻就車而去，終已不顧。遂至 秦，持千金之資幣物，厚遺秦 王寵臣中庶子蒙嘉。嘉爲先言 於秦王……秦王聞之，大喜， 乃朝服設九賓，見燕使者咸陽 宮。荊軻奉樊於期頭函，而秦 舞陽奉地圖匣，以次進至陛。 秦舞陽色變震恐，群臣怪之。 荊軻顧笑舞陽，前謝曰：『北蕃 蠻夷之鄙人，未嘗見天子，故 震慴。願大王少假借之，使得 畢使於前。』秦王謂軻曰：『取 舞陽所提地圖。』軻既取圖奏 之。秦王發圖，圖窮而匕首現。 因左手把秦王之袖，而右手持 匕首揕之未至身，秦王驚，自 引而起。袖絕，拔劍，劍長， 操其室，時惶急，劍堅，故不 可立拔。荊軻逐秦王，秦王環 柱而走，群臣皆愕，卒起不意， 盡失其度。而秦法，群臣侍殿 上者，不得持尺寸之兵；諸郎 中執兵，皆陳殿下，非有詔召 不得上。方急時，不及召下兵， 以故荊軻乃逐秦王，而卒惶 急，無以擊軻，而以手共搏之。 是時侍醫夏無且，以其所奉藥 囊提荊軻也。秦王方環柱走， 卒惶急，不知所爲。左右乃曰：	

	『王負劍！』負劍，遂拔以擊軻，斷其左股，荊軻廢，乃引其匕首，以擿秦王，不中，中銅柱。秦王復擊軻，軻被八創。軻自知事不就，倚柱而笑，箕踞以罵曰：『事所以不成者，以欲生劫之，必得約契，以報太子也！』於是左右既前殺軻。秦王不怡者良久。」	
卷中〈王賁收魏回秦〉：「蒙毅撞出，與周霸捍戰。三十合，蒙毅詐敗，周霸趕將來。蒙毅拈弓搭箭，連射三箭。周霸措手不及，只見周霸被射一箭，落馬而死。詩曰：『功名未上凌煙閣，性命先歸地府中；父母報仇不曾決，區區數載一場空。』周霸已沒。蒙毅追殺，三軍星羅雲散，七斷八續。蒙毅喊聲大作：『有甚英雄！』怎見得？但見大桿刀殺入魏城門，白龍駒踏到長街towards。蒙毅得了魏城，眾兵入城，生擒了景閔王，活捉了朱真君。魏景閔王離宮失殿，不能為魏邦江山主者。……始皇聞奏大悅，敕旨令將景閔王、朱亥囚繫陽周，將魏邦改作汴州。」	《史記・秦始皇本紀》：「二十二年，王賁攻魏，引河溝灌大梁。大梁城壞，其王請降，盡取其地。」《史記・魏世家》：「三年，秦灌大梁虜王假。遂滅魏以為郡縣。」《史記・魏公子列傳》：「秦聞公子死，使蒙驁攻魏，拔二十城，初置東郡。其後秦稍蠶食魏，十八歲而虜魏王，屠大梁。」	《秦併六國平話》在描寫戰爭時十分簡單，往往用那幾個套路和那幾個詞語。不外乎是講布陣、說人物裝扮，打話、大戰、詐敗、掩殺（喊殺）、分出勝敗。事實上，使用套路描寫戰爭的現象在許多講史平話裡都存在，惟在《秦併六國平話》中特別明顯，戰爭篇幅以套話填塞，缺乏變化。〔註4〕
卷中〈始皇送王翦征楚〉〈王翦滅楚國〉：「於是，王翦將兵六十萬，先鋒蒙恬、副將蒙毅、末將辛勝。次早，王翦起兵離朝門，始皇送至灞上。王翦奏曰：『臣乞陛下賞賜金寶等物。』……王翦只在灞上□□□□□。王翦遣使賁表奏帝，乞賜行請美田宅園池等。來使賁上表，始皇覽之，帝即依奏賜美田五百畝，宅園一萬步，池百口。王翦大笑，再令辛勝賁表奏帝言：『美田五百畝，臣等老幼三百口，日食不給。宅園池卻少，望王多賜。』……辛勝答曰：『始皇所賜足矣，招討何必嗻吁？』王翦曰：『非俺五次求賞，秦皇貪心無厭，吾故使多索富貴，不然秦皇惶然而不信人。今空秦國甲士而專委於我，我不多請田宅，為子孫業以堅固，令秦皇坐而無疑我矣。』……楚王問曰：『何人退得秦兵，重賞千金，子子孫孫不絕官職。』項梁曰：『臣望大王修國書，臣為奉使，往東齊借兵來救本國。』楚王曰：『卿言者是也。』春申君引兵，項	《史記・秦始皇本紀》：「二十三年，秦王復召王翦彊起之，使將擊荊。取陳以南至平輿，虜荊王。秦王游至郢、陳，荊將項燕立昌平君為荊王，反秦於淮南。二十四年，王翦、蒙武攻荊，破荊軍。昌平君死，項燕遂自殺。」《史記・白起王翦列傳》：「始皇謝曰：『已矣。』將軍勿復言。王翦曰：『大王必不得已用臣，非六十萬人不可。』始皇曰：『為聽將軍計耳。』於是王翦將兵六十萬人，始皇自送至灞上。王翦行請美田宅園池甚眾。始皇曰：『將軍行矣，何憂貧乎？』王翦曰：『為大王將，有功終不得封侯，故及大王之嚮臣，臣亦及時以請園池為子孫業耳。』始皇大笑。王翦既至關，使使	據《史記・項羽本紀》載：「夫秦滅六國，楚最無罪。自懷王入秦不反，楚人憐之至今。故楚南公曰：『楚雖三戶，亡秦必楚也。』」由此可見楚人對秦恨之入骨。故事發展按史實敷衍，故事最後上將項燕竟離楚求救而下落不明，不禁使人聯想到《史記・陳涉世家》中：「項燕為楚將，數有功，愛士卒。楚人憐之，或以為死，或以為亡。」的敘述。此外，在最後挺身出戰的項伯，是否即《史記・項羽本記》中作為劉邦內應之楚將，確實增添了話題。

〔註4〕 出現這種情況的主因是講史人或平話作者人生經歷的缺乏。他們並沒有實際地參與政治軍事鬥爭，他們的故事來源於歷史書籍。歷史書籍上有的描寫，他們會照搬下來；歷史書籍沒有的細緻描寫，他們就只能靠他們的人生經驗甚至是想像來補充。在他們沒有這樣的人生經驗而又要敷演這樣的故事時，就只能借助某些寫作套路，使戰爭描寫往往顯得重複雷同或大同小異。請參閱盧世華：〈早期歷史小說的傳奇審美——元代平話中的人物故事〉，《阜陽師範學院學報（社會科學版）》，2008年，頁18～19。

梁爲使命，出城前一戰。……楚陣無將可戰。卻有項伯出陣，與蒙恬交戰。少頃，項伯敗走歸城。蒙恬人兵乘勢趕入楚城，殺得六街三市死屍滿地，鮮血坑流。……蒙恬尋至後宮，得見楚王懸梁而死，取下來，割得楚王首級，來獻招討。……遂改楚邦爲荊州。」	還請善田者五輩，或曰：『將軍之乞貸，亦已甚矣。』王翦曰：『不然，夫秦王怚而不信人。今空秦國甲士，而專委於我，我不多請田宅爲子孫業以自堅，顧令秦王坐而疑我耶？』……親與士卒同食，久之王翦使人問。軍中戲乎？對曰：『方投石超距。』於是王翦曰：『士卒可用矣。』……翦因舉兵追之，令壯士擊，大破荊軍，至蘄南。殺其將軍項燕，荊兵遂敗走，秦因乘勝略定荊地城邑。歲餘虜荊王負芻，竟平荊地爲郡縣。」	
卷下〈秦齊大戰〉〈齊王出降〉：「秦二十七年七月，始皇登殿問諸臣曰：『朕荐祚以來，國勢高強，兵威將勇，六國已滅其五，尚有東齊未下。』問李斯：『舉何人伐之？』李斯奏曰：『臣舉田賁爲將，攻齊。』帝依奏，宣田賁曰：『此事如何？』王賁奏上：『我王，古云：養軍千日，用在一朝。臣赤心報國。乞兵二十萬，蒙恬爲先鋒，蒙毅爲副將，董翳爲末將。』次日，講武殿交兵二十萬，往東齊，在路行兵。……孟嘗君奏齊王：『虧折三員上將，折兵三萬餘人。秦將威猛難當。』齊王問田文：『何如？』田文奏曰：『不可敵，只可降。』齊寫退疆地五百里、十車金寶，齊王開城，遂降王賁。王賁領兵二十萬入城，差李信權職，拘囚齊王，逼令索討七十二郡經圖，降秦納土。……始皇滅齊，並天下，乃爲一統。兩班文武，賀王萬全之喜，洪福齊天。方稱皇帝。乃爲水德，天下尚黑。」	《史記・秦始皇本紀》：「二十六年，齊王建，與其相后勝，發兵守其西界，不通秦。秦使將軍王賁從燕南攻齊，得齊王建。秦初並天下。令丞相御史曰……齊王用后勝計絕秦，使欲爲亂。兵吏誅，虜其王，平齊地。寡人以眇眇之身，興兵誅暴亂，賴宗廟之靈，六王咸伏其辜，天下大定。……始皇推終始五德之傳，以爲周得火德。秦代周，德從所不勝。方今水德之始，改年始朝賀，皆自十月朔。衣服旄旌節旗皆上黑。」 《史記・田敬仲完世家》：「秦王政立，號爲皇帝。始君王后賢，事秦謹，與諸侯信。齊亦東邊海上，秦日夜攻三晉、燕、楚。五國各自救於秦，以故王建立四十餘年，不受兵。君王后死，后勝相齊，多受秦閒金，多使賓客入秦，秦又多予金客，皆爲反閒，勸王去從朝秦，不脩攻戰之備。不助五國攻秦，秦以故得滅五國。五國已亡，秦兵卒入臨淄，民莫敢格者。王建遂降，遷於共。故齊人怨王建不蚤與諸侯合從攻秦，聽姦臣賓客，以亡其國。歌之曰：『松耶柏耶？住建共者客耶？』疾建用客之不詳也。」	故事有兩處異於史者：其一是秦滅齊是在秦王政二十六年，《秦併六國平話》中記爲二十七年，明顯有誤；其二據《史記・孟嘗君列傳》載：「齊襄王新立，畏孟嘗君，與連和，復親薛公。文卒，諡爲孟嘗君。」可知田文卒於襄王時，襄王薨而王建立。齊王建以后勝爲相，正因爲后勝在位，秦國才能輕易下齊。此處仍謂孟嘗君，蓋其養士天下聞名。當然，也可能是編書者本身記憶有誤所致。
卷下〈高漸離撲秦王〉：「帝設宴待文武……酒至七盞，忽有長太子扶蘇奏上：『父王，今日設宴待臣僚，筵中無樂，臣兒現收得家童上客庸保，善擊筑，可以筵間供應。』帝令宣出庸保。……庸保謹領敕旨，遂擊筑。帝聞之甚妙，但渠人應有筵席，令庸	《史記・刺客列傳》：「其明年，秦並天下，立號爲皇帝。於是秦逐太子丹、荊軻之客，皆亡。高漸離變名姓，爲人庸保，匿作於宋子，久之作苦。聞其家堂上客擊筑，徬徨不能去。每	較《秦併六國平話》與《史記》，刺殺秦王一節大致相同。惟前者未寫高漸離瞽，因而高漸離能夠逐秦始皇，讀之便覺和荊軻刺秦一節有異曲同工之妙。類似刺秦故

保擊筑。此日，座中忽有一大臣司馬欣出奏曰：『此擊筑之臣，非乃庸保，乃是燕王殿下高漸離也。』始皇惜其善擊筑，重赦之。……忽一日，高漸離將刀置筑中，進帝邊擊。四近少有近臣，便舉筑撲秦皇。秦皇便閃走，高漸離趕撲。秦皇奔走絳綃宮，有內侍見秦皇奔走，高漸離後追。內侍呼：『陛下將劍砍之！』秦皇每負劍，遂忘了。遂得左右呼言，帝遂拔劍以擊高漸離。高漸離跌倒，左右近臣縛住，秦皇令誅高漸離身死。」	出言曰：『彼有善有不善』從者以告其主曰：『彼庸保乃知音，竊言是非。』家丈人召使前擊筑，一坐稱善賜酒。而高漸離念久隱，畏約無窮時，乃退出其裝匣中筑，與其善衣，更容貌而前。舉坐客皆驚，下與抗禮，以為上客，使擊筑而歌，客無不流涕而去者。宋子傳客之。聞於秦始皇，秦始皇召見，人有識者，乃曰：『高漸離也。』秦皇帝惜其善筑，重赦之。乃矐其目，使擊筑，未嘗不稱善。稍益近之，高漸離乃以鉛置筑中，復進得近，舉筑撲秦皇帝，不中。於是遂誅高漸離，終身不復近諸侯之人。」	事在說話場上始終相當受歡迎！是以說話者往往極盡能事地去鋪陳內容，這也反映出秦始皇在一般民眾的心中確實殘暴不仁，屢遭行刺似乎也理所當然。
卷下〈李斯諫逐客〉：「自高漸離既誅之後，始皇不令大臣居近。忽有秦宗室奏曰：『天下人來諸侯事秦者，大抵為其主。但一切人皆不可與之近。』帝依奏。凡有諸侯國人，非秦地所生者，一切逐去。李斯亦在逐客數中，李斯乃上書曰：『臣聞吏議逐客，竊以為過矣。昔秦繆公求士，西取由余於戎，東得百里奚於宛，迎蹇叔於宋，求丕豹、公孫支於晉。此五子者，不產於秦，而繆公用之，并國二十，遂霸西戎。孝公用商鞅之法，移風易俗，民以殷盛，國以富強，百姓樂用，諸侯親服。獲楚、魏之師，舉地千里。至今治強。惠王用張儀之計，拔三川之地，西并巴、蜀，北收上郡，南取漢中；包九夷，制鄢、郢。東據成皋之險，割膏腴之地，遂散六國之縱，使之西面事秦，功施到今。昭王得范雎，廢穰侯，逐華陽，強公室，杜私門，蠶食諸侯，使秦成帝業。此四君者皆以客之功。由此觀之，客何負於秦哉？向使四君郤客而不內，疏士而不用，是使國無富利之實，而秦無強大之名也。今陛下致昆山之玉，有隨、和之寶，垂明月之珠，服太阿之劍，乘纖離之馬，建翠鳳之旗，樹靈鼉之鼓。此數寶者，秦不生一焉，而陛下說之，何也？必秦國之所生然 後可，則是夜光之璧，不識朝廷，犀象之器，不為玩好，鄭、衛之女，不充後宮；而駿良駃騠，不實外廄；江南金錫不為用，西蜀丹青不為彩。所以飾後宮，充下陳，娛心意，說耳目者，必出於秦，然後可，則是宛珠之簪，傳璣之珥，阿縞之衣，錦繡之飾，不進於前，而隨俗雅化，佳冶窈窕，趙女不立於側也。夫擊甕叩缶，彈箏搏髀，而歌呼嗚嗚快耳者，真秦之聲也。《鄭》、《衛》、《桑間》、《昭》、《虞》、《武》、《象》者，異國之樂	《史記·秦始皇本紀》：「大索逐客。李斯上書說，乃止逐客令。」 《史記·李斯列傳》：「秦王拜李斯為客卿。會韓人鄭國來閒秦，以作注溉渠。已而覺，秦宗室大臣，皆言秦王曰：『諸侯人來事秦者，大抵為其主游閒於秦耳，請一切逐客。』李斯議亦在逐中，斯乃上書曰：『臣聞吏議逐客，竊以為過矣。昔繆公求士，西取由余於戎，東得百里奚於宛，迎蹇叔於宋，來丕豹、公孫支於晉。此五子者，不產於秦。而繆公用之，并國二十，遂霸西戎。孝公用商鞅之法，移風易俗，民以殷盛，國以富彊，百姓樂用，諸侯親服，獲楚、魏之師，舉地千里，至今治彊。惠王用張儀之計，拔三川之地，西并巴、蜀，北收上郡，南取漢中，包九夷，制鄢、郢，東據成皋之險，割膏腴之壤，遂散六國之從，使之西面事秦，功施到今。昭王得范雎，廢穰侯，逐華陽，彊公室，杜私門，蠶食諸侯，使秦成帝業。此四君者，皆以客之功。由此觀之，客何負於秦哉？向使四君郤客而不內，疏士而不用，是使國無富利之實，而秦無彊大之名也。今陛下致昆山之玉，有隨、和之寶。垂明月之珠，服太阿之劍，乘纖離之馬，建翠鳳之旗，樹靈鼉之鼓，此數寶者，秦不生一	1. 《秦併六國平話》將高漸離刺秦作為李斯諫逐客的背景，對於讀者而言，或許感到合理。此處編排雖異於正史，然亦算是有因有果。 2. 李斯〈諫逐客書〉全篇八百餘字，《秦併六國平話》徵引而更動者僅七字，比例不到 1%，幾乎完全相同。從《史記》可看出這篇文章確實對秦始皇人才政策產生影響，也決定了二十多年後統一天下舍秦其誰。

也。今棄擊甕叩缶而就《鄭》、《衛》；退彈箏而取《昭》、《虞》，若是者何也？快意當前，適觀而已矣。今取人則不然，不問可否，不論曲直，非秦者去，爲客者逐。然則是所重者在乎色樂珠玉，而所輕者在乎人民也。此非所以跨海內、制諸侯之術也。臣聞地廣者粟多，國大者人眾，兵強則士勇。是以泰山不辭土壤，故能成其大；河海不擇細流，故能就其深；王者不辭眾庶，故能明其德。是以地無四方，民無異國，四時充美，鬼神降福，此五帝三王之所以無敵也。今乃棄黔首以資敵國，卻賓客以怒諸侯。使天下之士，退而不敢西向，裹足不入秦，此所謂藉寇兵而齎盜糧者也。夫物不產於秦，可寶者多；士不產於秦，（而）願忠者眾。今逐客以資敵國，損民以益仇，內自虛而外（樹）怨於諸侯，求國無危，不可得也。』始皇看罷，依奏。遂拜李斯爲廷尉。李斯謝恩了，供職。」	焉。而陛下說之。何也。必秦國之所生然後可，則是夜光之璧，不飾朝廷，犀象之器，不爲玩好，鄭、衛之女，不充後宮，而駿良駃騠，不實外廄，江南金錫不爲用，西蜀丹青不爲采。所以飾後宮充下陳，娛心意說耳目者，必出於秦然後可，則是宛珠之簪，傅璣之珥，阿縞之衣，錦繡之飾，不進於前，而隨俗雅化，佳冶窈窕，趙女不立於側也。夫擊甕叩缶，彈箏搏髀，而歌呼嗚嗚快耳者，眞秦之聲也。鄭、衛、桑閒、昭、虞、武、象者，異國之樂也。今棄擊甕叩缶而就鄭、衛，退彈箏而取昭、虞，若是者，何也。快意當前，適觀而已矣。今取人則不然。不問可否，不論曲直，非秦者去，爲客者逐。然則是所重者，在乎色樂珠玉，而所輕者，在乎人民也。此非所以跨海內制諸侯之術也。臣聞地廣者粟多，國大者人眾，兵彊則士勇。是以太山不讓土壤，故能成其大；河海不擇細流，故能就其深；王者不郤眾庶，故能明其德。是以地無四方，民無異國，四時充美，鬼神降福，此五帝三王之所以無敵也。今乃棄黔首以資敵國，郤賓客以業諸侯，使天下之士，退而不敢西向，裹足不入秦。此所謂藉寇兵，而齎盜糧者也。夫物不產於秦，可寶者多。士不產於秦，而願忠者眾。今逐客以資敵國，損民以益讎，內自虛而外樹怨於諸侯，求國無危，不可得也。』秦王乃除逐客之令，復李斯官，卒用其計謀，官至廷尉。二十餘年，竟並天下，尊主爲皇帝。」	
卷下〈李斯諫逐客〉：「忽有丞相王綰奏道：『陛下新得燕、齊、荊楚之地，相去遐邇，不爲置公，無以鎮之。請立諸王子分鎭，可安反側也。』始皇下其議。廷尉李斯奏曰：『周文武所封子弟，同姓者眾，然後屬疏遠，相攻擊弗能禁也。周天子弗能禁止。今海內賴陛下神靈一統，皆爲郡縣，諸子功臣以公賦稅重賞賜之，甚足易制，天下無異意，則安寧之術也，置諸侯不便。』始皇曰：『天下共苦戰鬥不休，以有侯王。賴	《史記・秦始皇本紀》：「丞相綰等言：『諸侯初破，燕、齊、荊地遠。不爲置王，毋以填之。請立諸子。唯上幸許。』使皇下其議於羣臣。羣臣皆以爲便。廷尉李斯議曰：『周文、武所封，子弟同姓甚眾，然後屬疏遠，相攻擊如仇讎，諸侯更相誅伐，周天子弗能禁止。今海內賴陛下神靈，一統皆爲郡	1. 《秦併六國平話》前半段提到議分封郡縣，文字敘述較《史記・秦始皇本紀》精簡。如將「天下共苦戰鬥不休，以有侯王。賴宗廟，天下初定。又復立國，是樹兵也。而求其寧息，豈不難哉。廷尉議是。」記爲「天下共苦戰鬥不休，以有侯王。賴宗廟，

宗廟,天下初定,爲三十六郡,郡置守尉監。』爲天子守土,故稱監。收天下兵器,聚咸陽,銷以爲鍾,鑄金人十二,鹿頭龍身,神獸也。鐘鼓之跗,以猛獸爲飾,重各十石,置宮廷中。一法度衡石丈尺,徙天下豪傑於咸陽,約十三萬戶。諸廟及章台、上林皆在渭南,宮室作之咸陽北阪上,南臨渭,自雍門以東至涇、渭,殿屋複道,樓閣相屬。所得諸侯美人、鐘鼓以充入之。』	縣,諸子功臣,以公賦稅重賞賜之,甚足易制,天下無異意,則安寧之術也。置諸侯不便。』始皇曰:『天下共苦戰鬪不休,以有侯王。賴宗廟,天下初定。又復立國,是樹兵也。而求其寧息,豈不難哉。廷尉議是。』分天下以爲三十六郡,郡置守尉監。更名民曰黔首。收天下兵,聚之咸陽,銷以爲鍾鐻金人十二。重,各千石。置廷宮中。一法度衡石丈尺。車同軌。書同文字。地東至海,暨朝鮮,西至臨洮、羌中,南至北嚮戶,北據河爲塞,並陰山至遼東。徙天下豪富於咸陽十二萬戶。諸廟及章臺、上林,皆在渭南。秦每破諸侯,寫放其宮室,作之咸陽北阪上。南臨渭。自雍門以東至涇、渭。殿屋複道,周閣相屬。所得諸侯美人鍾鼓,以充入之。」 《史記‧李斯列傳》:「以斯爲丞相,夷郡縣城,銷其兵刃,示不復用,使秦無尺土之封,不立子弟爲王,功臣爲諸侯者,使後無戰攻之患。」	天下初定,爲三十六郡,郡置守尉監。」 2. 後半段提到收天下兵器與制度統一。在此《秦倂六國平話》詳細刻畫了十二金人作神獸狀,不免令人聯想到《史記索隱》和《漢書‧五行志》對十二金人的描述,充滿神秘感。 3. 此外,「徙豪傑十三萬」亦與正史有所出入。
卷下〈始皇封大夫松〉:「秦二十八年,始皇登殿,謂文武曰:『寡人謀圖六合,果愜朕意。意往東行郡縣,怎生?』李斯奏曰:『陛下可擇吉日,車駕東行。』怎見得風雨?但見天摧地烈,岳撼山崩,滄海震怒;鐵鎚打中始皇車,太華山前巨靈神,一擘三峰裂。詩曰:『一風撼折三竿竹,十萬軍聲萬馬奔。』始皇御駕東行郡縣,上鄒峰山,在東海之下,立石頌功業。上太山,偶值風雨昏暗,不知道路,乃駐車。後有胡曾詠史詩爲証。詩曰:『一上高亭日正晡,青山重疊片雲無;萬年松樹不知樹,若個虬枝是大夫?』始皇等待霧開,見五松遮蓋車駕。秦始皇遂封爲五大夫。」	《史記‧秦始皇本紀》:「二十八年,始皇東行郡縣上鄒嶧山。立石與魯諸生議,刻石頌秦德,議封禪望祭山川之事。乃遂上泰山,立石封祠祀。下。風雨暴至,休於樹下。因封其樹爲五大夫。」	本段合於正史,惟平話中刻意描繪風雨之勢,並引用胡曾詠史詩佐之,使〈始皇封大夫松〉更添生動。此外,本段故事將「鄒嶧山」記作「鄒峰山」。
卷下〈始皇封大夫松〉:「忽遇道士徐甲來上書奏始皇:『東海有三神仙山,山上有長生不死仙藥。』帝問:『卿如何去得?』徐甲再奏曰:『陛下可選五百童男、童女,著一使前去。』帝依奏。令近便州郡監,選索童男、童女五百,限十日,如過期賜罪。果十日,使命討到童男、童女五百,來獻帝。帝大喜,令徐福將軍入海求神仙。徐福入海求神仙。忽然望見一廟宇,來至祠下,但見裊裊祥雲影裡,騰騰紫霧陰中,巍峨廟宇對名山,幽邃殿庭號福地。駕鴦棟高標螭尾,依稀上接蒼穹,琉璃瓦密砌	《史記‧秦始皇本紀》:「齊人徐市等上書,言海中有三神山,名曰:『蓬萊、方丈、瀛洲』僊人居之。請得齋戒與童男女求之。於是遣徐市發童男女數千人,入海求僊人。始皇過還彭城。……至湘山祠。逢大風,幾不得渡。上問博士曰:『湘君何神?』博士對曰:『聞之堯女,舜之妻,而葬此。』於是始皇大怒,使刑徒三千人,皆伐湘山樹,赭其山。」	1. 前半段敘述皆符史實,惟後半段則充滿傳奇色彩。先是描寫徐福率童男女入海求仙,果有「三神仙之祠」,至此稍稍滿足聽眾的好奇;之後又語焉不詳,將徐福求仙與秦皇伐湘山時空混爲一談,最後因秦皇開罪於湘君,致使徐福等人盡喪其身。吊足聽眾胃口,使人意欲得知求仙的結果終歸無疾。

龍麟，彷彿直高侵碧漢。……廟門金牌寫道：『三神仙之祠』才方來到，始皇敕問：『湘君何神？偶見神仙？』奏曰：『堯女舜妻。』忽然見起一陣大風，怎見狂風偲雨？風雷大作，雨雹齊施。電光射一道金蛇，雲勢驅千重鐵騎。當初道擺柳搖松，頃刻飛沙走石。千林敗葉走空飛，萬里黃沙隨地捲。烏風大作，走石飛沙。始皇見了這般，大怒曰：『寡人特來，願求不死藥，卻有這般魍魎邪神，飛沙走石，雨滂沱，唬寡人！』敕令武士，伐湘山樹，焚其山。……只見現出一鬼來……只見那鬼領娘娘敕旨，東砍西伐，武士人翻倒在地。秦皇頭旋眼花，卻見廟祠團團而倒。唬得始皇大驚曰：『神仙休來驚怖寡人，令武士休伐樹焚山也！』卻見依然無事，始皇方知神仙之靈通顯跡。本來求不死之藥，今日反禍於身。五百童男、童女並徐福，盡喪其身。」		2. 本段描述運用豐富想像，對始皇的描述有別於史著。如《史記・秦始皇本紀》記：「始皇大怒，使刑徒三千人，皆伐湘山樹，赭其山。」突顯出秦始皇極端自我膨脹性格；反觀《秦併六國平話》中的始皇卻驚皇地說：「神仙休來驚怖寡人，令武士休伐樹焚山也！」意謂千古一帝之於大自然，何其眇眇。
卷下〈張良打始皇車〉：「話說韓人張良，五世相韓。韓被始皇滅了，虜韓王安。張良欲為報仇，聞始皇東巡郡縣，不久來矣。先募壯士至陽武縣博浪山等候始皇過來，墜石打死始皇，為韓王報仇。不數日，始皇車駕東游至陽武縣博浪沙中而過。張良令力士操鐵椎，墜石打車。始皇車駕正過其間，只見墜石打將來，石從車駕邊跳過去，誤中副車。唬得始皇頂門失了三魂，腳板上去了七魄。……始皇問李斯：『何人墜石，敢打寡人車駕？』李斯奏道：『可令武士捉獲。』武士趕上博浪山追捉。果有一隊強兵，發喊墜石。韓國殘兵殺至，武士抵擋不住，被石打殺百餘人。武士奏上始皇。始皇大驚，令武士同李信領兵趕上，殺退韓兵。韓兵大敗。張良奔走，往說六國反叛秦皇。」	《史記・秦始皇本紀》：「十九年，始皇東游至陽武博狼沙中，為盜所驚。求弗得。乃令天下大索十日。」 《史記・留侯世家》：「良年少未宦事韓。韓破，良家僮三百人。弟死不葬。悉以家財求客，刺秦王，為韓報仇。以大父父五世相韓故。良嘗學禮淮陽。東見倉海君，得力士。為鐵椎重百二十斤。秦皇帝東游，良與客狙擊秦皇帝博浪沙中。誤中副車。秦皇帝大怒，大索天下，求賊甚急。為張良故也。良乃更姓名，亡匿下邳。」	根據史載，張良募力士椎始皇於博浪沙，事涉叛逆，正如燕丹戒田光：「願先生勿洩也。」越少人知道越好，豈能廣為招兵買馬？否則，張良又豈能全身而退？然這正是說話人擅場之處，充滿戲劇性的殘兵出現，天下名為一統，實則六國遺民思故，無不伺機反秦，這也給陳涉吳廣起義埋下伏筆。
卷下〈焚書坑儒〉：「三十四年，李斯丞相奏帝：『異時諸侯並爭，厚招游學。今天下已定，法令百姓，當家則力農工，士則學習法令。令諸生不師今而學古，以非當世，惑亂黔首，相與非法。聞令下，則各以其學議之：入則心非，出則巷議；誇主以為名，異趣以為高，率群下以造謗。如此弗禁，則主勢降乎上，黨與成乎下。禁之則便。臣請史官，非《秦記》者皆燒之。天下有藏詩書百家語者，皆詣守尉雜燒之。有偶語詩書，棄市。是古非今者族。所不去者，唯醫藥卜筮種樹之書耳。若欲有學法者，以吏為師（原作『斬首』）。』後坑儒四百餘人，孔子之後，家藏詩書於屋壁，秦皇只留《周易》之書，乃是卜筮之書也，不毀。其餘詩書盡行焚毀無留。……有侯生、盧生相與謀曰：『始皇為人，天性剛戾自用，獄吏得親幸，博士備員弗用，大臣	《史記・秦始皇本紀》：「侯生、盧生相與謀曰：『始皇為人天性剛戾自用，起諸侯並天下，意得欲從，以為自古莫及己。專任獄吏，獄吏得親幸。博士雖七十人，特備員弗用，丞相諸大臣皆受成事，倚辦於上。上樂以刑殺為威。天下畏罪持祿，莫敢盡忠。上不聞過而日驕，下懾伏謾欺以取容。秦法不得兼方。不驗輒死。然後星氣者至三百人。皆良士。畏忌諱，諛不敢端言其過。天下之事無小大，皆決於上。上至以衡石量書。日夜有呈。不中呈不得休息，貪於權勢至如此。未可為求仙藥。於是乃亡去。』始皇聞亡，乃大怒曰：『……盧	本段〈焚書坑儒〉雖係徵引《史書》，惟斧鑿太深，使得文字讀來意思不通。例如將「若欲有學者，以吏為師」改為「若欲有學法者，斬首」則意義完全改變，秦奉法家學說為圭臬，正是「上有好者，下必甚焉」，豈有禁學法之理；此外，平話將「諸生傳相告引乃自除，犯禁者四百六十餘人」改為「諸生傳相告引，乃自除犯禁者四百六十餘人」意思同樣不通，可能是編者對史書語意不甚理解，因而產生錯誤判斷。

皆受成事。士畏忌諱諛佞，不敢端言其過。事無大小，皆決於上，貪於權勢。』於是侯生等乃亡去。始皇大怒曰：『盧生等，吾尊賜之甚厚，今乃誹謗我！諸生在咸陽者，吾使人廉問，或爲妖言，以亂黔首。』於是使御史悉案問諸生，諸生傳相告引，乃自除犯禁者四百六十餘人，皆坑之咸陽。使天下知之，以懲後。」

生等吾尊賜之甚厚。今乃誹謗我，以重吾不德也。諸生在咸陽者，吾使人廉問，或爲妖言以亂黔首。』於是使御史悉案問諸生，諸生傳相告引乃自除，犯禁者四百六十餘人。皆阬之咸陽。使天下知之以懲後。」

《史記・李斯列傳》：「始皇三十四年，置酒咸陽宮。博士僕射周青臣等，稱頌始皇威德。齊人淳于越進諫曰：『臣聞之，殷、周之王千餘歲，封子弟功臣，自爲支輔。今陛下有海內，而子弟爲匹夫。卒有田常六卿之患。無輔弼，何以相救哉。事不師古而能長久者，非所聞也。今青臣等又面諛以重陛下過。非忠臣也。』始皇下其議丞相。丞相繆其說，絀其辭，乃上書曰：『古者天下散亂，莫能相一。是以諸侯並作，語皆道古以害今，飾虛言以亂實，人善其所私學，以非上所建立。今陛下並有天下，辨白黑而定一尊。而私學乃相與非法教之制，聞令下，即各以其私學議之，入則心非，出則巷議，非主以爲名，異趣以爲高，率群下以造謗。如此不禁，則主勢降乎上，黨與成乎下。禁之便。臣請諸有文學詩書百家語者者，蠲除去之。令到，滿三十日弗去，黥爲城旦。所不去者，醫藥、卜筮、種樹之書。若欲有學者，以吏爲師。』始皇可其議，收去詩書百家之語，以愚百姓，使天下無以古非今。」

卷下〈秦子嬰殺趙高〉：「沛公聽得義帝被項羽謀殺了，統兵來至洛陽新城田地理下寨。有三老董公向馬前攔住，進說沛公，上書一道。書曰：『吾聞順德者昌，逆德者亡。兵出無名，事故不成。必明其爲賊，敵乃可服。項羽無道，放弒其主，天下之賊也。夫仁不以勇，義不以力。大王且率三軍，爲之素服，以告諸侯東伐之兵，四海之內，莫不仰德，此三王之舉也。臣願王圖之。』沛公看了，再三稱善。即日爲義帝發喪，臨夜舉哀，三日，然後遣使告報諸侯。」

《史記・高組本紀》：「新城三老董公，遮說漢王，以義帝死故。漢王聞之，袒而大哭，遂爲義帝發喪，臨三日。發使者告諸侯曰：『天下共立義帝，北面事之。今項羽放殺義帝於江南。大逆無道。寡人親爲發喪，諸侯皆縞素，悉發關內兵，收三河士，南浮江漢，以下，願從諸侯王，擊楚之殺義帝者。』」
《漢書・高組本紀》：「新城三老董公，遮說漢王曰：『臣聞順德者昌，逆德者亡。兵出無名，事故不成。故曰，明其爲賊，

本段詳細描述三老董公建議劉邦如何師出有名，《史記》僅概略提之，而班固《漢書》則詳細記述。誠如《史記考證》所言：「班氏別有所據以補史文也。」雖略改文字，然意思不變。

| | 敵乃可服。項羽爲無道，放殺
其主，天下之賊也。夫仁不以
勇，義不以力，三軍之眾，爲
之素服。以告之諸侯，爲此東
伐，四海之內，莫不仰德，此
三王之舉也。』漢王曰：『善。
非夫子無所聞。』於是漢王爲
義帝發喪，袒而大哭。」 | |